Franz Jung Werke in Einzelausgaben

Chronik
einer Revolution in Deutschland (II)
DIE EROBERUNG DER MASCHINEN
Roman
Werke 4

Publiziert bei Edition Nautilus

FRANZ JUNG WERKE 4
Editor dieses Bandes: Lutz Schulenburg

Editorische Notiz: Zusammen mit *Joe Frank illustriert die Welt* (1921), *Die Rote Woche* (1921), *Proletarier* (1921), *Arbeitsfriede* (1922) und dem Nachlaßmanuskript *Arbeiter Thomas,* bildet *Die Eroberung der Maschinen* eine sowohl thematische wie auch biographische Einheit, für Jung selbst „die roten Jahre". Diese Werkgruppe kann als „Chronik einer Revolution in Deutschland" (1918-1924) verstanden werden. Das Manuskript dieses Buches wurde von Jung während seiner Gefängnishaft in Breda (Holland) in der Zeit von Juni-Juli 1921 geschrieben. Erstmalig spricht er am 26.6. in einem Brief an Cläre Jung von einer „größeren Arbeit, die für das Feuilleton einer Zeitung geeignet ist", und entwickelt den Plan, „dieses Werk zugleich mit Jack London Iron Heel" (d.i. Die Eiserne Ferse, 1906) herauszugeben, zusammen „mit Bogdanoff und einem Zola in einer Bibliothek societärer Utopien". Am 3.7. schreibt er an Cläre, er habe bereits am 24.6. unter anderem den Anfang „von einem utopischen Roman: Die Eroberung der Maschinen" an sie abgeschickt. In einem Brief vom 10.7. heißt es, „inzwischen ist auch das letzte Heft von dem Roman an Dich abgegangen (...) Bei dem Roman bitte ich 'Zeitroman' zu setzen". Das Buch erscheint erstmalig 1923 im Malik Verlag (Die rote Roman-Serie, Bd. 9), Vorabdrucke seit 1921 in Zeitungen der Arbeiterbewegung. Neuauflage in: Die Eroberung der Maschinen – Die roten Jahre 2, Luchterhand Verlag, Darmstadt und Neuwied 1973.

Eigentümlichkeiten in Franz Jungs Orthographie und Zeichensetzung wurden für die vorliegende Ausgabe beibehalten. Nur sehr offensichtliche Druckfehler wurden korrigiert.

Die gebundene Ausgabe erscheint auch als Sonderausgabe mit dem von John Heartfield gestalteten Umschlag der Originalausgabe des Malik Verlages von 1923.

Originalausgabe
Edition Nautilus Verlag Lutz Schulenburg
Hassestr. 22 – 2050 Hamburg 80
Alle Rechte vorbehalten
(c) by Lutz Schulenburg, Hamburg
1. Auflage 1989
ISBN: 3-89401-160-2 (Pb)
ISBN: 3-89401-161-0 (Ln)
Printed in Germany

Sigurd Debus gewidmet

EINLEITUNG

Piblokto

Der Kolonel Peary fand auf seiner Reise nach dem Nordpol unter den Eskimos an der Westküste Grönlands eine seltsame Leidenserscheinung, die Piblokto genannt wurde. Man sollte meinen, daß die Eskimos, die ihr Leben inmitten der Stein- und Eiswüste Grönlands verbringen, an die Einsamkeit von Himmel und Erde sich gewöhnt hätten. Das scheint indessen nicht so. Sie werden periodisch von Piblokto befallen, Männer wie Frauen und Kinder, und darunter einige am Tage sogar mehrmals. Es ist eine so natürlich gewohnte Erscheinung, daß man auf den Pibloktokranken gar nicht achtet. Es sei denn, daß der Anfall sich in der Zelthütte einstellt und der Betreffende gerade ein Messer zur Hand hat, womit er sich auf seine Umgebung stürzt. „Der Anfall endigt mit heftigem Weinen; wenn der Kranke ruhig wird, sind die Augen blutunterlaufen, der Puls hoch, und der ganze Körper zittert noch etwa eine Stunde lang." Weiter sagt Peary: „Eine Frau, die zu uns auf das Schiff kam, begann plötzlich zu schreien und sich die Kleider vom Leibe zu reißen. Sie lief heftig gestikulierend auf und ab, sprang dann über das Geländer und lief auf dem Eise völlig nackt noch gut eine halbe Meile weit. Das Thermometer zeigte vierzig Grad Kälte, und sie wäre erfroren, wenn wir sie nicht mit Gewalt zurückgeholt hätten. Ich hatte bald Gelegenheit, täglich solche Anfälle zu beobachten." „Dieses Leiden ist die Folge eines Grübelns über Abwesende, meist aber scheint es von einer *Furcht vor der Zukunft* verursacht zu sein. Sie haben es noch nicht gelernt, zu unterdrücken oder zu verdrängen; sie wünschen irgend etwas, ohne zu wissen, ob es überhaupt erreichbar ist, und weinen, wenn sich der Wunsch nicht erfüllt", fügt der Peary begleitende Arzt hinzu. „Eskimos sind Kinder in ihrem Schmerz und in ihrer Freude. Es gibt kaum etwas Kindischeres, als einen Hund oder Vogel nachzuahmen oder singend oder weinend in die Berge zu laufen", schließt Peary diese Betrachtung.
Man kann darüber verschiedener Meinung sein.

Sommer

Sehr viele Menschen haben noch niemals einen Sommer erlebt. Wenn alles um dich herum still steht, die Sonne, das Land weit voraus und der Dunst von Himmel und Erde dich zu Boden zu drücken beginnt. Ruhe ringsum. Dann offenbart sich alles leuchtender. Ein Halm legt sich um, gezogen von einem Käfer, der nach der Spitze sich hinüberturnt. Er hat schwer zu arbeiten, gleitet aus, hängt und zappelt, ehe er wieder das Gleichgewicht hat. Dann kommt er wieder ein Stück vorwärts. Ameisen schießen davon. Der Halm wiegt sich langsam, wie von einem fächelnden Luftzug bewegt. Ein Vogel schwirrt drüber hin, tief überm Boden. Das Geräusch bleibt lange in der Luft hängen, dieser kurze schwirrende Laut voll verhaltener Kraft. Ah – da ist auch das Tschilpen der Sperlinge – da ist noch Leben. Ein Krähenschrei hallt von fern. Und dann beginnt es dumpf zu läuten und immer näher, ein Brummer, eine Hummel füllt alles ringsum aus, es dröhnt und paukt – bis der Laut abbricht. Man schrickt ordentlich hoch. Vielleicht, daß du sie sitzen siehst, den Blumenkelch umklammern, sich hineinpressen, daß der grüne Schaft zittert – Arbeit. Und die Spinne neben dir fängt wieder an zu weben, nun merkst du, wie sie in atemloser Spannung gewartet hat, ob sich die Hand weiter noch ausstrecken wird. Und so, aus der Ruhe ringsum, entrollt sich das Bild einer ungeheuren Lebendigkeit. Wie ein breiter Strom zieht alles dahin, seinen Platz auszufüllen und da zu sein, ohne Unterbrechung und gleichmütig, ohne Müdigkeit und ohne Verzweiflung.

Der Gefangene erlebt diesen Sommer, während ein Sommerfleckchen über seinen Kopf hinspielt, tief im Blut. Es geht alles weiter, es geht alles vorwärts. Draußen treibt die Arbeit. Auch an dich kommt wieder die Reihe. – Man hat jetzt offene Zellen für die Gefangenen. Das sind Zellen, die nach oben zu wie nach vorn zwar vergittert, aber ohne Mauerwerk sind. Nur an den Seiten sind Mauern, daß die Gefangenen sich nicht sehen können, nur hören, wenn sie hinter den Gittern auf und ab gehen oder den Kopf an die Stäbe legen. Man wird sehr an den Zoologischen Garten erinnert. In diese Zellen werden für eine halbe Stunde die Gefangenen geführt, um den Sommer draußen durch die Eisenstäbe zu sehen. Es ist eine herrliche Zeit – Sommer.

Elektrotrust

Elektrizität ist eine gefährliche Waffe. Die Kraft, die sich erzeugt, wird man nicht mehr los. Sie strömt unaufhörlich und reißt die Widerstände nieder draußen im Lande, wo man sie eindämmen will. Sie beschleunigt das Leben, sie treibt weiter und wühlt sich Bahn, alles wird ihr untertan, von ihr in Bewegung gesetzt. Die Welt beginnt zu tanzen. Die kleine Elektrizitätsgesellschaft ist schnell gewachsen, stark in die Breite gegangen, ihr Kapital hat sich aufgebläht, daß es bald über seine eigenen Grenzen hinauswucherte. Es wäre sonst explodiert. Man versuchte den unheimlich gewordenen Kräftedrang aufzuhalten, zu zersplittern, in immer mehr abzweigende Bahnen zu lenken. Der Versuch ist noch in vollem Gange. Alle Leute, die studiert haben, sind noch daran tätig. Da wird Kohle gekauft und gefördert, Transportmittel werden geschaffen, neue Wege erschlossen. Der Verkehr rast durchs Land. Und hinter ihm her die Arbeit. Die Arbeit – aufgehalten, um verbraucht zu werden, eingeordnet in die zitternden Finger der Studierten, die die Kraft nicht mehr halten können: die Lohnarbeit. Aber die Leute alle sagen, daß diese Arbeit nicht das ist, was dem Menschen ziemt. Die noch immer frei strömende Kraft verlangt andere Arbeit, andere Arbeiter, andere Regulatoren. Die Studierten beherrschen es nicht mehr, das Kapital wird zu Schlamm am Wege. Es baut nicht weiter, es zerstört und hält auf. Es hätte sich längst auflösen müssen, von dieser Kraft überholt und aufgesogen. So steht noch der Kampf. Kraft ist in Umlauf, die schon zuviel ist, sagen die Leute, die noch von früher wissen, als noch jeder im eigenen Haus aus sich selbst seine eigene klägliche Kraft zog. Darum wird der Staat eingreifen, die Regierung. Sie ist schon halb zusammengefallen. Der Trust hat sie unterminiert. Die elektrische Kraft wird sie verschwinden lassen.

I. DER AUFSTAND

Über die Ebene rollte in kurzen Stößen der Donner eines Geschützes. Wie das Bellen eines Tieres tief aus der Erde raus klang das für einen Augenblick. Dann zitterte die Luft darüber hin, daß sich Schallkreise bildeten, die sich senkten und kurz über dem Boden erst auseinanderstoben. Über allem gleichmütig und unberührt leuchtete die Sonne im ersten Frühling. Die Felder stiegen an mit einem grünen, zarten Flaum. Eine Reihe Bäume, noch kahl, aber schon so scharf gegen den Horizont geprägt, daß die feuchten Knospen sich in dem Glanze spiegelten und aufblitzten, lief eine Bodensenkung in langen Schleifen hinab. Auf der Landstraße war weit und breit niemand zu sehen. Vereinzelt lag Ackergerät auf den Feldern. Wie in der Hast fortgeworfen. Wieder rollte der Geschützdonner. Man unterschied jetzt auch Lerchen, die vom Boden aufstiegen, mit fast verschüchtert leisen Trillern. Doch die Tiere hatten noch nichts zu fürchten. Nirgends war ein Mensch. Auf der Senkung unten lief die Straße im breiten Bogen, um in eine kleine Station einzumünden. Dahinter erhoben sich einige Schuppen. Weiter vorn konnte man jetzt die Schienenstränge sehen. Sie stiegen wieder langsam an, ein Damm wuchs allmählich neben ihnen auf, dann verschwanden sie auf der Höhe. Die Station war nur eine einfache Baracke, ringsum kahles Feld, kein Haus. Die Signalglocke schlug an. Es dauerte eine ganze Zeit, ehe jemand kam. Eine Frau erschien schließlich aus einem der Schuppen und schaltete. Aber nach einer Zeit schlug die Glocke noch dringender. Sie läutete wie jemand, der um Hilfe ruft. Die Frau kam nicht mehr wieder. Die Station lag ausgestorben. Auch das Läuten hörte wieder auf. Dann breitete sich diese unheimliche Stille aus, die Gedanken nicht aufkommen lassen will. Schweig du – heißt das. Angst.

Auf der Höhe oben zeigte sich jetzt ein Trupp Menschen. Sie gingen eilig und aufgeregt aufeinander einsprechend der Station zu. Männer, Weiber und Kinder. Die eine Frau hatte einen Säugling an der Brust. Wie die Leute da vorwärts strebten, schien es, als fliehen sie vor etwas her. Sie sahen verängstigt aus, sie hielten sich dicht zusammen, wie um sich zu schützen. Zwei halberwachsene Mädchen kamen in einigem Abstand hinterher, vorn hasteten die Weiber und mittendrin schritten die paar Männer, gebückt und klapperig, altes verbrauchtes Arbeitsvolk, mehr mitgezogen als mit eigenem Ziel und Willen, dazwischen ein paar Kinder, die gewaltig die Beine in die Hand nehmen mußten, um manchmal mit langen Sprüngen den Anschluß wieder zu gewinnen – so stieß dieser Trupp auf die Station. Der eine Schuppen wurde lebendig. Eine große Anzahl Männer trat heraus, die darin geruht haben mochten. Sie sahen nicht aus, als kämen sie gerade von der Arbeit. Lässig und den Kopf hoch, sehr hoch – so traten sie heraus und lachten den Leuten, die noch die Angst an allen Gliedern schlottern ließ, entgegen. „Leute", schrien die aber durcheinander, hauptsächlich die Weiber, „Leute, sie kommen schon hinter uns her, ach Gott, ach Gott" – und was solche Jammerreden mehr sind. Und während jetzt auch die Männer anfingen zu bekräftigen und nach hinten zu weisen und die Herausgetretenen neugierig nach oben hin die Hälse reckten, rollte wieder der Donner in kurzem Bellen über die Ebene. „Wo haben sie denn das Geschütz her", schrie der eine. „Nee", sagten sie darauf, „das ist eben keins. Das sind die Brücken, die sie unten sprengen, alles die Brücken und die Geleise, da gleich unten vor der Stadt, man kann's von oben sehen." Dann verlor sich die Rede in Gejammer. Die andern aber drangen aufgeregt auf nähere Auskunft. „Da sind das also die unsrigen?" „Freilich sind's die unsrigen – ach, wenn nur bald alles vorbei wäre und wieder andere Zeiten. Ach, wenn uns doch bloß nicht die Soldaten über den Hals gekommen wären. Mein Gott, was soll denn noch geschehen" – die andern lachten gutmütig. „Alte, sei still; wenn's die unsrigen sind, so sind wir jetzt doch endlich feste dran." „Natürlich, natürlich", bekräftigten jetzt die mitgelaufenen Männer, „die schaffen's vielleicht schon heute in der Stadt. Allzuviel Grüne sind ja nicht drin." Dann aber lachte einer laut auf: „Ob wohl der Zug noch kommt?" Da lachten alle mit. Spaß, das ist für eine Zeitlang jetzt zu Ende, so war die Sache mal richtig – das besprachen sie mit den Ruhigergewordenen. Jetzt sind sie auch mit dran. Der Verband hat noch gestern den Streik abgelehnt. Ein Skandal ist das. Die Bergarbeiter sind schon eine ganze Woche draußen, nur die Bahner, heißt es dann hinterher, wollen wieder nicht. So ist's richtig. Jetzt liegt die Strecke still. Sie waren ordentlich rot vor Freude. Die andern aber hatten drüben auf dem Gut gearbeitet. Auch die

Landarbeiter waren noch nicht im Streik. Es hieß, daß welche schon von den Feldern gejagt worden seien, drüben im Nachbarkreis. Hier war noch Ruhe. Aber jetzt wäre einer gekommen, erzählten sie, der hat nur so im Vorbeilaufen geschrien, der Gutsherr bewaffne seine Leute drinnen im Hof, es soll gegen die Arbeiter gehen, und eine Anzahl Grüne auf Rädern oder Gendarmen oder was das für Soldaten gewesen seien, hätten sie auch schon gesehen, die von der Stadt her heraufkämen, die waren aber dann nicht mehr zu sehen gewesen. Und so erzählten sie und sprachen alle durcheinander und waren froh, auf welche gestoßen zu sein, mit denen sie zusammenbleiben konnten. Denn wer weiß, was der Herr gegen sie vorhat, obwohl die andern sie auslachten. Ihre Lehmkaten standen jenseits des Gutshofes. Sie wollten also hier am besten warten. Und sie erholten sich; die Männer bekamen zuerst wieder Farbe. Sie lauschten jetzt angestrengt mit den Bahnarbeitern, ob sie nichts heraushören könnten aus dem manchmal plötzlich aufsteigenden dumpfen Geräusch von weit drüben her, was wohl in der Stadt vorging. Aber die Lerchen schmetterten auf einmal wütende Triller, als wollten sie etwas anderes nicht aufkommen lassen, und die Sonne brannte. Später zog ein Trupp Arbeiter vorbei. Einer darunter, der mit dem Zug auf dem Wege zur Stadt gewesen war. Es war keine große Verkehrsstrecke. Die Bahn verband eine Reihe Dörfer und Städtchen mit der Stadt unten im Tal, die der Hauptsitz der Bergwerksbetriebe war. Lagen auch die Bergwerke außerhalb, so waren doch die elektrischen Zentralen in der Stadt, Hütten und Maschinenwerkstätten, die Sprengstoffabriken und die große chemische Industrie. Wer nicht in die Gruben ging, fuhr nach der Stadt. Dieser eine nun, der den Führer des Trupps machte, wollte Erkundigungen einziehen für seine Leute, die noch weiter abseits von der Strecke ihre Siedlung hatten. Wie es stand da unten und allerhand war zu besprechen, auch das Geld wurde knapp. Bloß der Zug blieb schon ein paar Stationen vorher stehen und fuhr schließlich überhaupt nicht mehr weiter. Alles eingestellt, hatte es geheißen. Da ist unser Mann raus ins Städtchen, die Leute standen da in den Straßen und starrten in die Luft. Waren ja alles Grubenarbeiter, die hier feierten und auf Nachricht warteten. Sonntäglich war es da in dem Nest, es tat ordentlich wohl, mal die Glieder zu strecken und sich die Sonne auf den Buckel brennen zu lassen. Friedlich sehen die Leute aus, das versteht sich, wenn man erst gerade den dritten Tag draußen ist und sich sonst um nichts zu kümmern hat. Also wie er da die Leute auf dem Marktplatz stehen sieht, gleich mitten rein wie ein Sperber in die Küken und redet da, auf was sie denn da noch warten, und dies und das, und ob sie wollten die Kameraden da unten alles allein machen lassen. Das zog. Schlug ein wie eine Bombe. Hatte jeder für sich auch schon gedacht. Aber um es auszusprechen, das gab so viel hin und her, und dann traut der eine dem andern nichts zu, je enger man beieinander ist. Kommt jemand von draußen her damit, so findet er den Akkord schon fertig, er braucht nur noch ein bißchen Melodie zu spielen. Das war so. Er brauchte keine großen Worte weiter mehr zu machen. Es hieß gleich, also ziehen wir alle runter. Wird schon auch noch Arbeit genug geben. Und niemand drehte sich da noch weiter um oder hatte etwa noch eine Bestellung oder im Haus und Garten was zurechtzulegen oder sich eine Scheibe Brot einzustecken: wie sie da standen, zogen sie gleich los. Ein paar Jungens liefen noch hinterher. Waren aber noch zu grüne Bengels, und nachdem sich einer schon mehrmals umgedreht und Scheltworte nach hinten gerufen hatte, daß sie im Trab nach Hause laufen sollten, hätten sie doch hier bei ihnen nichts zu suchen – half aber noch immer nichts – nahm einer ein paar Steine auf und machte Miene – da merkten sie, daß es Ernst war, und sie hielten an. Aber sie blieben noch lange Zeit auf dem Fleck stehen und sahen ganz gewaltig erbost hinterher, und sie fanden lang kein vernünftiges Wort untereinander, das sie hätte veranlassen können, umzukehren. Bis die andren verschwunden waren in der Senkung, wo die Straße zur nächsten Station hinläuft. Hier rückten sie nun an. Zogen still ihre Straße lang. Fiel nicht eben häufig ein Wort. Alles das wird sich finden dort unten. Jeder hätte gesagt, das sind Leute, die nicht mehr aufs Land passen. Wie sie da zwischen den Saaten hügelan schritten und nicht aufsahen, sondern nur starr voraus, das Gesicht verkniffen, die Stirn runtergehängt, als hätten sie oben auf dem Kopf noch ein Zentnergewicht zu tragen, und es war, als gingen die Beine für sich, die gelben Arbeitshosen und die Stiefel, die wohl aufs Feld gepaßt hätten – der Oberkörper aber schob sich in eigenem Takt und schneller; wie sie da so alle dem einen Ziel zugingen, wob sich ein enges Band, noch unsichtbar zwar, um sie, das sie als Ganzes erscheinen ließ, als ein Körper, der nach einem Rhythmus das Viele, im einzelnen noch so widerstrebende, erfaßte und mit sich riß. Man merkte gleich, die da schlendern nicht, es ist Zug drin, wo die hinwollen, da ist Zweck und Marsch. Das Land ist ihnen gleichgültig. Sie sind darüber hinausgewachsen.

Und waren doch alle mal Bauern hier oder die Söhne von Bauern und wenig fremdes eingewandertes Blut drin. Denn die Leute, die hier ringsum im Lande saßen und jetzt auf Arbeit gingen, seit einigen Jahrzehnten hatte das erst angefangen, bis es jetzt allgemein geworden war, wohnten noch in ihren Bauernkaten, denen das Dach von Zeit zu Zeit zusammenfallen wollte, so daß es gerade notdürftig ausgebessert werden mußte; wer hätte sich für eine ordentliche Arbeit im Hause Zeit nehmen können? Sie waren noch in ihren Dörfern zusammen, aus denen mittlerweile kleine Städtchen geworden waren, weil da noch Beamte und Kaufleute gekommen waren und Ingenieure und Werkmeister von außen her und alles solche Leute, die zum Grubenbetrieb gehören und die wie Fliegen auf dem Sirup sind, wird da ein neuer Schacht in Angriff genommen. Sie wohnten dort wie früher und seit alten Zeiten, aus denen noch die Truhen der Großväter zurückgeblieben waren, aber das Land hatten sie nicht mehr. Statt oben arbeiteten sie jetzt unten und zerstörten das oben, was ehemals ihnen Arbeit und Brot gegeben hatte. Das Land hatten die Gesellschaften so mit nebenher und für geringe Abfindung erworben. Denn was unten war, das Wertvolle im Vergleich zu der Krume oben, das hatte den Bauern ja doch niemals gehört, und das Land, wenn es überhaupt noch hielt, war gerade gut genug, die Halden darauf zu schütten. Bis auf die noch freien Strecken – viel waren es ja nicht, waren sie auch noch groß genug –, die der Großgrundbesitz, die eingesessenen adligen Familien sich erhalten oder zugepachtet hatten aus dem Gesellschaftsbesitz, um sie zu verwirtschaften. Denn die Gesellschaft konnte mit einemmal die ganze Fläche, die ihr jetzt gehörte, nicht brauchen, und selbst zu wirtschaften, dazu war sie nicht da. Aber die Gutsbesitzer machten damit gute Geschäfte, und sie mästeten sich für die Zeit, wo auch ihr Land gefressen werden würde. Die Arbeiter kümmerten sich wenig darum. Sie selbst gingen nicht auf die Güter, es wäre ihnen verächtlich vorgekommen. Von außerhalb ließ der Gutsherr Leute verschreiben, die er in Katen und Lehmhütten ansiedelte und über die er eine besondere Herrschaft ausübte. Diese Leute zählten für ihn nicht mehr als ein Stück Vieh, über das er im Geschäftsbuch Rechnung führte. Es versteht sich, daß diese unglücklichen Menschen ganz auf sich allein gestellt waren und nirgends etwas Anschluß fanden. Die Ansätze, die sie gemacht hatten, sich an die soziale Bewegung der Arbeiter anzuschließen, rottete meist der Herr mit Stumpf und Stiel aus. Es war gar nichts seltenes, daß die Peitsche dabei ein Wort mitsprach. Es kam auch vor, daß ein besonders Aufgeregter das Jagdgewehr nahm und so einen Widerspenstigen von seinem Landvolk, wie er sie nannte, einfach niederschoß. Zum mindesten aber setzte er sie mit allem, was sie an Armseligkeiten hatten, kurzerhand auf die Straße und überließ sie ihrem Schicksal, das heißt er lieferte sie den Gendarmen aus. Wie man sieht, setzt sich das Verständnis für die eigene Lage und für die der andern bei den Unterdrückten sehr schwer durch. Es sind viele Widerstände zu überwinden, weil auch das Opfer, auf die Straße geworfen und ohne jeden Rückhalt zu sein, so schrecklich groß ist.

So zogen denn die Bergleute auch vorbei, ohne sich bei der Gruppe an der Station aufzuhalten. Die meisten sahen kaum richtig hin, streiften sie wohl mit einem schnellen Seitenblick. War eben etwas, das nicht zu ihnen gehörte. Trotzdem wurden ein paar Worte hin und her gewechselt, Antwort kann man schon geben. Es ist doch auch vielfach so, daß ein Streckenarbeiter sich für eine Art Beamten dünkt und sich auf die Dauer und Sicherheit seiner Arbeit manchmal weiß Gott was zugute tut. Die Bahn selbst, das heißt der Staat, baut ihnen gelegentlich ihre Baracken oder gibt ihnen sonst später einen Posten, wo sie nichts tun, als die Pfeife im Maul dastehen und die Sperre auf und zu drehen, damit die, die gerade draußen stehen, sich recht darüber ärgern. Es kommt vor, daß manchmal der eine oder andere so über diese Bahnleute denkt. Hat sich aber auch schon vieles geändert darin. Und wie der eine Bahner jetzt nach der Stadt zeigt und fragen will, nicken sie mit dem Kopf, daß er schon gar nicht den Mund erst auftun braucht, und einer ruft: „Da gibt es jetzt Arbeit für uns." Der Ruf bleibt in der Luft hängen. Näheres wissen sie sonst auch nicht. Aber sie halten sich nicht auf. Nicht einer ist nur einen Schritt zurückgeblieben. „Ja", lachte der eine stolz vor sich hin, „jetzt fangen wir an." Und alle lachen vor sich hin. Es sind doch tüchtige Kerle,

die Miner, denkt mancher aus der Gruppe, sie halten zusammen. Sie sind schon ein Ende weg, so daß man ihnen nicht mehr nachrufen kann. Sie gehen jeder für sich und doch wie auf Kommando in einem Takt. Die Leute an der Station sehen sich an und mühen sich um einen Gedanken, der sich nicht wegscheuchen läßt. Da gehen die andern, bald sind sie auf der Höhe, dann werden sie verschwinden. Wie eine große Kraft ist es, die sie vorwärts drängt. Da bringt es einer doch heraus, es wäre doch schließlich eigentlich gut da, mit denen zu gehen und so und selbst mit zu sehen, was los ist und wie die Umstände da unten sind. Sie werden wohl jeden jetzt brauchen, bekräftigt ein anderer, und noch ehe die oben über den Berg sind, gehen schon ein paar hinterher. Es ist noch kein richtiger Tritt drin, etwas vorsichtig noch und schielen noch nach hinten, da setzen sich wieder zwei in Bewegung, und wie die vorderen stehenbleiben und warten, kommt auch der Rest mit den älteren Landarbeitern. Was sollen sie hier stehen und lauern, denken sie, nach Hause kommen sie noch immer früh genug. So setzt sich die zweite Gruppe in Bewegung. Man sieht, sie haben es noch nicht sehr eilig, und wer sie da gehen sieht, hält sie für Neugierige und Zuschauer, die sich von ferne was ansehen wollen. Aber es ist nicht so. Jeder trägt etwas mit sich, das plötzlich aufgeweckt und lebendig geworden ist, eine Hoffnung, die sich jetzt erst heraustraut: Sollte es doch mal gelingen, was zustande zu bringen und ein anderes Leben ringsum anzufangen – daß die drin in der Stadt jetzt was schaffen, das Bestand hat, so daß alles ins Rollen kommt und von Grund auf andere Zustände werden? Das hat sie jetzt fest gepackt, so fest, daß sie es nicht mehr losläßt. Und sie sprechen sich untereinander zu, daß das Fünkchen jener Hoffnung nicht sogleich erlischt. Wer weiß, wozu man seine Knochen noch verwenden kann, das gibt schon Mut und ein gut Teil Sicherheit und der Blick ist schon freier.
Nur die Frauen sind zurückgeblieben. Sie lassen es über sich ergehen. Sie haben den ganzen Tag die schwere Feldarbeit und sollen auch zu Hause noch alles in Ordnung halten. Das macht müde und stumpft ab. „Was soll bloß noch werden", sagte die eine, „die Menschen sind ja rein toll aufeinander" – und sie drückt das Kleine, das zu wimmern anfängt, bald wird es schreien, fester an sich.
Das waren nicht die einzigen Trupps, die nach der Stadt zogen.

Sie sahen jetzt noch welche längs des Bahndamms kommen. Noch ein ganzes Stück von den ersten Häusern ab stand ein Mann mitten auf den Gleisen. Dort war das Stellwerk gesprengt. Der Mann hatte, und das gab allerhand zu denken, ein Gewehr umgehängt. Es wurde Ernst. Der Mann stand Posten. Von einer andern Gruppe traten ein paar zu ihm und fragten. Es mochten welche sein, die ihn kannten, vielleicht aus der gleichen Schicht. Denn das war bald rum, der Mann war einer aus dem Hüttenwerk von drin. Um die Mittagsstunde hatte es überall geheißen, die Streikenden sollen sich bewaffnen. Dann waren sie eingeteilt worden. Er stand vorläufig hier draußen, um auf den Weg zu sehen und die Bahnlinie. Aber sein Blickfeld ging nicht gerade weit. „Wenn sie mit Autos kommen, siehst du gar nichts erst", sagten einige. Sie standen jetzt alle im großen Halbkreis um den Posten herum. Der schien nicht gerade zum Reden aufgelegt, aber er ließ sich gern anstaunen. Denen, die ihn mit Namen kannten, gab er kurzen Bescheid. Am Bahnhof wäre gesprengt worden. Es hieß, Truppen wären im Anmarsch. Die Nachricht ist eben gekommen, daß sie noch gut fünfzig Kilometer weit auf der Bahn stehen und noch nicht mal auswaggoniert sind. Der Weg wird ihnen versperrt werden. Überall sind schon Boten unterwegs. Und in die Stadt kommen sie nicht rein, das ist sicher – bekräftigte der Mann. Das waren alles viele Nachrichten auf einmal. Aber wie das so gekommen wäre, darüber zuckte der Mann bloß die Achseln. Er wies sie nach einem Wirtshaus drinnen, das einen großen Garten hätte. Alle kannten das Haus. Dort sind sie versammelt, die unsrigen, unser Stab. „Geht dorthin", sagte er und ging wieder auf und ab, als erinnerte er sich, daß er militärische Pflichten zu erfüllen habe. Er ließ die Leute, die noch unschlüssig waren, einfach stehen. Die andern, die schon zu einem ganz ansehnlichen Haufen angeschwollen waren, zogen ab.
Immer näher kamen sie an die Stadt, die ersten Häuser lagen totenstill und wie verlassen. Man hätte gern noch wen um Näheres gefragt. Dann rückten die Häuser dichter zusammen. Eine Gasse tat sich auf. Während sie dröhnend durch schritten, hob sich der Knall einer Explosion wieder in die Luft. Es bebte über sie hin, und es war, als ob die Sonne, die schon schräg stand, zitterte.

Aus dem Garten quoll Geschrei, Lärm, Rufe: Hurra!
Zu Hunderten standen sie dort, zu Tausenden. Dort war die ganze Stadt versammelt. Auch der angebaute große Tanzsaal war gedrängt voll. Vorn auf dem Podium standen welche, einer, der redete und in die Masse hineinschrie. Die meisten konnten es nicht verstehen. Auch im Garten vom Pavillon aus sprach einer. Und immer neue Züge strömten hinein. Die Menge wuchs und wogte und ballte sich mehr zusammen. An der Seite längs der Kegelbahn war ein ständiges Kommen und Gehen. Dort drinnen saß der Stab. Leute mit Gewehren standen vor der Tür und ließen nicht so leicht jemanden hinein. Vorn hatten sie einen Tisch aufgestellt, auf dem lag eine Liste, dort schrieb man sich ein. Diese Leute wurden dann weggeschickt. Das waren die, die mit der Waffe kämpfen wollten. Die meisten hatten das Gewehr vergraben, diese rannten nach Hause. Man vermutete Waffen in den Werkstattschuppen, in den Direktionsgebäuden. Züge wurden eingeteilt, die dort eindringen und nachsuchen sollten. Welche waren dafür, aus den Bürgern Geiseln zu nehmen. Man fand nur keine geeigneten. Denn die Stadt, das waren die Arbeiter selbst. Es gab fast keine andern Leute. Ein paar höhere Beamte in den Werken, aber es war nicht mal sicher, ob sie noch in der Stadt geblieben waren oder noch im Werk saßen – man brauchte sie auch vielleicht. Reiche Kaufleute gab es nicht, ein paar Filialen zwar, aus der nächsten Großstadt herübergekommen. Einige Invaliden, Frauen von Leuten, die verunglückt waren in der Grube, hatten einen kleinen Laden aufgemacht. – Der Gedanke der Geiseln wurde bald verworfen. Apotheker und Arzt konnte man so verwenden. Davon sprach und flüsterte man in jeder Ecke. Der Stab saß und machte sich Gedanken. Es waren so wenig Waffen. Kaum ein paar Dutzend Gewehre wird man zusammenbringen können. Bis die andern eingreifen wenigstens, solange müssen wir uns halten – das war die Regel. Die andern, irgendwer und von irgendwoher, das war das Wort, das überall und immer wiederkehrte. Der Stab sozusagen, dieser Stab hatte sich in den Stunden vorher, als der Lärm auf den Straßen und vor allem auf dem Marktplatz immer größer geworden war, aus sich selbst heraus gebildet. Ein paar tatkräftige Leute, die schon in den Monaten und Jahren vorher in der politischen Bewegung, in den Quängeleien und Nörgeleien mit der Gesellschaft sich hervorgetan hatten, daß sie den Blick dafür

hatten, worauf es ankam – solche Leute hatten die Massen nach dem Lokal abgedrängt. Erst mußte man wissen, was sie überhaupt wollten, hatte einer geschrien. Er hat recht behalten, die Masse ist ihm nach. Denn auf dem Marktplatz war es nicht gerade geheuer. Seit einigen Tagen lagen Polizeisoldaten in der Stadt. Die waren gekommen, als der Streik gerade drohte. Da waren eine Masse Forderungen, aber davon später. Das hatte den Streik natürlich vom Zaun gebrochen. Die Soldaten, so an zweihundert Mann, schwer bewaffnet, lagen in der Schule. Gerade dem Rathaus gegenüber. Es war schon der achte Streiktag und kein Ende abzusehen, denn der Streik ging gleich von Anfang an gegen die Soldaten. Abzug! Aber diese Söldner, die die Regierung für die Grubenherren geschickt hatte, richteten sich häuslich ein. Die Schule wurde zur Festung, diesen Mittag wurde der ganze Platz ringsum mit Stacheldraht abgesperrt, Maschinengewehre in Stellung gebracht. Das ließ die Wut explodieren. Der Bürgermeister, der ja ihr Mann war, den sie gewählt hatten, zuckte die Achseln. Er war drin in der Schule gewesen zum Verhandeln. Aber der Major hätte ihn hart angefahren. Und die Stimmung draußen war auch nicht einheitlich. Manche hätten ganz gern wieder einfahren wollen. Es gab sogar welche, die das offen aussprachen. Ja, es hieß, daß in der Hütte seit heute morgen so an dreihundert Mann arbeiten. Ebenso arbeitet die elektrische Zentrale wieder. Der politischen Führung glitt zusehends das Heft aus der Hand. Der Stab sollte die Sache in Gang bringen. Ja, der Stab – die Soldaten saßen im Sichern, in den Löchern, und kamen nicht raus. Einzelne, ein paar abschießen, das wäre dann langsam weitergegangen. Die Massen wollten Antwort haben, jetzt klipp und klar, was werden sollte. Es war verteufelt, daß man auch nichts wußte, was draußen im Lande vor sich ging. Ob sie hier auch wirklich unterstützt werden würden. Inzwischen kamen Radfahrer aus der Sprengstoffabrik mit Material. Die Fabrik stand. Die Arbeiter hätten den Betrieb besetzt und erwarteten Weisungen. Das erste Hurra stieg. Das hatte den Ausschlag gegeben. Aber es war noch kein Schuß gefallen. Die Grünen ließen sich nicht sehen. Soll man warten, bis sie auf die Menge schießen – so waren sie abgezogen. Die Einteilungen hatten begonnen. Radfahrer waren rings in den Orten unterwegs. Und dann kamen die ersten Gerüchte. Da Truppen, dort Gendarmen, dort wird gearbeitet. Man will was zu tun haben, heißt das, gebt Aufträge. Teile gingen auf eigene Faust los. Die feste Hand mußte kommen. Dann flog der Bahnhof in die Luft, eine große Brücke, deren Steinpfeiler zusammenfiel wie ein Streichholz – es war endlich Ernst. Jetzt Waffen heraus! Und die Massen im Saal wuchsen und drängten. Der eine Redner sagte das, der andere jenes. Viel hatten sie alle nicht zu sagen. Nur los jetzt, jetzt kein Zaudern, kein Zurück! Die Masse fieberte. Es war keiner, der nicht gewußt hätte, worum es ging. Keiner, der nicht voll und ganz dabei war. Aufgepeitscht war die Masse. Setzte sich in Bewegung.

Unheimlich lag die Gasse, durch die sich der Strom hindurchwälzte. Die Häuser standen in banger Erwartung, krochen ordentlich noch mehr zusammen. Man wollte zum Bahnhof. Von dort aus sich nach den Gruben verteilen. Ein starker Trupp sollte zur chemischen Fabrik. Die war überhaupt noch nicht vom Streik berührt. Einige fingen an zu singen. Aber es hieß, man soll still sein. Erst Waffen haben, bald kommen die unsrigen – sie fluteten die Straße lang. Die Dämmerung verkroch sich gerade. Da – das Bogenlicht blitzte auf – die Zentrale arbeitete noch. Mancher, der vielleicht die Faust ballen wollte, war sich nicht recht klar im Augenblick, Licht – Licht brauchen wir auch, aber allerdings und so – dann trieb ihn der Strom weiter. Weiter und mit, keine unnützen Gedanken. Über den Marktplatz. Alles lag dunkel. Ein Stoß, Sturm auf die Schule – dann hätte man alles gehabt. Fand sich keiner, der mitriß. Aber die unsrigen, hieß es. Die Postenketten der Arbeiter wurden sichtbar. Es ging also vorwärts, viele atmeten ordentlich auf. Man organisierte sich also, so mußte es auch sein, nicht blindlings – da krachte weiter vorn schon eine Tür und splitterte. Ach, das Postamt. Es war noch ein neues und ziemlich protziges Gebäude, was die Regierung ihnen hingesetzt hatte. Etwas zu groß für den Arbeiterverkehr. Aber die Telegramme nach den Banken und an die Börse wurden ja auch hier aufgegeben. Das Ding stand wie im Wege. Schon waren die ersten drin. Von Widerstand keine Rede. Ein zitternder Postgehilfe. Einer vorneweg erinnerte sich, daß der Postmensch immer was Besseres zu sein herausgekehrt hatte. Er hieb ihm eine schallende Ohrfeige und trat ihn dem Hintermann zu, der ihn an die Luft beförderte. Einer bedauerte, den Sekretär nicht zu treffen. Der

Sekretär war verhaßt. Die meisten kannten ihn nicht. Das ist einer, der auf die Arbeiter schimpft. Immer mehr Menschen drängen nach. Suchen nach Waffen. Der Schalter geht zum Teufel. Einer faßt nach einer Briefmarkenmappe. Der Fächerkasten bricht auseinander. Dann klirren die Scheiben – bis sich welche durchdrängen, von den Bewaffneten welche, und alle hinaustreiben. Ordnung muß sein. Laßt uns einteilen, heißt es. Die Menge zieht ab. Zieht noch da und dort hin. Geräusch wird zu Gemurmel. Es verliert sich alles. Die Nacht ist unheimlich dunkel. Jetzt ist auch das Lampenlicht verlöscht. Oben der Postmeister im ersten Stock atmet noch schwer. Es hätte ihm an den Kragen gehen können.

Es ereignete sich noch mancherlei in dieser Nacht. Mehrere Schächte, in denen die Abendschicht wieder angefahren war, wurden stillgelegt. Die Streikbrecher folgten der Aufforderung herauszugehen willig und ohne Widerrede. Die meisten hatten damit gerechnet, und nur um zu Hause Ruhe zu haben, sagten sie, wären sie hingegangen. Wäre das Tor verschlossen gewesen oder Posten davor, wären sie gleich wieder umgekehrt. Die elektrische Zentrale, die auch in den Gruben ringsum die Pumpen antrieb, wurde durch Überfall genommen. Es hieß, daß die Werkpolizei sich mit Gewalt der Stillegung widersetzen würde. Aber die Arbeiter waren drin, ehe noch an Widerstand zu denken war. Es lief völlig glatt ab. Eine Wache wurde zurückgelassen. Dagegen machten die Werkmeister in der Hütte, wo auf einem Block fast voll gearbeitet wurde, Schwierigkeiten. Sie wollten verhandeln, und der Trupp, der eingedrungen war, ließ sich auch darauf ein. Man wollte telephonieren, aus dem Kontrollhaus nebenan kamen ein paar Beamte. Es war zu merken, daß diese Leute das Blatt bald umdrehen würden. Die Arbeitenden ließen sich nicht sehen; schämten sie sich oder fiel nur wie zum Hohn gerade ein Hammerschlag – jedenfalls äugten die Werkmeister ständig nach draußen, wo die Unterstützung kommen sollte. Die Lage war kritisch. Da sprang einer aus der Gruppe auf einen dieser Leuteschinder zu, kriegte ihn an der Gurgel zu fassen, und ehe noch die andern zuspringen konnten, lag er schon draußen auf dem Hof. Wie sich jetzt auch die Beamten einmischen wollten, wurde die Wut lebendig. Die Streiker ergriffen, was sie gerade unter die Finger kriegten. Die Holzerei war schon im Gange und sehr zu ungunsten der Meister, als die Leute vom Block erschienen und den Frieden herstellten. Sie ließen alles stehen und gingen mit. Dem Beamtenhaus wurden beim Abzug die Scheiben eingeworfen.

Dagegen wurde durch Handstreich von den Polizeitruppen die Post wiedergenommen. Der Major mußte sich in dem Gebäude einen besonders notwendigen und wichtigen Stützpunkt vorgestellt haben. Während er sonst mäuschenstill in seinem Bau saß, auf die dringendsten Telephonate der Grubenleitungen, denen er sich direkt hatte anschließen lassen, nichts unternahm, ließ er einen Trupp mit Maschinengewehren in den ersten Morgenstunden das ausgeräumte Postkontor, das ohne Wachen war, besetzen und in Verteidigungszustand bringen. Das gleiche geschah mit dem Rathaus und noch an zwei Stellen der Stadt, wo er Maschinengewehre anlegen ließ, so daß er die ganze Stadt ständig bestreichen und unter Feuer halten konnte. Er hatte sich damit, ohne daß ihm Widerstand geleistet wurde, zweifellos einen bedeutenden Vorteil verschafft. Bis weit in den Vormittag des nächsten Tages hinein blieb alles ruhig. Es fiel kein Schuß. Wieder hatten sich Hunderte in dem Wirtsgarten versammelt. Dort saß auch noch der Stab. Von draußen keine Nachricht. Zwar standen jetzt alle Betriebe still. Auch die Grubenbahn war gesprengt und einige Waggons quer über die Schienen geworfen. Solche Nachrichten liefen ein. Aber man wartete und wartete. Es wurde immer deutlicher, daß sich keiner im Grunde genommen mehr Rat wußte. Auf den Gedanken, ihrerseits anzugreifen, kamen sie nicht.

Da griffen so um die Mittagstunde die Grünen an. Der Major mochte Wind bekommen haben. Im Nu waren sie aus der Schule raus und über den Marktplatz und im Sturm die Gasse hinauf nach dem Hauptquartier der Streiker. Eine Truppe blieb zurück und sperrte den Marktplatz ab. Da fielen auch schon die ersten Schüsse. In schrecklicher Verwirrung lief im Garten alles durcheinander. „Sie kommen, sie kommen" – wurde geschrien. Wachmannschaften, die auf die Straße gestürzt waren, um zu sehen, bekamen die ersten Kugeln um die Ohren. Es war wie im Kriege, es pfiff sich leise ran, das Geschoß, dann wurde es dichter, wie wenn man Erbsen in der Trommel hat. Oho – das Gewehr von der Schulter und in Anschlag. Ein alter Mann, der immer so nebenbei gestanden hatte, riß einem jungen Kerl das Gewehr

weg. Der wollte gerade damit ausreißen. Und kniete sich hin, langsam und bedächtig, und schoß jetzt auf die Grünen, die, von Haus zu Haus Deckung suchend, sich unaufhörlich nach vorn entwickelten. Von oben, von der Anhöhe zur andern Seite, knallte es auch. Da schrie einer: „Draußen sammeln, alle raus aufs Feld." Die Masse stob auseinander. Die Gasse, ihrem Ausgang zu. Über Zäune in den Hof hinein und in die Häuser. Die Türen waren klein und schmal. Hinterrücks pfiffen und prasselten die Projektile. Welche stürmten den Berg hinauf. Welche schleppten noch Kasten mit Gewehrmunition mit. Viele Rahmen blieben auf der Straße liegen. Die Feuerwaffen bekamen sie zwar alle mit, aber die wenigsten hatten Munition. Rein in die Häuser – das war Befehl der Grünen. In weniger als einer Minute war alles leer. Die Kommandos der Grünen kamen schärfer und schwollen an. Sie stürmten jetzt nach oben durch die Straßen in viele Einzeltrupps geteilt. Von den Dächern fielen Schüsse. Aber der ganze obere Stadtteil war in den Händen der Soldaten. Die Leute waren zum allergrößten Teil zersprengt, aus dem Zusammenhang gerissen. Hatten das beste verloren, was sie waren: Masse! Wo noch die Kugel pfiff, da zuckte man zusammen und duckte sich.
Damit war der Kampf um die Macht in der Stadt schon entschieden.

Tote und Verwundete. Ein Mann, der vom Giebelfenster aus nach der Straße sah, ein zittriger Greis, bekam einen Schuß durchs Kinn ins Hirn und fiel hintenüber. Eine Frau wurde im Laufen niedergestreckt und blieb mitten auf der Straße liegen. Ein junger Bengel krümmte sich an einer Hauswand, hielt sich krampfhaft hoch und fing an zu schreien und zu rufen. In den Häusern drin hockten die Menschen schweigend. Flüchtende flüsterten im Hausflur. Es war, als ob den Leuten die Sprache verschlagen wäre. Dann begannen die Kinder zu weinen. Das Wasser dampfte noch auf dem Herd. Es war doch Mittagszeit. Draußen vorm Fenster huschten noch die Schatten der Grünen. Es gab jedesmal einen Ruck bis in die Knochen. Wenn sie jetzt reinkommen und auf die Menschen los – sie ducken sich. Man rief sich von den Dächern aus zu. In ein Haus wären sie eingedrungen, dort hätte jemand herausgeschossen. Sie wollen das Haus in Brand stecken, die Türen einschlagen, die Kinder mit dem Kolben rausgejagt, Gefangene fortgeführt – und ein tiefer Seufzer ging durch die Menschen. Die Männer saßen scheu und in sich gekehrt, wie verstört. Die Frauen hielten sich tapfer, herrlich unter der Wucht dieser Verzweiflung, die hereinbrechen wollte. Und auch diejenigen, die am liebsten ihre Männer noch zur Arbeit getrieben hätten und die ganze Woche schon ein sehr böses Gesicht aufgesetzt hatten, mischten sich jetzt ein: Wer hat denn die Grünen hergerufen, kein Mensch, alles war friedlich, was kommen sie denn, diese Hunde, uns auf den Hals – bloß in die Finger kriegen so einen Kerl, läßt sich vom Staat rausfressen, wir müssen's bezahlen, daß er dann auf uns schießt, Lump, elendiger. Und während sie die Kinder zur Ruhe wiesen und am Herd wieder anfingen zu hantieren oder die Suppe auf den Tisch zu stellen, sah man, daß die Frauen besser kämpfen würden, überlegter und entschlossener. Dieser Zug von zäher Energie um den Mund, den die Menschen haben, die sich sehr quälen müssen im Leben und doch nur Zank und Streit ernten und die Angst, nicht genug zum Leben zu haben, diese Verbitterung wird noch einmal einen ganz andersgearteten Kampf um die Macht auslösen. Bis das Mütterliche die Oberhand gewann. Und auch den Zweifel unterdrückte: Was soll werden, nun werden sie vielleicht ganz auf die Straße geworfen. Sie waren doch zusammen und gehörten zusammen und wollten schon alles mittragen und helfen. Und eine ruhige Stimmung kam auf, wohltuend wie ein kühler Trunk für den Verdurstenden. Die meisten machten sich jetzt hungrig von dem ungewohnten Stehen ans Mittagessen. Was wird, das wird sich finden – auch hatte das Schießen nachgelassen. In einem der Häuschen mußte der Mann verbunden werden. Schuß im Oberarm. Die Frau, vergrämt und gebeugt, obwohl noch jung, wusch die Wunde. Es war ihr sicher mehr zum Weinen, obwohl die Mundwinkel in Verbitterung zuckten und alles das von sich gegeben hätten, wovon das Herz überlief. Aber sie beherrschte sich. Sie sagte nur ruhig: „Nun bist du schon ein halbes Jahr arbeitslos wegen der Brust, und es will nicht besser werden. Jetzt auch das noch. Wär ich nur lieber für dich gegangen." – Und der Mann hustete schwer, wie um es zu bekräftigen. Die Grubenkrankheit hatte ihm große rote Flecken auf die Wangen gemalt.

Die Grünen waren zunächst verschwunden. Unten am Markt hatten sie vom Bahnhof her Feuer bekommen und auch einen Toten und Verwundete. – Diese Ecke blieb den Streikern erhalten. Dorthin kam jetzt auch Zuzug. Welche, die über die Höhen hintenrum sich durchgeschlagen hatten. Welche, die von außerhalb kamen, Leute, die gestern den Versammlungen beigewohnt hatten, nach Hause gegangen waren und heute wiederkamen, um weiter mitzumachen. Von dort wurde der Markt unter Feuer genommen, und der Major, der seine Mannschaften in alle Winde zerstreut hatte, hielt es für das beste, sie in der Schule wieder zu sammeln. So verschwanden die Grünen wieder aus den Straßen. Aber die Arbeiter kamen zum größten Teil nicht mehr aus den Häusern raus.
Der Stab war zersprengt. Am Bahnhof bildete sich ein neuer. Auch die politische Führung fand sich dort ein. Dort stand die Wut wie eine Wolke über der Stadt. Kein Plan mehr, kein Ziel, nur wild lodernde Wut. Von der Gegend ringsum, aus den Nachbarstädten kam noch immer keine Nachricht. Sie richteten sich auf militärische Verteidigung ein. Barrikade, Laufgräben, auf den Höhen oben konnte man sich vielleicht halten. Die Schule und der Markt ließen sich von oben bestreichen. Ab und zu fiel ein Schuß. Für den Major schien es ratsamer, in seiner Festung zu bleiben und die Verstärkung abzuwarten. Den Hauptteil der Stadt hielt er ja auch noch sicher. Aber alle fühlten, es muß was geschehen. Dann hieß es, es sind Arbeiter bewaffnet unterwegs aus dem größeren Nachbarort. Die Zeit verstrich. Soll man angreifen – da meldeten sich welche, die Sparkasse zu sprengen. Dort waren allerdings keine Grünen, sie lag auch nicht direkt im Feuerbereich der Schule. Die Leute zogen hin, schlugen die Tür ein und sprengten das Gebäude, nachdem sie den Rendanten mit seiner Familie an die Luft gesetzt hatten. Sie wurden nicht gestört. Der eine Pfeiler des nur einstöckigen Hauses bog sich nach vorn, wodurch der Giebel schräg hinüberrutschte. Das Haus hing gerade noch so in der Luft. Unten war alles ein Trümmerhaufen. Die Explosion ließ Freund wie Feind hochfahren. Der Kampf war also noch nicht entschieden. Eine neue Phase bereitete sich vor. Der Kampfleitung wurden als Ergebnis einige tausend Mark eingebracht, die als Löhnung verwendet werden sollten. Listen wurden ausgefertigt und eine Rendantur war im

Entstehen. In einem Haus dicht am Bahnhof wurde für die Arbeiter Kaffee gekocht.

In den Abendstunden waren die Arbeiter aus der Stadt vertrieben. Auf der Kreischaussee waren einige Panzerautos im Anrasen. Man wird ihnen den Weg doch nicht sperren können, war die allgemeine Ansicht. Also zogen die bewaffneten Leute über die Höhen hinweg aus der Stadt ab. „Draußen fassen sie uns nicht so leicht." Das Panzerauto kam unbehelligt nach der Stadt. Die andern verkrochen sich wieder in die Häuser. Die Polizeitruppen waren jedoch wenig sicher. Würde noch ein Angriff folgen, war der Abzug nur Finte – der Major hatte unangenehme Stunden hinter sich. Als auf seine erste Kraftprobe hin der sichtbare Erfolg sich nicht gleich eingestellt hatte, waren seine Leute unruhig geworden. Ein Gefangener, den er in die Schule mitgenommen hatte, hat davon später berichtet. Solche Söldnertruppen spalten sich sehr schnell in zwei Teile. Die einen, das sind diejenigen, die angelockt durch guten Lohn und wenig Arbeit mitmachen, solange es noch weiter nicht gefährlich ist, Leute, die stupid den Tag vor sich hinleben, wenn es nur gut zu saufen und zu fressen gibt. Die andern aber sind gelernte Schinder. Sie unterscheiden sich nicht viel von den Hunden, die man auf den Mann dressiert. So werden diese Leute auf die Arbeiter abgerichtet. Viele haben sich schon Mühe damit gegeben, eine richtige Erklärung zu finden, was diese Menschen eigentlich zu ihrem Schlächterhandwerk treibt. Sie sind nicht zu gebrauchen, pflegen die Offiziere zu sagen, erst müssen sie Blut sehen. Dann läßt man sie los – wie die wilden Tiere stürzen sie sich auf ihre Opfer. Die meisten Menschen empfinden das noch nicht richtig. Eine gewisse ganz allgemein menschliche Art sieht in dem Gegner noch immer den Menschen und Artgenossen. Die Überfallenen wehren sich nicht entsprechend. Man betrachtet das noch als ein Spiel, bei dem man gerade die Partie verloren hat. Solche Leute würden sich ganz anders wehren, wenn sie ein Raubtier oder einen tollen Hund vor sich sehen. Den schlägt man einfach tot, Knüppel über Schädel. Und in jedem Falle, man wartet doch nicht erst, bis er angreift. Die Regierung hat solche Kreaturen zu einer Truppe gesammelt. Viele sind darunter, die in Afrika damals die Neger und Hottentotten gejagt haben. Das haben sie einen Feldzug genannt damals – als man den friedlichen Bewohnern einfach ihre Herden wegnahm, um sie zur Arbeit am

Bahnbau zu pressen, und höchst überrascht war, daß einige darunter waren, die sich zur Wehr setzten. Es gibt heute noch in Deutschland eine nicht zu knappe Anzahl Leute, die das nicht begreifen können. Man spricht von den schwarzen Räubern und Banditen, dem hinterlistigen Viehzeug, das erschlagen und aufgehangen werden muß. Diese Meinung jetzt auf die Arbeiter zu übertragen, ist erwünscht und unsern Afrikanern ein leichtes. Liegt doch die Situation auch völlig gleich.

Aber nicht davon, sondern: der Major hatte peinliche Stunden. Der erste Tote bringt immer einen Rückschlag in die Stimmung. Das Feuer der ersten Begeisterung verrauscht, es ging also doch nicht alles so leicht. Manche erinnerten sich an Frau und Kind zu Hause; dachten daran, daß sie gar nicht so besonders gestellt waren, sich dafür die Knochen kaputt schießen zu lassen. Wenn die Suppe brenzlich wurde, mochten sie die Herren allein auslöffeln. Der Major hatte das schon kennengelernt, es bilden sich dann Gruppen, die untereinander die Köpfe zusammenstecken. Dann fehlt bloß noch ein starker Stoß von draußen und es läuft alles. Das Wichtigste war, sie jetzt nicht zu reizen, keine Befehle und so etwas. Diese Stimmung war in der Schule. Die Aufnahme des Feuers, die Sprengung ließ sie noch höher steigen. Welche waren darunter, die den Gedanken ernstlich erwogen, um Abzug zu bitten. Außerdem waren sie doch nur angestellt, konnten jederzeit die Stellung aufgeben, als neutraler Mann nach Hause gehen – der Major ließ sich nicht sehen. Welche sagten, was nützt es; wenn die mal erst hier reinkommen, sind wir alle hin. Aber das bezweifelten auch andere wieder. Wieso, wenn wir uns neutral erklären, die Waffen ausliefern – wir sind doch auch nur Arbeiter. Und nicht nur im Grunde genommen, die meisten waren noch gar nicht so lange auch direkt aus der Werkstatt erst weg. Die Stimmung war mächtig gedrückt bei den Grünen, erzählte später einer, den sie wieder laufen gelassen hatten. Sie seien drin gut behandelt worden, eigentlich hätte man sich gar nicht um sie gekümmert. Man vergißt auch, daß die Bluthunde drunter sehr feig sind. Sie müssen in der Überzahl sein, wenn sie vorgehen und der Widerstand gering. Es muß mehr so eine Art Kesseltreiben sein, wie bei den Hereros, wenn die Sache Spaß machen soll. In andern Fällen ist auch auf diese wenig Verlaß. Ja, so war das dort in der Schule. Man weiß nicht, was noch hätte geschehen können, wenn – aber die Arbeiter zogen ab.

Und durch das Panzerauto war auch die Verbindung mit draußen wieder da. Die Krise ging vorbei. In der Stadt rührte sich nichts mehr. In den Abendstunden holte der Major aus einer Anzahl Häuser die Männer als Gefangene heraus. Als Geiseln für den Fall eines Überfalls in der Nacht. Es war klar, der Widerstand war gebrochen. Der Major bekam seine Leute wieder fest in die Hand.

Währenddessen zogen die Streikenden von der Höhe aus ins Land hinein. Sie marschierten zwischen den hohen Schlackenbergen hindurch, auf die die wieder aufgekommene Sonne einen metallischen Glanz warf, als läge das Silber und Kupfer noch tonnenweise darin. Den ganzen Tag war der Himmel bedeckt gewesen, wie zum Hohn kam jetzt die Sonne durch. In der Ebene war kein Laut. Von der Ferne sahen sie die Schornsteine der chemischen Fabriken. Das Werk lag still. Kein Rauch verriet mehr ringsum, daß irgendwo noch gearbeitet wurde. Aber auf den Wiesen, die hinter den Halden lagen, krochen noch Menschen herum. Ein Knecht fuhr einen Wagen den Feldrain entlang, als wäre der Frieden in höchsteigener Person ins Land gekommen. Dorthin nahmen sie Richtung. Sie schrien schon vorher und wußten sich bemerkbar zu machen, so daß die Leute, die auf dem Felde noch arbeiteten, ungefähr die Lage für sich überschauen konnten, und sie rissen schleunigst aus. Nur der Knecht versah sich nichts Arges. Den bekamen sie schließlich zu fassen, und ehe er noch das Maul auftun konnte, hatten sie ihn von seinem Sitz gezogen und prügelten ihn gehörig durch, daß der gar nicht mehr wußte, ob er weitergehen oder gleich liegenbleiben sollte. Ein paar machten sich über den Wagen her und hieben ihn in Stücke. Das Pferd bekam einen Klaps, daß es wie toll in die Felder hineingaloppierte. Dann zogen sie weiter, der Knecht hinkte hinterher. Der Mann hatte Furcht, sich allein bei dem Gutsherrn sehen zu lassen. Und er begriff auch noch nicht recht, was die Arbeiter von ihm gewollt hatten. Das beste war also schon, er schloß sich denen da an. Es hieß, sie werden alle, die noch Waffen haben, mobilisieren. Wir holen sie jetzt aus ihren Löchern heraus, rief man, und der Zug sollte sich von Dorf zu Dorf bewegen und die Kameraden wachrufen. Dann wollte man zurückkommen. Unterwegs stießen sie auf einige, die die Nachricht brachten, daß der Gutsherr seine Leute bewaffne. Da ist was zu holen, hieß es. Es war noch alles in Sonne gehüllt, als sie das große Gutshaus von weitem liegen sahen. Zwischen den großen Scheunen sahen sie Leute gehen, die sich geschäftig zu tun machten. Und auf einmal war es aufgekommen, dem Freßsack muß man einen Denkzettel geben. Das ging wie Feuer durchs Blut. Auch waren sie über fünfzig Mann noch und alle bewaffnet und noch gut fünfzig Mitläufer, wenn man alles zusammenzählte. Weiß keiner eigentlich, wie das gekommen ist plötzlich, wie die Rasenden sind sie auf den Hof los. Dort hat ein Eleve mit dem Gewehr gestanden und Schaffer und Melker und zwei alte Feldhüter, die sich aber kaum auf den zittrigen Beinen halten konnten. Aber denen war die Lust zum Schießen vergangen. Sie liefen was sie konnten. Der Eleve hatte wohl schon die Büchse im Anschlag, wurde ihm aber bald weggeschlagen. Dann begann das Suchen nach Waffen, und tatsächlich holten sie einige Maschinengewehre auch raus. Der Eleve lag mit einem Loch im Kopf im Hausflur des Wirtschaftshauses. Der Herr war nicht zu finden. Die Tagelöhner hatten auch Reißaus genommen. Die Wagen wurden aus der Remise gezogen, Pferde vor und Leute drauf und nach den nächsten Dörfern geschickt. Es fanden sich auch noch andere Schußwaffen. Es war, als ob sich das Blatt jetzt wenden sollte. Allen stand der Sieg auf der Stirn geschrieben: Jetzt weiter, die erste Festung ist gefallen. Aber es ärgerte sie, daß sie den alten Teufel nicht erwischen konnten. Den hätten sie aufgehangen, schworen sie. Das war so ein richtiger Arbeiterfresser, so ein abgedankter Offizier, der sich noch beim Kommiß dünkt. Über den Mann waren viel Gerüchte im Umlauf. Obwohl ihn eigentlich kaum einer schon gesehen hatte. Es hieß, daß er einen besonderen Bürgerbund hier in der Gegend gegen die Arbeiter mitbegründet hätte. Das war auch der Mann, der auf die Leute schießen ließ, die mal für ihre Ziege von der Wiese ein wenig Gras holen wollten. Das Haus war verschlossen. Man sah auch, daß alle Fenster dicht waren. Sicher war die Herrschaft verreist, war schon ein paar Tage früher ausgerissen. Ins Herrenhaus wollten sie nicht, haben da drinnen nichts zu suchen, sagte man. Aber die Erntemaschinen und das viele Geräte, das allenthalben rumlag, trugen sie auf einen Haufen. Wurde auch manches nicht sanft angefaßt. Das wollten sie mit fortschaffen. Dann schlug einer vor, ein paar Stallungen anzuzünden. Den Park wollten sie niederlegen. Es war ein ziemlich großer Tiergarten, der ihnen in die Augen fiel. Sie wollten sich im Gut festsetzen, sozusagen als Hauptquartier, es verschanzen und alles was sonst zur Verteidigung nötig war. Es war ein ewiges Hin und Her. Auch ein paar Tagelöhner und hauptsächlich die Weiber hatten sich wieder herausgetraut. Die staunten und tauten jetzt etwas auf. Sie kamen ins Sprechen miteinander. Wie steht's denn, was soll denn werden, ist denn schon eine neue Regierung – ja, mancher kraulte sich am Kopf. Streik ist, hieß es, bald aber auch: Wir sind jetzt die Macht, das wird sich alles noch finden, wir sind erst am Anfang. Da fielen von der Sprengstoffabrik her Schüsse. Die Fabrik lag in einer Talmulde, ein paar Kilometer weit weg. Man konnte sie nicht sehen. Aber die Richtung konnte nur die Fabrik sein. Man hörte jetzt deutlich hintereinander Gewehrfeuer. Der Kampf geht los, dort schießen sie – alle wie im Taumel. Dorthin – hieß es. Aber es fieberte in ihnen, endlich ihre Wut auszulassen. Sie rissen Zäune nieder, Bretterverschläge. Schlugen auf die Maschinen los. Und einer schmiß eine Handgranate ins Herrenhaus. Sie zogen schon ab. Aber es deuchte ihnen noch zu wenig. Die Weiber waren schreiend weggelaufen. Es zog welche doch immer wieder zum Hause. Soll man es in Brand stecken, die Scheunen. – Schließlich brachten sie eine Sprengung an. Das Haus stürzte zusammen wie ein Kartenhaus. Die Pfeiler blieben nur stehen und die eine Seitenwand.

Währenddem, während noch von der Explosion die Luft nachzitterte und das Gewehrfeuer anschwoll, saßen in einem Dorf in nächster Nachbarschaft im oberen Zimmer der Gastwirtschaft die Vertreter der Arbeiterschaft aus dem großen Grubenbezirk zusammen, um sich über die Lage zu beraten. Auf die eine Frage, was soll geschehen, konnte keiner recht Antwort geben. Es waren auch politische Persönlichkeiten darunter, die einen gewissen besonderen Platz in der Arbeiterbewegung beanspruchten. Leute von außerhalb, die auf die erste Kunde von den Streikvorgängen hiergeeilt waren, um sich selbst ein Bild von den Aussichten des Kampfes zu machen. Aber mochten sie auch von noch so weit her sein, sie brachten denselben engen Gesichtskreis mit. Über den Umfang der Bewegung wußte niemand Aufschluß zu geben. Alle waren überzeugt, daß sie eine Ausbreitung über das ganze Land gewinnen müßte und würde.

Alle sprachen von der Hoffnung und von der Gewißheit, aber Sicheres wußte man nicht. Wir müssen auf dem Weg weiterschreiten, das war allgemeine Überzeugung. Niemand hätte aber auch im Grunde sagen können, welchen Weg. Weiter draußen im Lande war alles ruhig. Sicher werden noch einige Tage vergehen, ehe man die Arbeiter überhaupt mit den Vorgängen vertraut machen kann, um sie in Bewegung zu bringen. Gewiß, alle warteten, alle erhofften den Anstoß – hier ist er. Darum drehte sich alles, was da gesprochen wurde. Die Nachrichten, die aus den umliegenden Ortschaften kamen, hoben noch die Kampfstimmung. Diesmal soll's ein Ende sein mit dem Joch, diesmal ganze Arbeit machen. – Darauf lief's hinaus. Aber es hatte doch bald zehn Tage gedauert, um überhaupt erst den Streik allgemein zu machen. Und es fehlte das Programm, ein klares Ziel von dem, was zunächst getan werden soll. Man sprach darüber, man gab sich gegenseitig das zu, und es waren keine hohlen Schreier darunter, erfahrene Leute, die schon manchen Kampf der Arbeiterklasse mitgefochten hatten, graubärtige darunter, bedächtige, ruhige Arbeiter – alle hatte die Hoffnung erfaßt und ließ sie nicht mehr los: Vielleicht, einmal ein Ende machen mit dem allen, was um sie täglich war. Da wuchs alles ins Riesengroße, um ihnen das Vertrauen auf den Ausgang des Kampfes zu ermöglichen. Eine Patrouille der Grünen war abgeschnitten und gefangengenommen worden. Dort hatte man ein Motorrad einem Gendarmen abgenommen. Dort war der Pfarrer als Geisel festgesetzt. Einen Grubendirektor hatten sie in den Schacht runtergeschmissen. Dort waren auch Drähte über die Straße gespannt worden, ein Auto mit Regierungsbeamten ist angehalten, Dokumente. Von einem Ort gut dreißig Kilometer weit ziehen an hundert Arbeiter singend auf unsern Ort zu, viele davon sind bewaffnet. In den großen Städten wächst die Streiklust. Man wartet überall, überall.

Schließlich war nicht viel zu entscheiden. Alle wollten ja dasselbe. Und sie gingen bald auseinander, jeder an seinen Ort, jeder dorthin, wo schon die andern begierig auf Nachricht warteten, drinnen im Bezirk wie draußen weiter im Land. Halten müssen wir uns, bis die andern eingreifen, hieß es. Darum diesmal gleich mit allen Mitteln. Wir müssen die andern zwingen, uns zur Hilfe zu kommen. Alle Brücken hinter uns abbrechen. Gleich aufs

Ganze gehen. Das wurde das Ziel, statt der Forderungen, die nun einmal die andern draußen sehen wollten. Aufstand. Revolution. Aber die Leitung glitt ihnen aus der Hand.

In dieser Sprengstoffabrik, die auf dem Wege lag, spielte sich das ab: Die Werksbeamten waren unter Waffen getreten. Es war kein angenehmer Paragraph im Anstellungsvertrag, der das vorschrieb. Sie hatten Verstärkung von einer Radfahrtruppe bekommen. Leider hatten die keine Maschinengewehre bei sich, stellten die andern fest. Den Beamten war es höchst ungemütlich. Übrigens arbeitet ja auch noch ein Teil der Arbeiter. Der zog allerdings gegen Mittag ab. Von der Direktion kamen keine weiteren Befehle. Die Soldaten fühlten sich auch nicht recht heimisch. Allenthalben sah man jetzt Arbeitertrupps. Aber der Befehl, nicht provozieren, bis weitere Streitkräfte eintreffen, war von oben durchgegeben worden. Es ging also auch nicht, Posten auszustellen. Manche hatten noch einen ziemlichen Weg vor sich. Man verhandelte gerade darüber, als sie plötzlich von einem mehrere hundert Mann starken Trupp angegriffen wurden. Die Soldaten warfen sich nieder und schossen. Es war ein Trupp Arbeiter, der schon einen ziemlichen Marsch hinter sich hatte, der jetzt begeistert ins Feuer ging. Dazu waren sie gerade gekommen. Hier kamen sie zurecht. Einmal im Schwung, lassen sich solche nicht leicht schrecken. Schußwaffen hatten sie zwar nicht, aber ein paar Handgranaten. Als der erste Mann zu Boden mußte, flog so eine Ladung in den Hof. Nur einmal, dann hörte das Feuern auf. Die Fabrik konnte in die Luft gehen. Die da drinnen gerieten bald selbst gegeneinander. Aber die Arbeiter waren auch schon da. Hatten immerhin einige Tote. Waren heldenhaft gefallen. Dann ging's über die Grünen. Zwölf Mann wurden gefangen ins nächste Dorf gebracht. Die Beamten hatten sich in eine große Autohalle geflüchtet. Als dort die Tür aufgebrochen wurde, gaben sie Feuer. Das muß einer in seiner Angst getan haben, denn Widerstand war nutzlos. Man holte sie auch schließlich raus. Und ließ sie laufen. Die Autos wurden fahrbereit gemacht. Eine Anzahl großer Lastautos, auch Personenwagen. Das war gute Hilfe. Auch eine große Geldsumme fiel ihnen in die Hände. Dann ging's weiter.

Im Verlauf der folgenden Nacht wurde das Bild mit einem Schlage vollkommen verändert. Der Brandherd des Aufstandsgebietes, der Grubenbezirk, war ein großer Talkessel, dessen Hänge sich lang hinzogen und ihrerseits wieder neue Mulden und Kessel bildeten, in deren Tiefe sich die Dörfer der Arbeiter angesiedelt hatten. Die ehemals bewaldeten Hänge lagen vollkommen frei, so daß man von den Höhen das Tal ohne Schwierigkeit einsehen konnte, soweit wenigstens der Marsch größerer Massen in Frage kam. Die einzelnen Grubenorte waren durch die ansteigenden Schlackenberge kenntlich. Nach diesem Kessel setzten sich in dieser Nacht von allen Seiten Polizeitruppen in Bewegung. Wie aus dem Boden gestampft waren die plötzlich aufgetreten. In weit zurückliegenden Stationen waren sie auswaggoniert worden und traten in der Nacht den Marsch in das Aufstandsgebiet an. Das waren Truppen, aus allen Landteilen zusammengezogen. Die Vorbereitungen dazu mußten schon vor langer Zeit getroffen worden sein. Da waren alle Waffengattungen vertreten. Es war ein wohlausgerüstetes Heer, das im Anmarsch war. Schweigend und düster wälzte sich der Heereszug vorwärts, Wagen auf Wagen, Artillerie, Verpflegungs- und auch der Sanitätstrain waren nicht vergessen. In den Dörfern, die sie passierten, blieb alles dunkel und still. Noch ehe der Morgen richtig graute, hatten sie die größeren Dörfer auf den Höhen ringsum besetzt. Den erwachenden Dorfbewohnern bot sich ein seltsames Bild: Gewehrpyramiden, Wagenburgen, Feldküchen und lagernde Truppen. Später wurden die einzelnen Gehöfte als Unterkunft mit Beschlag belegt. Die Überraschung war schmerzlich. Die meisten wollten gerade diesen Morgen ins Tal runter und sich einschreiben lassen. An diesem Tage sollte sozusagen der Aufstand erst richtig losgehen. Die Leute standen und gafften und ließen mancherlei Gedanken hin und her gehen. Daß nicht zu spaßen war, merkten sie bald, als einige sich aufs Rad setzten und zu Tal fahren wollten. Gesperrt, hieß es, keiner verläßt den Ort – gleich Schüsse hinterher. Auch die Radfahrer, die von unten kamen, wurden angehalten und durchsucht. Wer sich nicht ausweisen konnte, wurde festgenommen. Einigen wurden auch Mitteilungen abgenommen. Es kam fast keiner durch. Wer halbwegs waffenfähig aussah, wurde festgehalten. Eine große Scheune war für diese Leute in Bereitschaft gesetzt. Trotzdem mußte Ernstes vor sich gehen, Autos fuhren hin und her, ganze Autokolonnen mit Schwerbewaffneten wurden in Marsch gesetzt, Feldtelephon nach den nächsten Ortschaften gelegt. Die Leute im Dorf trösteten sich. Es ist im Gange, da unten schaffen sie es und draußen im Reich – noch war bei keinem Angst und Unruhe zu merken. Die Soldaten im Dorf selbst nahmen von ihnen keine Notiz.

Im Bezirk flackerte indessen der Aufstand von Ort zu Ort. Mochten die Truppen da oben stehen, hieß es, von draußen werden sie helfen. Hauptsache, daß wir hier aufräumen. So ging es von einer Ortschaft in die andere. Auf Wagen und Autos fuhren sie, die sie aus den Werken geholt hatten. Leute mit Schellen in der Hand, die die Waffenfähigen zusammenklingelten. Aufrufe wurden verlesen und an kräftigen Worten nicht gespart. Es gab auch viele, die sich zusammenschlossen. Nur Waffen waren nicht vorhanden, die kommen später, tröstete man sich.

Dann begannen die Plänkeleien. Es wurde also wirklich Ernst. Panzerautos mit Grünen ratterten durchs Dorf. Schüsse gingen hin und her. Sie hetzten sich von Ortschaft zu Ortschaft. Und leisteten kräftigen Widerstand. Die Autos fuhren beinahe wie im Kreise hintereinander her. Überfälle. In einem Dorf glückte es, den Grünen einen Minenwerfer abzunehmen. Dort wurde aus den Häusern geschossen, ein Maschinengewehr war eingebaut. Die Grünen liefen wie die Hasen und ließen alles im Stich. Hatten auch Tote. Anderwärts wurden auch die Arbeiter zersprengt. Es waren regelmäßige Streifen durch das ganze Gebiet, die die Truppen mit mehreren Kolonnen unternahmen. Noch setzten sie sich nirgends fest. Ihre Hauptmacht lag oben in den Dörfern. Nach diesen Stützpunkten kehrten sie immer wieder zurück und wiegten jedesmal die Aufständischen in die Hoffnung, sie zurückgeschlagen zu haben. Es war ein aufreibender und zermürbender Kampf. Die Sprengungen nahmen größeren Umfang an. Die Wege wurden teilweise zerstört, Hindernisse gebaut. Schachthäuser gingen in Flammen auf, die Schienen aufgerissen, der Telegraphendraht an vielen Stellen durchgeschnitten. Viele Arbeiter standen in den Grubenbetrieben herum und sahen nach dem Schacht. Die Pumpen standen still. Sie rechneten aus, wann der Schacht ersaufen würde. Man zuckte die Achsel, es hilft eben nichts, durch müssen wir diesmal. In der Stadt herrschte Ruhe. In der Nacht waren einige Geschäftsläden, darunter die Filiale eines großstädtischen Warenhauses, geplündert worden. Die Scheiben waren eingeschlagen. Gebrauchsgegenstände, Kleider, Stoffe lagen noch auf der Straße herum. Niemand wollte etwas gehört haben. Der Major hatte sich gehütet, mit seinen Leuten einzugreifen. Er hatte nur heute morgen mit einigen Zügen die elektrische Zentrale, die Hütte und andere Fabrikbetriebe in nächster Umgebung der Stadt besetzt. In der Zentrale wurde er von einem bewaffneten Trupp angegriffen, aber die Arbeiter holten sich eine blutige Schlappe. Eine Anzahl Tote blieb liegen.

An diesem Morgen rückte auch die Entscheidung näher draußen im Land. Überall war jetzt der Bericht von den Vorgängen zum Durchbruch gekommen. Die Arbeiter hielten in den Betrieben Versammlungen ab. Man stritt für und wider, ob diese oder jene Gruppe der Arbeiterschaft mit eingreifen sollte und in den Streik treten, oder ob man zunächst allgemeine Forderungen aufstellen sollte, um die Regierung zu zwingen, Farbe zu bekennen. Es versteht sich von selbst, daß die verschiedenen Arbeiterparteien verschiedene Meinungen hatten, und daß in derselben Partei auch noch wieder Unterschiede waren zwischen den einzelnen Arbeitsgruppen und den verschiedenen Orten. Aus dem Hin und Her ging aber klar hervor, daß man allgemein etwas erwartete, daß was sozusagen in der Luft liegt. Die Aktion. Eine Aktion gibt den Anstoß. Es ist schon der erste Anfang, hieß es. Es lag viel gute Hoffnung und Stimmung in allem, was da an Ansichten zutage gefördert wurde. Aber es war nichts da, was stark genug gewesen wäre, die Arbeiter jetzt zur Entscheidung zu zwingen. Das Was, Wie und Warum erfüllte noch die Köpfe, die Parteien und die sonstigen Organisationen waren genau noch so darinnen verstrickt. Sie konnten selbst die Massen nicht aus dem Sumpf heben, in dem sie selbst versanken. Waren doch nur ihr Spiegelbild. Man soll erst beraten, abwarten, zusehen, drohen und Miene machen, vielleicht und so, und allerhand Ausflüchte, und die Sache vertagen, und jeder versteckte sich hinter dem andern, und der wollte erst sichere Nachrichten haben – alles Mühen einzelner, die Arbeiter auf einmal und wie einen Mann in Bewegung zu bringen, schien vergebens. Es ging nicht so leicht in die dicken Schädel hinein, die gewohnt waren, gründlich und eins nach dem andern zu denken. So fühlten sie auch. Voller

Hoffnung, voller noch nicht ganz eingestandener Kampflust, voller Bewunderung für die da unten – langsam erst, ganz zutiefst flimmerte das Fünkchen, das sie selbst zum Handeln trieb.

Nur an einigen wenigen Stellen war die Haltung entschiedener und eindeutig. Es versteht sich von selbst, daß dies besonders in den näher am Aufstandsgebiet gelegenen Orten und Städten der Fall war. So wurde eine größere Maschinenfabrik mit einigen tausend Mann Belegschaft auf einen Schlag stillgelegt. Ein Zug bildete sich von mehreren hundert Mann, die sofort nach dem Grubenbezirk abmarschierten. Sie hatten einen Marsch von vielen Stunden vor sich, den ganzen Tag und einen Teil der kommenden Nacht. Aber das war ihnen gerade recht. So wie sie waren, von der Drehbank weg, gingen sie los. Sie marschierten durch viele Dörfer, wo die meisten noch kaum Kenntnis hatten von den Kämpfen, die so nahe bei ihnen im Gange waren. An einigen Stellen bekamen sie sogar Zuwachs. Freundlich aufgenommen wurden sie aber überall, und wer nicht gerade ein ausgesprochener Großbauer war, der steuerte auch Brot und Kaffee und eine Scheibe Speck zu. Aber der Zug verlief nicht glücklich. Er stieß in der Dunkelheit auf eine Postenkette, die dem Trupp schon weit entgegen vorgeschoben war. Dem Versuch durchzubrechen folgte sehr bald eine Salve, die sie auseinanderjagte. Viele liefen querfeldein, manche sammelten sich im nächsten noch freien Dorf. Aber es sollte nicht lange dauern. Schon am Morgen wurden auch diese Ortschaften besetzt, an Widerstand war nicht zu denken. Wer ohne Ortskarte war, wurde festgenommen. Jeder Verkehr nach vorn wie ins Hinterland war unterbunden.

Es soll noch erwähnt werden: In einer Eisenbahnwerkstatt, mit einer der größten überhaupt im Lande, hatten sich die Arbeiter eines bereitstehenden Zuges bemächtigt und diesen nach dem Aufstandsgebiet in Fahrt gesetzt. Es waren auch ein paar hundert Mann. Sie hatten einige Maschinengewehre bei sich. Der Zug fuhr glatt überall durch, es war eine Strecke von gut achtzig Kilometern. Bis sie eine der Stationen von den Grünen schon besetzt fanden. Der Zug wurde auch unterwegs schon einige Male beschossen. Aber die Arbeiter säuberten mühelos die Station. Wo immer nur entschlossener Widerstand geleistet wurde,

zogen die Grünen ab. Die Werkstättenarbeiter ließen den Zug stehen und zogen querfeldein. Es sind auch eine Anzahl durchgekommen.
Aber Einzelheiten interessieren nicht mehr.

Diesen ganzen Tag und noch den folgenden wurde in den Taldörfern gekämpft. Die Verluste der Soldaten waren nicht gering. Man wurde schon unruhig auf der Höhe. Das Warten ist auch nicht angenehm. Aber die Befehle zum Einmarsch lagen nicht vor. Im Lande draußen begann es endlich hier und da aufzuzucken. Wie kleine Flämmchen. Ein Feuer, geschweige denn ein Brand war noch nicht zu sehen. Die kämpfenden Bergarbeiter waren allerdings von allem draußen abgeschnitten. Das wenige, was sie erfuhren, was sich so trotzdem durchschlich, bestärkte sie in der Hoffnung auf Unterstützung. Jetzt noch aushalten, ein paar Tage noch – dann ist's geschafft. So wurde dem Einmarsch denn auch erbitterter Widerstand entgegengesetzt. Es mochte wohl rein zahlenmäßig an Menschen eine zwanzigfache Übermacht sein, gar nicht zu rechnen an Waffen und Material. Die Truppen stiegen in langen Ketten die Hänge nieder, um jede Schlackenhalde wurde gekämpft, um und in jedem Dorf. Panzerautos hielten die Straßen frei. Auf den Wegen zog sich eine einzige lange Radfahrerkette hin, die nach rechts und links die Verbindung sicherte. Artillerie griff ein. Häuser, aus denen geschossen wurde, wurden niedergelegt. Der Krieg war im Lande. Es waren doch nur ein paar tausend Arbeiter, die mit Weib und Kind hier in ihren bescheidenen und halb verfallenen Hütten hausten. Aber es war für die da der Feind, der vernichtet werden mußte. Gelber Qualm zog um die Halden, das Knattern der Maschinengewehre, Feuerschein, Brände. Das Gebiet ist immerhin einige zwanzig Kilometer lang und breit und teilweise mehr. Aber der Widerstand, so wahnsinnig und erbittert er war, hielt sich ein paar Stunden. Gefangene wurden nicht mehr gemacht. Wer getroffen war, blieb so liegen, wie er lag. Wer lebend den Grünen in die Hände fiel, wurde sofort und ohne Verhör erschossen. Nach einigen Stunden waren alle Ortschaften besetzt, der Widerstand gebrochen. Es fiel kein Schuß mehr.
Da ereignete sich am nächsten Tag etwas, das wie ein unsinniges Versehen des Schicksals wirken muß. Überall festigten sich die

Truppen in den Dörfern und Städtchen. Die Betriebe und Werkanlagen wurden stark besetzt. Überall Aufräumungsarbeiten. Die Bewohner durften die Häuser nicht verlassen, die Dorfgrenze nicht überschreiten. Soldaten über Soldaten, es wimmelte. Nach der Stadt allein kamen über zweitausend Mann. Auch die chemische Fabrik, die eigentlich schon jenseits des Bezirkes lag, wurde mit einer starken Abteilung belegt. In der Fabrik selbst streikte nur ein kleiner Teil. Der größte Teil der Anlagen war in Betrieb. Die Arbeiter hielten wenig gute Nachbarschaft mit den Bergarbeitern. Zur Bergwerkstatt mochte höchstens eine Stunde Weges sein. Doch kamen die Arbeiter von weit her aus einer andern Richtung. Ein großer Teil aus einer weit entfernten Industriestadt, die für den Arbeiterverkehr nach den chemischen Werkanlagen eine eigene Verbindungsbahn angelegt hatte. Sie waren ganz für sich eigentlich abgeschlossen und in die augenblickliche Bewegung so gut wie gar nicht hineingezogen. Versammlungen waren zwar gewesen, Agitatoren hatten gesprochen und alles das, aber in Fluß war nichts Rechtes gekommen. Nun ereignete sich das: Als die Polizeisoldaten in den Hof einmarschierten, fuhr es den Arbeitern wie ein Blitz in die Knochen. Nach einigen Minuten war es schon so weit, daß man die Pause gar nicht erst abwartete. Die Direktion gab ausweichenden Bescheid, die Betriebsleitung tat selbst höchst überrascht. Inzwischen richteten sich die Grünen ein. Eine Stunde später stand die ganze Fabrik. Draußen sammelten sich die Leute. Wurden immer mehr und immer drohender. Jetzt hatten sie es endlich mit der Wut zu tun. Ehe die Grünen noch daran dachten, waren die Arbeiter wieder auf dem Hof. Es waren immerhin doch ein paar tausend Mann und auf die Soldaten los. Die gaben verdutzt, aber auch willig die Waffen her. Man ließ die Bengels laufen. Dann in das Verwaltungsgebäude, aus dem die meisten Beamten sich schon geflüchtet hatten, und dort alles kurz und klein geschlagen. Aber im Wüten hielten sie inne: sie wählten einen Arbeiterrat, übernahmen den Betrieb in aller Form, mit Inventuraufnahme und alles das, teilten sich ein, welche zur Verteidigung, welche zur Arbeit und welche zur Agitation draußen im Land. Ein Zug setzte sich sogleich nach der Industriestadt in Bewegung. Das alles verlief völlig ohne Diskussion und Lärm. Das alles war das Werk weniger Stunden. Noch ehe die Sonne über den höchsten Punkt über ihnen ging, sah man

Gruppen von Arbeitern marschieren und exerzieren, um die von der Arbeit steifgewordenen Knochen wieder beweglicher zu machen.

Diesen und den nächsten Tag ereignete sich nichts. Man ließ sie in Ruhe. Sie berieten lang und breit über die Weiterführung der Produktion. Von draußen mußte alles kommen – die andern im Lande, ob sie nun zu ihnen oder zu verwandten Hilfsindustrien gehörten, die hätten jetzt einzugreifen, hieß es, und man wartete. Tag und Nacht blieb der größte Teil im Betrieb.
Aber draußen in den großen Industriestädten, die Verkehrsarbeiter und andere Arbeitergruppen hatten noch keinen einheitlichen Plan zusammengebracht. Man konnte die Arbeiter gerade jetzt deutlich nach ihren Berufen gespalten sehen. In vielen Industrien war schlechte Zeit. Dort beförderte man eher noch die Streiklust. Der Unternehmerverdienst hatte großes Interesse daran, die Leute auf der Straße dann sitzen zu lassen. Lohnreduktionen standen sowieso vor der Tür. In wichtigen Betrieben dagegen, die auch für die Stimmung in der Gesamtbevölkerung von Bedeutung waren, denn diese war nach wie vor apathisch und stumpf, griff sofort die Regierung zu beim ersten Anzeichen der Unruhen. Spaltete die Arbeiterschaft, schälte eine Sondergruppe heraus, mit Zuckerbrot und Peitsche. Je nachdem wie man die Gewerkschaften in der Hand hatte – und rigorose Entlassungen wurden vorgenommen. Alles war darauf gestellt, von oben aus blitzschnell einzugreifen, um zu schrecken und zu bluffen. So etwas hat noch immer geklappt. Die Arbeiter begreifen das nicht. Es kam jedenfalls nichts in Gang. Kleine Ansätze wurden blutig niedergeschlagen. Die politischen Arbeiterparteien, zu spät über das Ziel einig, waren sehr bald in Verwirrung. Man dachte an Angriff von seiten der Regierung. Hatte längst vergessen, daß man selbst angreifen wollte. Die Meinungen gingen auseinander. Die großen Berufsverbände waren nicht in Bewegung zu bringen. Dazu häuften sich die Opfer, überall floß Blut, vereinzelt ohne Sinn und Zweck. Gegeneinander gerieten sich die Arbeiter in die Haare. Es kam vor, daß in dem gleichen Betrieb zwei Parteien mit Eisenstangen und was sie gerade zu fassen bekamen, aufeinander losgingen. Dabei vergaß man auf die kämpfenden Bergarbeiter, die jetzt in die Häuser hineingeschreckt waren oder blutend noch auf den

Feldern lagen. Und erst recht auf die Leute in den Chemischen Werken. Ganz gut so etwas, war die Meinung, aber jetzt ist dafür keine Zeit. Im Grunde genommen nahm sie niemand ernst. Aber jeder trug mehr wie sonst die Faust geballt in der Tasche.

Dann las man noch: Wie die Arbeiter sich geweigert hätten, die Werke zu verlassen. Wie Artillerie aufgefahren war, wie dann Gebäude für Gebäude gestürmt worden war, obwohl schon nach den ersten Schüssen der Widerstand eingestellt wurde, um das Werk selbst nicht zu gefährden. Dann die gesamte Belegschaft gefangen abtransportiert wurde. Wie nachher noch immer in die hinausströmende Arbeitermasse geschossen wurde, und daß über dreißig Tote auf dem Platze blieben. Das empört, ja, aber was soll der einzelne machen – mancher krümmte sich vor Wut.

Dann brach die Rache herein. Wie etwas, das sich lange angehäuft hat, explodiert. Weit und breit war jeder Flecken von Soldaten besetzt. Alles Ruhe. In den Industriezentren Streikversuche im Keime erstickt. Alles an Organisation zerschlagen, gespalten, auseinandergesprengt. Dann setzten die Verhaftungen ein. Wahllos und nach Tausenden. Die Schergen gingen nach bestimmten Listen vor, die schon vorher angefertigt sein mußten. Die Arbeiter sind das seit langem gewohnt. Sie ducken sich, in ihr Schicksal ergeben. So endete dieser Aufstand draußen im Land, wo auch der Versuch nicht lebendig werden konnte. Aber im Bergbaurevier griffen die Häscher noch schärfer zu. Haus für Haus wurde durchsucht. Die Männer gefangengenommen. Standen oft stundenlang gegen die Mauer das Gesicht, die Hände erhoben – bis entschieden war, welche Klasse von Strafe sie treffen sollte. Viele Hunderte kamen gleich ins Gefängnis. Tagelang wurde verhört und gedroht. Alles wurde ans Tageslicht gezogen. Die Frau, die einem Streiker einen Schluck Kaffee gereicht, gleichfalls eingesperrt. Ortsbeamte, die mit den Arbeitern sympathisiert hatten, waren es doch meistens selbst Arbeiter, waren gesondert aufgestellt. Beim Abtransport wurden sie einfach über den Haufen geschossen. Nirgends lag ein besonderer Befehl vor, weder für das eine noch für das andere. Die Befehlshaber der Truppe handelten durchaus selbständig und noch mehr die Soldaten selbst. Ein Rausch nach Rache, ein tollwütiger Haß hatte diese Leute erfaßt. Sie hätten alles niedergemetzelt, Weiber und Kinder. Die Hetze stieg unbeschreiblich.

Nur ein Beispiel noch: Eine Gruppe von vier, fünf Arbeitern, die abgeführt werden sollten; sie standen noch mitten auf dem Dorfplatz, ein Dutzend Grüne, das Gewehr im Anschlag, um sie herum. Die Gefangenen hatten die Hosen heruntergelassen und traten dann einzeln nacheinander vor auf Kommando. Eine Wagendeichsel ragte quer. Darüber mußte sich der Gefangene legen und einer von diesen Schinderknechten zog ihm mit dem Riemen eine Anzahl Streiche über das Gesäß. Es ist nicht angenehm, davon zu schreiben. Nur um zu sagen, daß das Gesicht der Unglücklichen unbeweglich blieb. Reife erfahrene Männer, die harte Arbeit gewohnt waren, verwittertes Gesicht, den Mund leidverkniffen. Diese Männer dachten nicht mehr an Widerstand. Kein Laut verriet, daß sie sich aufbäumten. Aber es war auch, als ob es sie gar nichts anginge. Man hätte sich eher vorstellen können, daß sie anfangen würden zu lachen, als daß ein Schmerzenslaut über ihre Lippen gekommen wäre. Die Bestie hieb zu, daß das Blut die Beine herunterlief. Kein Mensch im Dorf sonst war zu sehen. „Das ist", sagte der Offizier, „damit ihr bis zur Station unterwegs nicht an Weglaufen denkt." Er lachte selbstgefällig. Die Mienen seiner Söldner blieben stumpf. Aber ein alter Mann, der eigentlich mit zur Gruppe gehörte, den man aber wohl seines Alters wegen in Ruhe ließ, er konnte sich kaum auf den Beinen halten und zitterte und schwankte hin und her – dieser Alte hatte das Gesicht weggedreht, unbeachtet des drohenden Gewehrlaufes, der ihm jetzt direkt vor der Nase stand. Er schüttelte sich und schluchzte tief in der Brust. Dann konnte er es doch nicht halten: er weinte, und dicke Tränen liefen ihm über die Backe.

Zu derselben Zeit fand in den Räumen der Elektrizitätsgesellschaft im kleinen Kreise eine Besprechung der leitenden Persönlichkeiten statt. Außer einigen höheren Beamten der Firma waren die Führer der wichtigsten Industriekonzerne, die in Abhängigkeitsverhältnis zum Elektrotrust standen, anwesend, darunter auch reine Finanzleute. Der Seniorchef war mitten drin in einer interessanten Darlegung.

„Es ist zweifellos, daß die Gesellschaft in Schwierigkeiten mit der Arbeiterbeschaffung kommen wird. Die Leute waren alle in der Gegend ansässig, vergessen Sie das nicht. Der Bergbau liegt darnieder. Man kann auf einige Jahre mit Verlust rechnen, auch wenn die Regierung den Schaden deckt. Das sind international-politische Fragen. Der Weltmarkt allein macht es nicht. Ich habe den Kauf der Restanteile in Auftrag gegeben. Damit fallen uns auch über kurz oder lang die Chemischen Werke zu. Sie gehören zueinander, beide Objekte, denn sie sind von derselben Kraftquelle abhängig. Über die Braunkohle verfügen wir bereits. Die Elektrizitätslieferungsgesellschaft wird nicht lange mehr Widerstand leisten, so daß wir alles zusammen jetzt reifen sehen" – und so fort.

Die Herren nickten Beifall. „Der Schachzug gegen die Regierung, die als Kontrollinstanz sich aufspielen will, war gut angelegt. Die Regierung wird mit Unruhen abgespeist. Dort mag sie Betätigungsfeld suchen und finden. Meine Herren, die Gütererzeugung wächst im Verhältnis zu ihrer inneren Unabhängigkeit. Das Produktionsgesetz ist das allein maßgebende und oberste Gesetz – das versteht sich. Es war schwer, mit den in die Regierung neuerdings hineinwachsenden Bürokraten, Juristen und kleinbürgerlichen Elementen auszukommen. Der Gesichtskreis ist zu eng, kein technisches Wissen –" Und der Elektrotrust vollendete sich.

Eins ist indessen noch nachzuholen. Wie die Rache gedankenschnell weiterwucherte und immer größere Kreise zog. Die Gerichte traten in Tätigkeit. Man wird sich erinnern, wie an einem der ersten Tage auf dem Marktplatz ein Soldat im Kampfe fiel. Es war jener erste Zusammenstoß mit den Grünen, bei dem die Arbeiter sich auf Widerstand besannen. Der Vorgang sollte als Beispiel aufgestellt werden. So an zwanzig Gefangene, die in der Stadt ansässig waren, wurden wahllos herausgegriffen. Gegen sie wurde Anklage auf Mord erhoben. Vielleicht auch, daß man hoffte, von einzelnen davon neue Namen und sonstiges Material herauszubekommen. Die Beweggründe mögen gleichgültig bleiben. Auch daß vielleicht jemand auf die Opfer der Arbeiterklasse hinweisen könnte, auf die Meuchelmorde und alles das Unerhörte, Entsetzliche – soll alles beiseite bleiben. Aber hingeschrieben muß werden, daß es Leute gibt, Beamte, Richter, Menschen, die in Schule und Akademie gewesen sind und die Rechtskunde studiert haben, also Mitbürger im gleichen Staat, die eine solche Anklage ausfertigen, vertreten, darüber im Ernst zu Gericht sitzen – und meinetwegen verurteilen, aber das ist schon vergleichsweise nebensächlich. Es ist nicht auf sie geschossen worden, was manches erklären würde, sie sind überhaupt völlig unberührt geblieben, ganz unbeteiligt haben sie weiter auf ihren Akten gesessen und geblättert, sind am Stammtisch oder Geheimklub gewesen und haben bei ihren Weibern und denen der Kollegen geschlafen. Ganz normal gelebt – diese Individuen sind unverständlich. Das ist die schlimmere Gefahr im Bürgerkrieg. Sie wirken schon vereisend durch ihre Existenz. Pfui Teufel.

II. DIE HAND AM HEBEL

Im Kampf ums Brot

Die Elektrizitätslieferungsgesellschaft hatte alle Maßnahmen getroffen, um einer hereinbrechenden Krise vorzubeugen. Die Gesellschaft war das, was man früher eine Familiengründung nannte. Aus kleinen Anfängen hervorgegangen, wuchs die Gesellschaft aus Gründen der Produktionssicherung über ihren eigentlichen Rahmen hinaus. Die Anteile, die bisher einem Kreis mehr oder weniger zusammengehöriger Personen gehört hatten, wurden um ein Vieltausendfaches allmählich verkleinert und auf den Markt geworfen oder gegen andere Werte, deren Angliederung und Kontrolle wünschenswert schienen, in Tausch gegeben. Anfänglich blieb den Stammanteilen das Vorzugsrecht, im Stimmverhältnis der maßgebende Einfluß erhalten, später bei dem immer größeren Anwachsen des Betriebsumfanges wucherten die neu ausgegebenen Anteile auch darüber hinaus. Die sogenannten kleinen Leute, die Rentner, Geschäftsinhaber, Beamten, die sich Geld erworben oder sonst wie zurückgelegt hatten, pflegten dies Geld in diesen Anteilen anzulegen. Es brachte mehr Zinsen wie auf der Sparkasse und vor allem den Kitzel des Kursgewinns. Zudem besaßen viele, vor allem Bauern, diese Papiere im Austausch gegen Kuxe an Bergwerksunternehmungen, mit denen sie seinerzeit für die Abtretung ihres Landes abgefunden worden waren. Diese Kuxe waren in die Hände der Elektrizitätslieferungsgesellschaft übergegangen, oder vielmehr die Mehrheit der ausgegebenen Stücke, wodurch automatisch und ohne Einspruchsmöglichkeit sich der Wert und Titel der Papiere in den Händen des einzelnen veränderte. Er hatte nichts weiter zu tun, als auf dem Kurszettel unter anderer Rubrik und Firma nachzusehen. Die meisten verloren dabei einen großen Teil ihres Geldes, denn oft hieß es statt einer erhofften Gewinnauszahlung noch Geld zuzahlen. Dann war nämlich beschlossen worden, das Werk zu vergrößern oder einen neuen Schacht abzuteufen, wofür die Anteilsinhaber das Bargeld aufbringen mußten, man nannte das Zubuße. Das Papier war zwar dann entsprechend mehr wert, aber eben nur auf dem Papier. Das bare Geld, was der Bauer oder der städtische

Geschäftsmann neu hineingesteckt hatte, sah er meist niemals wieder. So ist das eben bei jedem Geldgeschäft. Die Kunst ist, bares Geld an sich zu bringen, das der andere dann als Geldersatz umsetzen soll. Glückt das, so hat sich für den ersten Ausgeber das seinige verdoppelt. Die alten Bauern, die man sehr verlacht, weil sie ihr Geld im Strumpf hielten und keinen andern Ehrgeiz hatten, als einen ganzen Kasten voll mit Talern anzusammeln, haben jedenfalls von ihrem Standpunkt aus gesehen, was Sicherheit anbelangt, nicht so unrecht gehabt. Was die Gesellschaft noch im kleinen, das macht der Staat im großen. Aber das führt jetzt zu weit. Jedenfalls konnte man schon für geringes Geld solche Anteile bekommen. Nun stand die Sache so, daß die Hauptkunden der Gesellschaft in Schwierigkeiten waren. Die Bergbaubetriebe standen still; es hieß, daß der eine Teil überhaupt vorläufig nicht wieder in Betrieb gesetzt würde. Auch die Chemischen Werke arbeiteten nur zu einem Viertel. Von dem Elektrotrust wurde im übrigen jetzt der Strom billiger angeboten, so daß wahrscheinlich die Kreisverwaltung den Vertrag nicht erneuern würde. Dazu kam eine Verteuerung der Kohle, die die Gesellschaft in langjährigem Vertrag bezog, und die eher eine Erhöhung des Strompreises statt eine Herabsetzung bedingt hätte. Der Trust konnte sich das allerdings leisten, da ihm der größte Teil der Braunkohle gehörte, entweder direkt oder durch Einflußnahme auf die Braunkohlenbergbaugesellschaften, worin er der Elektrizitätslieferungsgesellschaft zuvorgekommen war, da er mit größerer Kapitalanlage operieren konnte, nachdem die Schwerindustrie ihm die Verwaltung ihrer Rücklagen und Reserven anvertraut hatte. Was der Trust mehr bezahlte an Kohlen und für die Stammgesellschaft an Verlust hatte, holte er über die Braunkohle selbst wieder doppelt herein. Damit umging er auch die Steuer, die die Regierung aus der Elektrizitätserzeugung zu ziehen gedachte. Denn ehe der Staat auf die Braunkohle übergriff, war das Schwergewicht des reinen Kapitalverdienstes längst wieder auf eine neue Produktion abgeschoben. Es wanderte fortgesetzt und zog immer mehr Macht an sich, ohne daß das Kapital selbst hatte erfaßt werden können. Dies zur allgemeinen Übersicht.
Die Vertrauensleute der Arbeiterschaft, die bei der Gesellschaft nach vielen Tausenden zählte – war doch der Kreis der Hilfsindustrien und der Nebenbetriebe, die sich angegliedert hatten,

trotz allem ziemlich umfangreich –, hatten sich versammelt. Auch die Vertreter des Maschinensyndikates waren anwesend. Eine Entscheidung von grundsätzlicher Bedeutung bereitete sich vor. Die Elege – Elektrizitätslieferungsgesellschaft – hatte der Belegschaft eine lange und umständliche Tabelle vorgelegt und dahinter eine nicht weniger umfangreiche Statistik drangesetzt, aus der dies und das hervorging, zum Schluß aber die ganz eindeutige Forderung aufgestellt war, daß die Löhne um ein Drittel heruntergesetzt werden müßten, und zwar unabhängig vom Tariftermin. Die Direktion ließ keinen Zweifel darüber, daß sie sonst entschlossen sei, den Betrieb stillzulegen. Deswegen waren die Vertrauensleute jetzt zusammen.

Die Leute unterscheiden sich wesentlich von den Bergarbeitern. Weder daß sie noch etwas von dem Typ des Landbewohners und ehemaligen Bauern an sich hatten, das Gedrückte und Verwitterte im Gesicht war nirgends mehr zu finden. Aber auch die Vorstellung der Kleinbürger vom Arbeiter wäre hier nicht mehr zutreffend gewesen. Gewiß, an vielen Einzelzügen in der Haltung, im Gang, in manchen Bewegungen, weil sie typisch gemeinsame sind, Menschen, die sich einander anpassen, die ein großes Ganzes sind – an diesem Gemeinschaftlichen erkannte man, daß es Arbeiter sind. Etwa wie man den Soldaten noch am Tage, an dem er den Waffenrock schon ausgezogen hat, trotzdem als Soldaten erkennt. Aber im Grunde hätte man sich Leute von verschiedenstem Beruf und Stellung darunter vorstellen können. Viel Ärger auf den Gesichtern, wenig offene Freude, keine Sonne der Sorglosigkeit – aber das findet man überall und woanders noch mehr. Denn trotz alledem war die Haltung sicher, ja sogar unbekümmert. Es hieß, wir werden darüber entscheiden, prüfen wir mal die Sache. So traten sie an die Behandlung der Forderung heran.

Außer denen, die das Mißtrauen wachriefen, von einem Betrugsmanöver der Verwaltung sprachen, sich dann immer mehr über den niedergeschlagenen Aufstand verbreiteten und alle die Greueltaten der Soldateska wieder lebendig ins Gedächtnis riefen – man nahm das ruhig hin, wie etwas, das als selbstverständlich dazugehörte, ein klares Für und Wider kam ja nicht dabei heraus – waren einige, die für eine entschlossene Ablehnung eintraten und einer Wiederaufnahme der Aktion das Wort redeten. Das sei der erste Vorstoß, von ihrem Beispiel aus würden dann die andern Betriebe folgen. Also hätten diese von vornherein dasselbe Interesse wie sie. Würden sie geschlossen auftreten, so ist die Direktion in der Luft, da gibt es noch Machtmittel und so. Es war ziemlich einleuchtend, aber eine allgemeine Zustimmung wollte nicht aufkommen. Auch das Syndikat vermochte keine sichere Unterstützung in Aussicht zu stellen. Niemand war der Solidarität der andern sicher. Möglich ja, aber für sie stand eben die nackte Existenz zunächst mal allein auf dem Spiel. So sprachen die meisten untereinander. Vielleicht sucht man auch nur den Anlaß, den Betrieb zu schließen. Die meisten verstanden eben noch nicht, an welcher Stelle sie arbeiteten, welche Wirkung ihre Arbeit hatte, den wahren Wert ihrer Produktion kannten sie nicht, das sagte ihnen auch einer. Fanden sich auch noch welche zu diesem und man konnte auf einmal doch wieder den Unterschied zwischen zwei Gruppen unter ihnen wahrnehmen, einen ganz scharfen Trennungsstrich. Das waren jüngere Leute, mit offenem Blick, die um das tägliche Brot sich noch nicht allzuviel Kopfschmerzen gemacht hatten, sicher nicht – dachten die andern. Mit dem Kopf kann man nicht durch die Wand, und zu Hause sitzt die Familie. Das waren Menschen, die schon, wie sie sich zu geben wußten, in freier Luft aufgewachsen, die den Körper noch zu was anderm in der Gewalt hatten, als ihre Stunden an der Maschine runterzustehen. Mochten sie auch noch so recht haben, etwas Bösartiges, ein häßlicher Zug ließ schon die andern nicht darauf hören. Immer müssen sie das Maul gleich weit aufreißen, wir wissen selber was wir zu tun haben – Eigensinn und ein gut Teil Mißtrauen und Schwerfälligkeit. So kam es soweit, daß einer, der sie recht packen wollte, mit der Zunge ausglitt und davon sprach, wenn es eben nicht anders ginge, dann müßten sie sich opfern. Dieser Heißsporn bekam die Stimmung offen gegen sich. Damit wurde auch das Grundsätzliche entschieden, nämlich die Ablehnung einer sofortigen Aktion. Vielleicht wäre es gut gewesen, voll Mut und Zutrauen unmittelbar sich an die Kameraden zu wenden, einen wuchtigen Schritt zu tun als Gesamtheit an alle, aber da muß man selbst anders aussehen. Sicher fühlten sie das, wenn man so etwas auch nicht aussprechen kann. Die Kritik des Aufstandes, der politische Leitungen überwucherte. Aus der sachlichen Diskussion wuchsen die Beschimpfungen, die Anklagen. Deutlich trennten sich die beiden Gruppen mehr und mehr. Ihr reißt

bloß die Arbeiter ins Unglück – ihr hemmt, weil ihr nichts verstehen wollt. Ihr seid schuld, daß die Unternehmer vorgehen, ihr leistet dem Vorschub. – Nein, ihr, denn ihr seid zu selbstsüchtig und eigensinnig, und beide: mit euch zusammen werden wir niemals weiterkommen. Es entschied sich immer mehr. Überwiegend dachten die Leute: Vorsicht, du liegst schnell auf der Straße, jeder muß jetzt für sich selbst sorgen, das Elend ist groß genug, niemand gibt dir was, wenn du in Not bist. Das lächerliche Verantwortungsgefühl eines abgerackerten Lohnsklaven, der dann wenigstens etwas von Selbständigkeit und Freiheit empfindet, kommt dann auf. Er hat für wen zu sorgen, er muß in Arbeit bleiben – der Staat hält sich darauf.
Aber damit war noch nichts direkt entschieden. Die Herabsetzung, die eine nüchterne Zahl, lastete doch zu schwer, als daß man sie so ruhig hätte aussprechen und hinnehmen können. Schließlich konnte es jeder an seinen Fingern herzählen, daß er einfach damit für seine Existenz nicht auskam. Jeder hatte doch soviel gelernt, sich wenigstens soviel ausrechnen zu können, was er die Woche braucht. Das erlebte er ja jeden Lohntag immer von neuem. Er kam gerade und knapp aus. Ja, das war die Schwierigkeit.
Aber die Syndikatsvertreter wußten Rat. Jetzt war ihre Zeit gekommen. Solange hatten sie vorsichtig nur im Hintergrunde laviert. Also man wird verhandeln. Das Syndikat wird verhandeln. Man wird das und jenes vorstellen, man kann auch Drohungen unterfließen lassen. Das Syndikat ist doch immerhin eine Macht und alles das. Dann wird man sehen und noch immer entscheiden können. So gingen sie auseinander, die meisten froh, noch einmal um eine Entscheidung herumgekommen zu sein. Es war Zeit gewonnen – sagten die einen. Man hat euch verraten, die andern, das heißt ihr selbst euch am allermeisten.
Das Syndikat verhandelte. Die Bedingungen hatten sie allerdings schon vorher in der Tasche. Die Vertreter waren aus dem Privatkontor in die Versammlung gekommen. Ein großes Syndikat gehört zur Produktion hinzu, und es hängt mit dem Unternehmer zusammen. Man kennt gegenseitig seine Bedingungen schon vorher. Die erste Fühlungnahme der Parteien findet schon Wochen vor der Krise und dem Ausbruch des ersten Konfliktes statt. Beide haben doch das Interesse, in den Schwankungen der Arbeits- und Produktionskrise das Gleichgewicht zu halten.

Aber dieses Gleichgewicht stärkt die einen und gleichzeitig verelendet es die andern, das ist der kleine Unterschied. Weil sich die Syndikate nicht weiter entwickeln, während das Kapital in ungeheurer Anspannung sein Arbeitstempo forciert und sich wandelt. Es lohnt sich nicht, weiter darüber zu streiten.
Dann kam das Syndikat mit den neuen Bedingungen.
An diesem Tage verweigerte eine Minderheit dem Syndikat seine Gefolgschaft. Eine Elektrikerunion wurde gegründet. Die Elektrikerunion hatte das Ziel, das Syndikat zu erobern, es beweglicher zu machen, es mit ihrem Geiste zu durchsetzen.
Die Verwaltung hatte das Nichtauskommenkönnen wohl zugeben müssen. Das staatliche Arbeitsamt hatte auch ein Wort mitgeredet. Für die Eingeweihten stand allerdings schon lange alles fest. Die Regierung machte gute Haltung im Lande, wie sie eingriff. Zum Lachen. Dann wurde bestimmt, daß der Lohnausfall in neuen Anteilen der Gesellschaft gedeckt würde. Die Arbeiter sollten eine besondere Art Anteil erhalten und darauf dann Gewinnauszahlungen in entsprechender Zinshöhe am Ende des Jahres. Auf dem Papier hatten sie also keinen Verlust, sogar einen unerheblichen Zinsgewinn. Es stand ja zudem die Geldsumme, die ihnen dann fehlen würde, auf dem Schein. Und außerdem: sie wurden Anteilhaber am Werk selbst, Mitbesitzer – zu sagen hatten sie zwar nach wie vor nichts, wesentliche Rechte gab ihr Anteil nicht, als das allein, sich darüber zu freuen, mehr Interesse zu haben als früher. Ihr Arbeitsverhältnis blieb das gleiche. Nun, reden konnte man darüber lange, auszumalen war auch mancherlei, immerhin war es etwas Neues, hielt sie scheint's stärker an den Betrieb gebunden – und die Mehrheit stimmte zu. Die Regierung beglückwünschte sich.

Börsensturm

Seit einigen Tagen standen an der Börse die Bergwerksanteile der durch den Aufstand zum Teil zerstörten Gesellschaft im Vordergrund des Interesses. Es war schon aufgefallen, daß schon Tage vorher und mitten in der Kampfzeit, als die Meldungen von Sprengungen, Brandstiftungen und versoffenen Schächten einliefen, Schlag auf Schlag der Kurs eine ständig aufwärtssteigende Richtung genommen hatte. Die Anteilbesitzer ließen

sich also nicht schrecken, oder es mußten noch sonst Leute vorhanden sein, die das Vertrauen in die Gesellschaft erst recht festigten. Sicherlich hatte das Unternehmen großen Schaden erlitten. Dabei stand so gut wie fest, daß der Staat etwa in Form eines Zuschusses oder längeren zinsfreien Darlehns sich an den Wiederaufbauarbeiten nicht beteiligen würde. An eine sofortige Aufnahme der Förderung war nicht zu denken, ein Teil der Schächte sollte überhaupt stillgelegt werden. Die Aussichten für das Unternehmen sahen trübe aus. Die Reserven würden aufgezehrt werden und an Dividendenzahlung sei für die nächsten Jahre nicht zu denken. Trotzdem stiegen die Anteile unaufhörlich. Es schien für die kleinen Besitzer ein Fingerzeig: jetzt kannst du noch gut verkaufen, eile dich. Ähnlich lag es bei den Aktien der Chemischen Werke. Zwar lagen die Verhältnisse dort ein klein wenig anders, die Gesellschaft fabrizierte seit einiger Zeit hochwertige Düngemittel und hatte sich in gewissem Sinne Monopolstellung errungen. Man wußte zudem, hinter der Gesellschaft steht das Großkapital, es sind wenig Aktien kleiner Leute, die große Industrie ist daran beteiligt und solches mehr. Immerhin waren erhebliche Produktionsstörungen zu erwarten. Die Arbeiterfrage war ungelöst, das Werk stand noch still, der Termin der Wiederaufnahme des Betriebes war noch nicht abzusehen. Das Werk bekam nicht so schnell die Massen gelernter und auf die Besonderheit der Produktion eingestellter Arbeiter, die es benötigte. Also es war wenig Grund vorhanden, daß die Börse auch diesem Papier ihre besondere Aufmerksamkeit zuwandte. In beiden Werten wurden täglich, wie der Börsenbericht meldete, große Posten zu anziehenden Kursen umgesetzt. Berichte in der Presse, die die Aussichten manchmal direkt schwarz färbten, blieben scheint's unbeachtet.
Ein paar Tage hintereinander hatte allerdings die Bewegung ausgesetzt. Das war die letzte Aufforderung an die kleinen Besitzer, zu verkaufen, zugleich der Höhepunkt des Pessimismus in der Handelspresse. Dann ging es plötzlich sprunghaft aufwärts. Die Börse hatte Wind bekommen, die Leute drängten sich um die Makler, um noch Stücke zu bekommen. Jedermann an der Börse handelte in den Papieren. Das ist immer so, wenn plötzlich ein Papier das allgemeine Interesse auf sich zieht. Man konnte jetzt deutlich einige Bankfirmen unterscheiden, die alles, was davon auf den Markt kam, ankauften. Es waren bekannte

Firmen, die für die hinter ihnen stehenden industriellen Gruppen Börsengeschäfte auszuführen pflegten. Das war kein Spekulationsgeschäft mehr, ob es der Gesellschaft gut geht oder nicht, ob die Produktion abgesetzt wurde oder liegen blieb, ob Gewinn oder Verlust zu erwarten war – hier lag ein bestimmter Auftrag eines Größeren vor. Sicher sollte die Gesellschaft gekauft werden, man sicherte sich unter der Hand bereits einen größeren Posten Anteile. Und so begann dann die wahre Spekulation, das eigentliche Geschäft der Börse. Der Aufstand brachte den Bankiers große Umsätze und für einen Hellhörigen Millionengewinne.

Aber man macht sich von der Börsenspekulation vielfach einen falschen Begriff. Die Bankiers dort, die Beamten, die Geldkaufleute, die Makler, Kommissionäre, Privatmänner und wie die Leute sich immer nennen mögen, alle diese Menschen, denen das Geschäft auf dem Gesicht geschrieben stand, hatten durchaus nicht den mühelosen Gewinn, den man sich manchmal vorstellt. Man muß diese Menschen vor sich sehen, wie sie vor Gier, mit einem richtigen Kurs zu schwimmen, zittern – wie sie stieren Blicks in den Trubel um sich starren, um das Gefühl herauszufinden, was man kauft und verkauft, denn es ist eine allerfeinste Nervensache, das richtig zu tippen, Wissen braucht man dazu nicht. Dazu braucht man keine Kenntnisse von den Gesellschaften, noch viel weniger etwa von der Produktion im besonderen oder einem allgemeinen Produktionsgesetz. Von der Arbeit, die den Menschen ausmacht und vom Menschen ausgeht, hatten diese Leute keine Ahnung; das ging sie auch gar nichts an und interessierte sie nicht. Sie liefen hinter der Arbeit her, die das Kapital leistet. Etwas grundsätzlich anderes. Das Kapital ist wie ein Mensch, ja es ist weit mehr. Der Mensch kommt dagegen nicht mehr auf. Leicht hatten sie es wirklich nicht, diese Börsenjobber. Sie sind wie die Fliegen um den Sirup. Was interessierte sie im Grunde, was vorgeht? Das Wichtigste, welche Bankfirma die Papiere kauft. Dann kauft man mit, vielleicht hält es an, sie drängen sich zwischen – gewiß, sie verdienen manchmal viel Geld, verlieren aber auch wieder. Das ist die Börsenspekulation. Nichts weiter spielt sich an der Börse ab. Es ist wie im Bienenkorb, aber man meint doch mehr Irrsinnige vor sich zu sehen. Nur den Leuten im Lande, die sich als Besitzer von Wertpapieren fühlen, die jetzt ihrerseits mitspekulieren wollen, und wer kennt solche Narren nicht, denen wird mit Sicherheit das Geld aus der Tasche gezogen. Die Leute an der Börse leben ja davon. Zu ihrem Gewinn muß der Inhaber der Papiere den Verlust hergeben. Und daß das nicht die Großbanken und die Banken, die Kommissionsfirmen und die Jobber und Makler sind, kann man sich denken. Es ist der Mann außerhalb des Kreises, der gerade kauft oder verkaufen läßt, das Publikum schlechthin, das die Zeche deckt. Man soll den Leuten ihren Spaß lassen. Sie suchen sich gegenseitig zu betrügen, der Aufsaugprozeß des Großkapitals.

So wurden die Anteile der Bergbaubetriebe wie der Chemischen Werke im Kurse heraufgesetzt. Durch die Pressenachrichten geschreckt, angelockt durch kleine Gewinne, war genügend Material an den Markt gekommen. Die Spekulation hatte sich eingedeckt und das Spiel begann. Die Banken kauften indessen unentwegt weiter, binnen kurzem hatten die Papiere den doppelten Wert. Es war offensichtlich, daß hinter den Kulissen etwas vorging. Man riet, aber man erriet es nicht. Dann kam der Sturm. Es war auch aufgefallen, den Schlauen, den Leuten, die an der Börse überall herumhorchen, ausspionieren und die Chance wittern, daß die Elege-Aktien von der Bewegung nicht mitgerissen wurden. Sie lagen völlig still, der Kurs war ziemlich unverändert geblieben. Die Ganzschlauen begannen zu kaufen. Die Elege hatte große Posten von Anteilen dieser beiden Unternehmungen in Besitz. Sie mußte also im Werte steigen. Das gleiche Verhältnis mußte sich doch übertragen, und die Elege hatte davon den Nutzen und vielleicht noch mehr, wer konnte das wissen. Sicherlich, rechneten die Vorsichtigsten, ist das alles nur ein Vorspiel. Gerade die Elege ist gut fundiert, viele kleine Anteile, ein Welthaus – man begann in größerem Maße Elege zu kaufen. Der Kurs hob sich langsam und unwillig, man merkte, es waren genügend Abgeber am Markt, Leute, die Verkaufsorders gegeben hatten. Aber die Jobber waren ihrer Sache sicher, sie wollten diesmal mit am vollen Topf sitzen, nicht erst hinterherkommen. Dann kam der Sturm. Der Kurs schwankte einige Tage und fiel dann rapide. Bisher hatte die Presse geschwiegen. Jetzt setzte ein schreckliches Klagelied ein. Den Tag vorher fiel schon der Kurs um viele Prozent. An diesem Tag war aber ein Riesenangebot vorhanden. Man konnte sich gar nicht vorstellen, woher das kam. Der Makler, der den Kurs zu machen hatte, wurde derart umdrängt, daß die Aufsicht einschreiten mußte.

Die geprellten Jobber merkten zu spät, daß wiederum ein Mächtiger auch hinter dem Kurssturz der Elege stand. In diesem Falle werden die Menschen hysterisch. Alle Eigenschaften des wilden Tieres, die sie sonst so gut zu verstecken verstehen, werden lebendig. Sie schrien aufeinander ein, traten sich mit Füßen, um nach vorn zu kommen. Flüche und Püffe, und alle die Leute, die noch am Vormittag darauf angewiesen waren, für ihre Bankkundschaft, die sie sich durch Prospekte und wer weiß was für Schwindelmanöver und Versprechen von goldenen Bergen eingefangen hatte, große Kaufaufträge in Elege unterzubringen, machten das bei sich im Kontor ab. Zur Börse und zum Makler kamen sie damit nicht. Dort schlossen sie sich dem Großen an, und das, was sie an Stücken davon hatten, verkauften sie, und noch viele darüber hinaus, die sie noch nicht besaßen, die sie aber zu billigerem Kurs im Laufe der nächsten Tage zu decken, das heißt zurückzukaufen hofften, wodurch die dann erzielte Differenz für sie zum baren Gewinn wurde. Ihre Kundschaft war allerdings das angelegte Geld los, aber dazu war sie da. So ist das im Bankgeschäft, ein Spiel für die Dummen. So kamen die Jobber wenigstens dazu, ihren Verlust durch den zweiten Gewinn wieder auszugleichen. Es versteht sich, daß sie nun nach Kräften den Sturz mit beschleunigen halfen. Jetzt hatten sie den richtigen Wind heraus. Und der Kurs fiel und fiel. Je höher die Berganteile stiegen, desto tiefer sank die Elege-Aktie. Um diese Zeit reisten Agenten im Lande herum, besonders in den Gegenden, in denen die einzelnen Werkanlagen waren, die das Gerücht von dem baldigen Zusammenbruch der Gesellschaft in sehr vornehmer Form verbreiteten. Sie erließen große Inserate, in denen zur Bildung einer Schutzvereinigung der Aktionäre aufgefordert wurde. Sie selbst seien bereit, Interessenten zu der und der Zeit im betreffenden Ort Auskunft zu geben. Es versteht sich von selbst, daß das Interesse all der kleinen Kapitalspekulanten, der Bäcker- und Schlächtermeister, die reich geworden waren und damit den großen Mann spielten in ihrem Nest, als Leute, die mit der Börse und mit Aktien zu tun haben – daß diese Leute in Scharen kamen und mit Vergnügen ihre Papiere zu einem weit unter dem letzten Tageskurs liegenden Preis losschlugen, denn über kurz oder lang war das Papier überhaupt nichts mehr wert. Die Schutzvereinigung aber, die mit Strohmännern auf die Beine gestellt worden war, wetterte in großen Protesten gegen die

Aktienbeteiligung der Arbeiter, die das Unternehmen dem Ruin nahegebracht habe. Alles, was in dieser Sache geschrieben oder getan wurde, war Bluff und Schwindel. Nur zwei Tatsachen wurden erreicht: das Papier wurde so gut wie unverkäuflich und zweitens, den größten Teil des in kleinen Händen befindlichen Stückmaterials hatte der Elektrotrust an sich gebracht. Dann wurde noch inmitten dieser ganzen Operationen die Aktienbeteiligung der Arbeiter durchgeführt. Die Pressepolemik der Schutzvereinigung, die im Parlament aufgegriffen wurde, erhielt der Arbeitsminister als Material überwiesen. Die Arbeiter hatten von allen diesen Vorgängen so gut wie nichts bemerkt. Das war eine Sache, die die bürgerlichen Kreise anging und die sie daher weniger interessierte. Von der Ortsverwaltung des Maschinistensyndikates wurde als besserer Ersatz ein erbitterter Kampf um die Anbringung einer neuen Garderobe geführt. Und wie immer, wenn das Syndikat ernstlich eingreift, die Betriebsleitung gab nach.

Der Herr Arbeitsminister

In jedem Lande gibt es eine öffentliche Meinung. Das ist diejenige Organisation, auf die sich die Regierung stützt und aus der sie selbst wiederum bis zu einem gewissen Grade sich erneuert, vorausgesetzt, daß nicht mächtigere Widerstände den gewohnten Kreislauf stören. Wer regieren will, muß verstehen, mit den Ausgaben dafür nicht zu knausern und vor allem nicht wählerisch sein. Die Anwärter auf einen guten Staatsposten, die Presseregisseure und die von diesen in den Vordergrund geschobenen Repräsentativen der Industrie- und Handelsvereinigungen, der Arbeitersyndikate und der Beamten- und Angestelltenschaft folgen so dicht aufeinander, daß sie sich gegenseitig auf die Hacken treten. Da muß der Ellenbogen gebraucht werden und ein bißchen Findigkeit, jemandem ein Bein zu stellen; und da die meisten irgendwie Spitzenpersönlichkeiten sind, so haben sie ihrerseits wiederum Kräfte hinter sich, die sie in Bewegung setzen können, nach vorn zu kommen. Daraus entwickeln sich dann feinere Abstufungen. Der Schlaue stoppt kurz vorm Ziel und schiebt den Hintermann vor, der dadurch sein Werkzeug wird. Den polternden Dummkopf läßt man vorschießen, die

Reihe überspringen, die willig Platz macht – denn man braucht vielleicht gerade einen Klotz, auf dem man hartes Holz hacken kann. So findet man in den repräsentativen Stellen Leute, die zu dumm waren, ihr bißchen ergaunerte Macht an dritter und vierter Stelle auswirken zu lassen und jetzt Prügelknabe und Spielball geworden sind, bis sie wie eine Zitrone ausgequetscht sind und beiseite geworfen werden. Sie machen den Eindruck von etwas asthmatischen Narren. Es sind Leute, die vor sich selbst erschrecken und vor ihrer eigenen Machtvollkommenheit die Augen verdrehen, als staunten sie einer Fata Morgana nach. Inzwischen wird die Mine vorgetrieben, die sie zum Explodieren bringt. Das alles zusammengefaßt nennt man Regierung. Sie stellt dar die verantwortliche Vertretung eines Staates nach innen wie nach außen. Sie lebt davon, daß die Millionen braver Mitbürger an den Schwindel glauben. Damit es nicht so langweilig ist.
Diese Regierung regiert für die große Mehrzahl von Menschen, die nichts weiter wollen, als in Ruhe gelassen zu werden. Man kann seinen Kohl bauen und fressen, genau so wie es immer war; wozu sich Gedanken machen, die Großväter haben doch auch gelebt. Leider folgt das Gesetz menschlicher Gesellschaftsentwicklung, das uns die Geschichte beschert hat, solchen Erwägungen nicht. Aber das braucht hier nicht erörtert zu werden. Wo was nicht klappt, soll die Regierung zusehen – sagt man. Dafür bekommen die Beamten Gehalt und der Minister die Schärpe und den Frack. Niemand will weiter damit belästigt werden. Also fängt die Regierung an zu regieren. Die wirklichen Kräfte allerdings kümmern sich darum nicht.
Der Herr Arbeitsminister saß in seinem Bureau und hatte kaum einen Blick für alle die wundervollen Ledersessel und die breiten Reihen dicker großer Bücher, schön gebunden, praktisch geordnet – nur zum Greifen, die Stapel der Broschüren und Zeitschriften auf allen Tischchen, malerisch hingeworfen in Sofaecken, über den Kaminsims: Das war ein Raum, in dem das Wissen von der Arbeit mit allen ihren Problemen drum und dran zu Hause war. Leute genug waren auch damit beschäftigt, dies alles in Ordnung zu halten und immer wieder neu aufzufüllen. Es war nur gut, daß es auch Leute gab, die sich im Ernst damit beschäftigten. Aber die standen leider dem Herrn Arbeitsminister fern. Solche Leute kannte er nur vom Hörensagen, oder wenn er gegen sie einschreiten ließ. Der Minister war, wie

das jetzt so üblich war, aus dem Arbeiterstande hervorgegangen, hatte sich in seinem Berufssyndikat emporgearbeitet und man rühmte ihm nach, er sei ein guter Verwaltungsbeamter, als das Auge eines Regierungsmachers auf ihn fiel. Er wurde herangezogen, geschult in Privataufträgen, dem oder jenem zur Macht zu verhelfen, erwies sich brauchbar und willig, hielt das Rückgrat gegenüber seinem neuen Herrn, wenn seine Hintermänner gegen ihn selbst aufsässig wurden. Das Wort Verräter klingt dann so süß, wenn man die Macht hat, den Schreier sofort aufs Pflaster zu setzen. So schult man sich, dann winkt der Lohn. Der Mensch fliegt ordentlich hinauf. Ein bißchen Glück, jemandem mitzuhelfen das Genick zu brechen, dann ist man oben. Aber das Halten ist schwer, das empfand der Minister gerade sehr, sehr bitter. Die dicke Zigarre, sonst sein Stolz, schmeckt gar nicht mehr richtig. Da hatten ihm einige seiner Ministerräte einen blödsinnigen Gedanken eingegeben, sich in die soziale Frage einzumischen und mit Vorschlägen an das Kabinett heranzutreten. Gewiß, schön wäre es ja, wenn er als Minister Initiative entfaltet hätte – hätte es geheißen –, in solche Gedanken läßt man sich leicht einfangen, man hält sich dadurch für unentbehrlicher, aber meide die Bankiers, hörte er ordentlich einen Komiker in einer Tagesoperette, der er repräsentativ bei irgendeiner Gelegenheit mal beigewohnt hatte, singen. So einem Gauner war er scheint's ins Garn gegangen, das heißt die andern, die den Kerl angeschleppt gebracht und empfohlen hatten. Jetzt hatte dieser Lump, unter Garantie der Regierung auf Übernahme, Bergwerksanteile und Chemische Werte an der Börse gekauft, weil er, der Minister, der von der ganzen Sache soviel verstanden hatte, wie der Papua vom Dynamo, dem Kabinett das als geeignete Plattform empfohlen hatte, darauf die Sozialisierungs- und möglicherweise Verstaatlichungsfrage der Bergwerke zu erörtern, wenigstens eine öffentliche Diskussion in Gang zu bringen. Aber die Kommissionsfirma, die die Kurse so wahnwitzig in die Höhe getrieben hatte, hielt zwar beinahe die Mehrheit der Anteile in der Hand, wenigstens der in Frage kommenden Bergwerksgesellschaften, aber die tatsächliche Mehrheit, wenn auch nur um ein Prozent, lag im Portefeuille der Elege. Und dort war ihnen ein anderer zuvorgekommen. Ja, natürlich war er das, der Minister hätte am liebsten laut herausgeflucht. War doch dort die Geschichte mit den Arbeiteraktien, die er mit den Syndikaten zu erledigen gehabt hatte, wofür der Finanzminister die Zusage verlangt hatte, daß die Regierung die Besitzverhältnisse der Gesellschaft immer im gleichen Verhältnis der Neuemissionen unverändert den Stammaktien überließ. Dort waren eben die Hände gebunden. Soviel verstand er doch, der Minister, er und die Regierung und der ganze Operationsplan waren in eine Krise hineingesegelt. Sie hatten nicht nur gegenüber der immer selbstbewußter auftretenden Schwerindustrie die Vorhand verloren, sondern waren auch mit den Anteilen in direkte Abhängigkeit geraten. Den Gang beziehungsweise die Wiederaufnahme der Produktion bestimmte der Elektrotrust, nur die Regelung der Arbeiterfrage hatten sie dafür zu übernehmen, und jetzt nach dem Aufstand und unter diesen Umständen, wer hat da Lust, die Verantwortung nach außen dafür zu übernehmen – das war eine verdammte Nuß, die man ihm da zu knacken gegeben hatte. Das Kabinett wird alles auf ihn abwälzen, denn dieser Lump von Bankier, hielt der reinen Mund? Er hatte ihm ein paar Leute auf den Hals geschickt, die mit Kreditbeträgen an der Spekulation beteiligt sein wollten – das versteht sich, das ist üblich geworden, niemand findet etwas daran, etwa nicht – man hält damit eine Zeitschrift, eine Sondergruppe in der Partei, ein Nachrichtenbureau vielleicht gut über Wasser, denn alles das verlangt Riesenzuschüsse, so etwas bringt doch nichts ein. Der Minister hätte wollen mit der Faust dreinschlagen. Dabei war er immer so vorsichtig. Nachdem er am Vorgänger gemerkt hatte, wie schlimm es wirkt, dick zu sein – draußen im Lande die Witzblätter fallen darüber her, die Arbeiter bekommen eine gefährliche Waffe in die Hand, man wird zum Typ –, ließ er sich täglich massieren, natürlich nicht von einem Fremden, der es dann rumtrug, sondern da mußte seine Frau ran, er turnte und trainierte zu Hause, daß es nur so eine Art hatte. Nein, es ist eine böse Welt, schloß der Minister diese bitteren Betrachtungen. Da hatte der Bureaudiener, der da eben mit einer Anmeldekarte hineinkam, bessere Tage. Was hatte er große Kopfschmerzen? Er saß seine sieben Stunden täglich ab, strich monatlich sein Geld ein, das bißchen Hin und Her an Arbeit, das war ja mehr gegen die überhandnehmende Langeweile; zu tun, da brauchte man ihm doch nichts vormachen, war doch nichts. Und in einer Aufwallung von Kameradschaft bot der Minister dem Boten eine seiner guten Zigarren an.

Dann lächelten die beiden sich jovial an. So etwas machte Spaß. Aber der Ernst der Pflichten kam wieder, als der Minister noch rasch die Karte überflog. Geheimrat stand drauf und dann Chef der Zuckerimportfirma, das war etwas ganz Seltsames, wahrscheinlich geerbt oder übernommen, denn im allgemeinen hatte der Minister vor Geheimräten zuviel Respekt, als daß er sie mit Geschäften hätte in Verbindung bringen können. Aber noch etwas anderes ärgerte ihn: Zuckerimport und -export – das zum Teufel, das fiel doch nicht in sein Fach. Soll doch der Mann zum Handelsminister, wie oft kamen jetzt solche Verwechslungen vor, er wollte gerade klingeln – da trat auch der Geheimrat schon ein. Ein Geheimrat war es, das sieht man auf den ersten Blick. So ein Mensch mißt einen erst richtig ab – jedenfalls stand der Minister auf, und sie setzten sich dann beide an das Konferenztischchen in die großen Fauteuils, in denen man, so bequem sie einem auch erscheinen, steif sitzen muß wie ein Stock, das hatte der Minister bald herausgefunden, will man nicht den Eindruck erwecken, man lümmle darin wie ein Viehtreiber. Also der Geheimrat fiel gleich mit der Tür ins Haus. Der Minister versuchte eine überlegen-klingen-sollende höfliche Bemerkung über die Möglichkeit einer Verwechslung. Der Geheimrat warnte dringend vor einer amtlichen Unterstützung der Diskussion über die Beteiligung der Arbeiter an den Industrieunternehmungen. Sein Ton war vertraulich und leicht scherzend, es hätte nicht viel gefehlt, und er hätte dem Minister auf die Schulter geklopft. „Sehen Sie", sagte er, „ich besitze die Aktienmehrheit unserer Zellulosefabriken, ich kontrolliere damit im wesentlichen den Holz- und Papiermarkt, zum Konzern gehören auch die leistungsfähigsten Papierfabriken selbstverständlicherweise, ich habe einige draußen gelassen, um mir die Konkurrenz zu halten, sehen Sie, und nun diese Kleinaktien, die Lohnaktien und alle die schönen Bezeichnungen, die Sie dafür finden mögen, setzen mich matt, wissen Sie, früher oder später – ich sehe schon jetzt die Gefahr aufsteigen, so etwas verläuft dann automatisch." Der Minister lächelte und wurde schnell todernst. Denn der Geheimrat schrie auf seine Einwendungen: „Was – wo denken Sie hin, was verstehen Sie darunter, ausgleichendes Produktionsgesetz, Annäherung der Hand- und Kopfarbeit, Wirtschafts- und Arbeitsgemeinschaft – darüber mag und mit Recht sehr viel geschrieben werden, aber Phrasen, mein Herr, nichts als Phrasen, hören Sie. Ah, Sie wissen nicht, allerdings, mir gehört der Hauptteil der Presse. Darauf hätten Sie ohne mich schließen können, von dem Papier geht der direkte Weg zur Zeitung, das lernt man schon in der Schule." Dem Minister war mehr als unbehaglich. Man hätte ihn über den Mann informieren sollen, wie kann er sich in alles einarbeiten, bei diesen Pflichten – und dann mußte er dem Mann doch irgendwie entgegentreten, Ansichten haben, Würde halten – eine verfluchte Lage, fühlte er und stotterte etwas. „Glauben Sie denn", fuhr der andere wieder dazwischen, „Sie Exzellenz" – aber er besann sich und lächelte, was sollte er mit diesem Kerl erst einen Streit anfangen – „bitte bedenken Sie doch selbst, mit den Zeitungen verdiene ich doch nichts, das kostet doch, und gewaltig heißt es da in die Tasche greifen, ja, ja, die Politik verschlingt geradezu Unsummen. Das muß das Holz bringen und das Papier und das viele andere so nebenher, sehen Sie. Wollen Sie das aufs Spiel setzen – ich gebe Ihnen einen vertraulichen Rat, lieber Freund, das Kabinett wird anders darüber denken, und ich selbst bin auch da, ich habe viele kommen und gehen sehen. Die Konjunktur in Zellulose und Papier ist schlecht. Meine Unternehmungen weisen seit Jahren keinen Gewinn auf, dagegen Riesenverluste. Ich habe das immer so gehalten, es ist sicherer. Wollen Sie daran die Arbeiter beteiligen? Sollen vielleicht Leute in mein Kontor kommen, die die Bilanz mit ihren eigenen Augen prüfen, was? Machen Sie bei der Elege, was Sie wollen, aber keinen Schritt weiter. Keine amtlichen Polemiken mehr" – er schnitt mit der Hand in der Luft das Gesprächsthema ab. Sie sprachen noch einige Minuten, dann ging der Geheimrat. Er legte das verdiente Geld in Zucker an. Man braucht dazu viel flüssiges Kapital, man muß Läger halten, große Vorkäufe schon für Jahre voraus tätigen – dazu braucht man sehr viel Kapital, und es blieb immer ein erhebliches Risiko. Die Firma war zudem eine der größten am Kontinent. Das Risiko für den Zeitungstrust war geringer. Es wirkt schon mehr als Sport, die Regierung zu halten.

Dann kamen weitere Anmeldungen, der Minister hatte noch nicht richtig wieder Platz genommen. Die Vertreter des Maschinistensyndikats waren schon wieder mal da und der Inhaber einer Sackfabrik – nehmen wir den, entschied der noch ziemlich Verdutzte. Da konnte er die Haltung wiederfinden, hoffte er, die er den ewigen Dränglern der Syndikate gegenüber brauchte.

Der Herr mit dem sehr bescheidenen Namen erschien, stellte sich noch einmal sehr laut vor und ließ sich in den Sessel fallen, ein kleiner dicker Herr mit einem runden Kopf wie ein Stier. Er redete von der nämlichen Aktienbeteiligung und bat um nähere Erläuterungen und so. Der Minister lächelte verlegen; er stand schon wieder mitten im Konflikt. Der ist etwas blöd, stellte der Besucher fest, den müssen wir anders anfassen – und er sagte dem Minister mit großem Wortschwall für sein neues soziales Programm seine Unterstützung zu. Der aber wehrte kühl ab, es gäbe Grenzen, und seiner Meinung nach sei der amtliche Apparat in der Diskussion in der Öffentlichkeit bereits zuweit gegangen, Heißsporne, Unverantwortliche und alles das, die verantwortliche Stelle wird demnächst energisch abwinken. Ah so – lächelte der Dicke, ausgezeichnet, komme gerade noch zurecht. Dann legte er dem andern, der ihn mißbilligend musterte, eine Liste vor. Darauf standen eine Anzahl Firmen, bei denen er die Aktienbeteiligung der Arbeiterschaft durchgeführt wissen wollte, auch die Chemischen Werke waren darunter. Der Minister wollte auffahren, das war doch stark. „Bleiben Sie ruhig, Herr" – rief der Dicke – „wir sind vorläufig noch Freunde." Und dann legte er los. „Wird die Regierung die Bergbaugesellschaften übernehmen, sie dem Elektrotrust überlassen, der die Regierung stürzen wird, wer stellt die Transportmittel – er. Sonst häuft sich der Verlust ins Unermeßliche." Er kennt sich auf dem Düngemittelmarkt aus. Die Landwirte werden gegen die Regierung aufgebracht werden. Und dann die Säcke braucht er für den Kalibergbau; aber von den Säcken ist er zum Zement gekommen. „Ich kontrolliere die Zementindustrie", sagte er. „Kein Schacht wird mehr niedergebracht ohne meinen Zement. Natürlich besitze ich auch genügend Einfluß in den großen Tiefbaugesellschaften, sehen Sie, das wird Sie als Arbeitsminister besonders interessieren. Vielleicht sind große staatliche Aufträge zu vergeben" – er lacht ein glückliches Lachen. Dem Minister wurde unheimlich, er schrumpfte ordentlich zusammen. „Jetzt bin ich am Film", fuhr der andere fort, „natürlich Film. Sie verstehen recht, ich habe erst die Theater aufgekauft, dann die Gesellschaften, die fallen einem dann halb umsonst zu. Ich stelle jetzt Rollfilme her, und gerade dort fasse ich Fuß in der chemischen Industrie. Hier berühren wir uns, die Großen meine ich, und ich, das heißt meine Firma. Sie werden mir dabei helfen, ich bin

Ihr Mann. Sie werden mir noch dankbar sein. Mit einem Schlage die Aktienbeteiligung in der Schwerindustrie durchgeführt, verlangt finanzielle Umstellungen, ganze Industriezweige wie Eisen, Bergbau, Elektrizität und alles, was daran hängt, Stickstoff, Aluminium und so weiter, verbeamtet, verstehen Sie, stabilisiert sich. Ich bekomme die Arme frei, dehne mich in der chemischen Industrie weiter aus, greife Spezialitäten heraus, der Film packt die Propaganda wie der Sperber die Taube, der Film, will ich sagen, startet den Weltmarkt – nun, ich bin offen zu Ihnen. Sie sehen, wir haben denselben Weg. Also bitte" – Der Minister hatte wenig von allem verstanden. Er stand mechanisch auf. Der andere drohte lächelnd, aber voller Arggründe. Der Minister kam wieder ins Stottern. Sie schieden wie von einer sehr interessanten Unterhaltung. Unten im Auto aber sagte der Dicke zu seinem Sekretär, der im Wagen sitzen geblieben war – ein ehemaliger Major aus dem Großen Generalstab, der sich im Kriege ausgezeichnet hatte und jetzt die verschiedensten Unternehmungen seines Brotherrn ordnend strategisch zusammenhalten half: „Wissen Sie", sagte der Dicke, „der da oben ist keinen Groschen mehr wert. Der schwimmt schon. Dumm, das mag angehen, aber bockbeinig dazu – nee, das ist fünf Minuten schlechte Laune nicht wert. Klingeln Sie mal gleich nachmittag" – dann verlor sich das Gespräch in den Hupensignalen.

Oben war allerdings die Stimmung dem Gefrierpunkt nahe. Die Syndikatsvertreter wurden schnell abgefertigt. Krampfhaft mühte sich der Ärmste um ein joviales Lächeln, es wollte nicht glücken. Er hatte zuviel im Kopf. Wütend gingen die ehemaligen Kollegen weg. Aber einer darunter hütete sich, laut zu denken. Was brauchten das die andern zu merken, er witterte da oben Morgenluft –

Aber auch eine Delegation der ausgesperrten Bergarbeiter war erschienen. Sie baten um Wiedereinstellung, um Schutz gegen Übergriffe der Polizei. Sie wollten um Aufnahme von Verhandlungen zur Neufestsetzung der Arbeitsbedingungen ersuchen. Sie hatten die Aufgabe, vorstellig zu werden, daß die Regierung die Bergwerksbesitzer veranlaßt, die Arbeitervertreter zu empfangen, damit sie auch dort vorstellig werden könnten. Und noch eine Anzahl solcher Sachen mehr. Die Leute waren mehr als friedfertig. Zum Teil waren welche darunter, die gar kein Mandat hatten, nur weil sie selbst glaubten, durch ihren Ruf als gewandte

Verhandler und ruhige Leute was ausrichten zu können. Der gute Eindruck macht viel, Schreier sind zu nichts nütze, lieber mal ein Loch zurückstecken – das nimmt man dann nicht so genau. Außerdem hätten auch die Syndikate ihre Unterstützung zu diesem Schritt zugesagt. Damit schmiß sie dann auch der Minister hinaus. Er suchte während der ganzen Zeit, als sie vor ihm standen, nach dem geeigneten Anlaß. „Na also", schnitt er ihnen das Wort ab, „in den nächsten Wochen wird die Regierung über diese Frage eine Besprechung mit den Syndikatsvertretern ansetzen. Aussichten, Aussichten" – und er zuckte brüsk die Achseln – „kann ich nicht machen." Dann waren sie entlassen. Einigen würgte es doch im Halse. Noch ein weiterer Auftrag drückte sie schwer. Sie waren nun noch nicht damit vorgekommen: sie sollten auch um Milderung des Loses der Gefangenen und Verurteilten bitten, um mehr Gerechtigkeit, vielleicht sogar eine Amnestie – aber der Herr Arbeitsminister war schon verschwunden. Er hatte die Leute im Dienerzimmer warten lassen und war nur im Vorbeigehen mit hereingekommen. Der Diener öffnete jetzt die Flügeltüren.

Feiertag

Diesmal hatten die Leute ganz andere Gedanken im Kopf als den ersten Mai zu feiern. Die größte der Bergbaugesellschaften in jenem Bezirk lag noch still. An andern Stellen wurden nur kleine Aufräumungsarbeiten verrichtet. Eine neue Firma begann Bohrversuche und Abteufungsarbeiten auf bisher brachliegendem Terrain vorzunehmen, das die Gesellschaft versäumt hatte, rechtzeitig hinzuzukaufen. Sie hatte ja auch bisher nicht daran denken können, daß ihr im eigenen Bezirk eine Konkurrenz erwachsen könnte, wer hätte wohl gegen sie aufkommen können, zumal die allgemeine Marktlage nicht eben günstig war. Jetzt noch ganz in der Stille hatte sich doch da jemand hingesetzt. Die neue Gesellschaft arbeitete unter Tarif, sie erkannte die Syndikate nicht an. Zunächst waren die Arbeiter zufrieden, überhaupt dort unterzukommen. Auch nach den Chemischen Werken gingen eine Anzahl in Arbeit. Einen Teil stellte die Hütte an, die einen neuen Fabrikationszweig aufgenommen hatte. So trostlos, wie in den ersten Wochen die Lage für die Bergarbeiter ausgesehen hatte, als die Unterstützungen knapper wurden und dann zum erstenmal ganz ausblieben, war es ja nicht gekommen. Wo die Hände da waren, da fand sich schnell eine Fabrikation. Denn man verdient, wenn man die Hände in Bewegung setzt und arbeiten läßt. Aber es war den Bergarbeitern doch ungewohnte Arbeit. Sie empfanden es tiefer als je, daß das Lohnarbeit war, Strafarbeit. Die Arbeit mit der Hacke im Schacht, das war ihre Arbeit, darin spürten sie weniger das Drückende, das noch jeder Lohnarbeit anhaftet. Vom Lohn schon gar nicht erst zu reden.

Dann waren auch viele andere Sorgen. Auf die Häuschen, in denen sie wohnten, hatte die Gesellschaft meist Hypotheken übernommen. Sie waren ja ihr Eigentum, gewiß, so leicht konnte man sie nicht raussetzen, aber man weiß ja, wie das ist. War die Hypothek erst einmal gekündigt, woher hätten sie das Geld auftreiben sollen. Es schien schlimm zu stehen mit der Gesellschaft, hieß es, man sah und hörte nichts. Die Beamten blieben wie auch früher völlig unter sich, die höheren technischen wie kaufmännischen Beamten waren in die Zentrale berufen, die in der Hauptstadt ihren Sitz hatte. Die Polizei hatte viel zu tun und aufzupassen, daß aus den Werkanlagen nichts verschwand. Es wurde trotzdem mächtig gestohlen. Wer nur richtig rankam, der nahm was mit. Darunter dachte man sich längst nichts mehr. Die Not war groß, und Materialien, Werkzeuge und vieles andere, was Wert hatte und was man gebrauchen konnte, lag genug herum, man brauchte nur richtig zuzufassen. Übrigens die Soldaten stahlen fleißig mit, wenn es gerade anging. Auch hatte der wilde Haß auf die Arbeiterschaft etwas nachgelassen, der Befehl war schon etwas lange her. Nur die Arbeiter konnten allerdings weniger vergessen. Denn das war das weitere, das wie ein Pfahl im Fleische stak: die Verurteilten und Gefangenen. Trotz aller Listen war man doch damals sehr willkürlich verfahren. Da saß einer im Zuchthaus, der nicht mehr und oft weniger getan hatte als einer, der heute wieder ruhig auf Arbeit ging. Ihm selber mochte es vielleicht nicht viel ausmachen, aber die Frauen rechnen anders. Die ersten Wochen mag's noch hingehen; wenn aber die Not immer größer wird, für die Frauen ist an lohnende Arbeit so schnell nicht zu denken, die Frau sieht, wie die Kinder herunterkommen und krank werden, dann ist es hart, manchmal ein böses Wort zu verbeißen. Der andere fühlt das sehr gut. Den Vorwurf hat er sich wohl schon selbst überlegt, waren manchmal Leute darunter, von denen man hätte sagen können, sie hatten die andern erst mitgeschleppt und aufgehetzt, und diese liefen noch rum, als ob nichts gewesen wäre. Das ließ manchmal die Menschen aneinander vorbeischleichen, als müßten sie sich aus dem Wege gehen. Und dann die vielen, die unter der Erde lagen. Wer gibt denen jetzt was, wer sorgt für die Familien, hä?

Unter solcher Stimmung kam der erste Mai heran. Gefeiert mußte schon werden, das heißt die Arbeit sollte ruhen, aber die Gedanken waren zu zwiespältig und verworren noch, als daß sie sich zu dem erhebenden Grundgedanken dieses Arbeitsfeiertages hätten sammeln können. Zu großen politischen Demonstrationen war wenig Lust vorhanden, die Leute werden in den Dörfern bleiben, hieß es, nach der Stadt werden sie doch nicht kommen. Dort allein hätte eine größere Demonstration nur Zweck gehabt. Man wollte sich an den Gräbern der Opfer versammeln. Gewiß, im Städtchen kam das auch zustande. Dort fand auch eine größere politische Versammlung statt. Man hatte von auswärts einen kommen lassen. Der sprach ruhig und streifte nur so nebenher das, was erst so frisch noch hinter ihnen lag. Die Polizei fand keinen Anlaß einzugreifen. Dann wurden im geschlossenen Zuge auf dem Friedhofe die Opfer besucht. Aber man muß verstehen, die in der Stadt Gefallenen, das war nur ein sehr kleiner Teil, sie waren auch mehr noch zufällig unter den Toten; ermordet, hinterrücks niedergeschossen waren die nicht. Diese lagen auf den einzelnen Dörfern zerstreut, und insbesondere in einem, wo achtzehn Mann in einer Reihe in die Erde gebettet werden mußten. So wollte auch in der Stadt die rechte Stimmung nicht aufkommen. Stumm und bedrückt standen die Leute um die Gräber. Der Kranz mit der roten Schleife und dem goldgestickten Schwur, auszuharren im Kampf, fehlte nicht. Der Redner hatte einige Gedenkworte gesprochen. So standen sie denn und ließen den Kopf hängen. Ein furchtbares Weh quoll hoch und lastete ringsum. Das Gefühl, nicht mehr atmen zu können, in den Schraubstock gepreßt, nicht mehr weiter zu sehen, was ist und was werden soll – dieses Weh zermalmt. Es ist weder Wut noch Schmerz, kein Klagen mehr, ein entsetzliches Gefühl der Ohnmacht, das Mark wird einem ordentlich aus den Knochen gezogen. So standen sie da und

schämten sich fast voreinander und noch mehr vor denen, die da unten lagen. Das war ein furchtbarer Tag.
Aber in den Frühnachmittagsstunden kam ein großer Zug der Arbeiterjugend aus der weiter entfernten Industriestadt ins Tal. Die jungen Leute waren schon viele Stunden unterwegs, aber frisch und mit blitzenden Augen, in scharfem Gleichschritt zogen sie in die Stadt ein, mit roten Fahnen an der Spitze. Da schlossen sich einige aus der Stadt dem Zuge an, der noch weiter ins Tal wollte. Und allmählich wurden es immer mehr, von Dorf zu Dorf zogen sie, und überall hielten sie eine kurze Rast, Lieder wurden gesungen, eine kurze Ansprache, ein Treuegelöbnis – und der Frühling war doch eingezogen, der Feiertag war spät, aber schließlich doch noch eingekehrt. Die Leute, die erst verstohlen hinter den Fenstern vorgeschaut hatten, waren doch noch alle herausgekommen auf die Straße, hatten die Herzen aufgehen lassen und einen Blick getan in die Zukunft, der sie für einige Minuten alles Drückende, alles Furchtbare, das sich nicht auflösen wollte, vergessen ließ. Das waren die Richtigen, die Jungens – fühlten sie. Warum war das bei ihnen noch nicht aufgekommen, Arbeiterjugend – waren doch auch Mädels und Halbwüchsige da genug. Und diese waren auch schon eifrig mitten drin, etwas schüchtern noch, etwas schwerfällig und ungelenk, das erfaßte man sofort im Blick, aber schon aufgeweckt und glühend. Ein Funke hatte gezündet, er wird nicht verlöschen. In dem Dorf, in dem die achtzehn Opfer in einer Reihe lagen, wurde am längsten Rast gemacht. Mit Grün und Blumen waren die Gräber bald geschmückt, und wie die rote Fahne darüber sich senkte und das Treuegelübde gesprochen war, da fühlten alle, als hebe von diesem Augenblick wieder die Hoffnung und die Befreiung an. Mochten die Gedenkworte mehr zum Herzen sprechen als sonst, mochten die Lieder ergreifender hinausgehen durch die vielen, die nur im Gemüt die Melodie mitempfanden, denn sie waren zu schwere Arbeit gewohnt, als daß sie zum Singen sich je bekümmert, geschweige denn zum Singen aufgelegt gewesen wären – über sie hinwegwehen mit den tiefen zitternden Akkorden und sich wie schützend über sie senken, über die Männer, Frauen und Kinder, die da standen in ihrem Kummer und in dumpfer Verzweiflung, jetzt wie beschenkt, wie zurückgeführt in den Kreis der Lebenden, der Menschengemeinschaft – zum erstenmal wohl seit langer

Zeit traten ihnen Tränen in die Augen. Sie begriffen, die da unten sind nicht umsonst gefallen – und das tat wohl, unsagbar wohl. Es verband die Menschen wieder, es führte sie wieder enger zusammen, und sie durften wieder den Blick erheben und den Kopf höher tragen. Das tat wohl, das war Feiertag, das war Frühling. Also war er doch noch gekommen. Und als der Trupp zum Abmarsch rüstete, da gaben ihm alle noch einen guten Teil Wegs das Geleit, da blieben nicht viele im Hause zurück. Es lag ihnen nicht, große Worte zu machen. Die Bergarbeiter der dortigen Gegend sind schweigsam und in sich gekehrt. Sie können sich nicht so geben, wie ihnen wirklich ums Herz ist. Das tut auch nichts. Und die Frauen nicht minder, fast noch mehr als die Männer, die doch immer meist noch mehr in der Welt rumkommen und ein Stück Befangenheit vielleicht ablegen, draußen in der Arbeit mit den Kameraden. Aber als der Zug nunmehr wieder energisch den Höhen zustrebte, um noch vor der Nacht wieder in der Stadt zu sein, da trennten sie sich ungern. Sie standen und winkten und riefen vereinzelt und immer vielstimmiger und zuletzt wie mit einem einzigen großen Aufschrei: Kommt bald wieder!

Im Zuchthaus

Wer das Tor einer Strafanstalt hinter sich zuschlagen hört, der fühlt sich vielleicht zum erstenmal in seinem Leben als rettungslos verloren. Keine Stunde der Gefahr draußen im Leben bleibt für die Erinnerung so stark haften. Man mag noch so sehr Gleichgewicht zeigen, es greift bis in die Knochen, der ganze Körper wird erschüttert. Es ist auch buchstäblich wahr, der Gefangene soll sein bisheriges Leben auslöschen und ein neues beginnen. Ein Mensch, ein Organismus wie nur irgendwie ein lebendes Wesen, Tier oder Pflanze, wird seines Bodens, mit dem er durch tausend Blutfäserchen verwachsen ist, beraubt und nach einem Paragraphenschema zurechtgestutzt. Das wirkt so sinnlos, und der Kampf, der sich darüber entspinnt, ist erbittert und wie das Ringen um das Leben. Die meisten fühlen von vornherein, daß sie unterliegen werden, aber solange noch das Menschlichste, was der Mensch besitzt, das Gefühl, Mensch zu sein, auch nur in der leisesten Erinnerung noch vorhanden ist, gibt niemand den

Kampf auf. Man kämpft dann schon als Unterlegener, nicht mehr offen, sondern hinterrücks, mit einer beispiellosen Zähigkeit und Bosheit. Alle Stunden des Tages, alle Gedanken, jede Arbeit ist davon angefüllt. Bis auch dann sichtbar der Einzelne niedergebrochen ist. Der Gefangene widerspricht nicht mehr. Sein Menschentum ist ausgebrannt. Er hat sich dem Mechanismus des Hinvegetierens untergeordnet. Aber eins bleibt: das ohnmächtige Gefühl eines Hasses, in das sich alles, was der Mensch an Eigenem und Gutem besessen hat, geflüchtet hat, ein unterirdisches Gefühl, das nur explosiv noch von Zeit zu Zeit nach oben stößt, in unbeherrschten Augenblicken, Schrecknissen und Überraschungen, ein Haß, der so tief sitzt, weil er gerade seiner Ohnmacht sich bewußt ist, Haß nicht mehr allein gegen die Wärter und die Verwaltung, sondern gegen alle, gegen alles, was menschlich ist, von dem der Gefangene sich ausgeschlossen sieht. Es ist in einem engeren Sinne, schärfer, weil im einzelnen tiefgreifender, das Leben im kapitalistischen Staat, das sich zum Vegetieren im Zuchthaus verdichtet. Dieser Haß wird lebendig, er wird zum zweiten Leben, und die Gefangenen finden sich darin zueinander. Wer einmal diesen glühenden Schmerz gefühlt hat, vergißt das nicht mehr.

Dabei ist nun eins seltsam. Der brave Bürger, der von der Arbeit der andern und auf Kosten seiner Mitmenschen lebt, zu dessen Schutz sich die Gesellschaft mit ihren Gesetzen, die gesellschaftliche Ordnung und der Staat gebildet haben, deren Träger immer wieder derselbe Bürger ist, dem es ja so leicht fällt, die aus sich heraus und zu seinem eigenen Besten geltenden Paragraphen nicht zu übertreten – dieser selbe Bürger macht sich von den von ihm geschaffenen Zuchthäusern eine recht falsche Vorstellung. Er erwartet zu hören, daß dort Menschen von früh bis abends geprügelt und mit der Peitsche zur Arbeit getrieben werden, daß im dunklen Keller die Wärter, die rohesten Henkergestalten, die man sich nur immer ausmalen mag, über den Gefallenen herfallen, und dort, wo er sich nicht mehr wehren, nicht mehr um Hilfe rufen kann, sich Orgien der Grausamkeit und Bestialität abspielen, von denen man sich schaudernd abwendet – so stellt der Bürger sich das vor, zuckt dabei etwa die Achsel: Ja, schlimm, aber wie man sich bettet, so liegt man. Er sieht die Gefangenen in Dunkelkammern sich winden, in Zwangsjacken, wenn sie sich empören und unbotmäßig werden, erlebt die Anfälle, wie der

Wärter mit dem Schemel niedergeschlagen wird, fühlt ordentlich den stieren verzweifelten Blick eines solchen Tieres, das die Fäuste sich an den Mauern blutig schlägt. So soll es sein – und wenn einzelnes zutrifft, so findet der Bürger das auch im Irrenhaus, über das er ja dieselben Geschichten in Umlauf setzt. Wer durch die Sinnlosigkeit einer Ordnung, die den Menschen zum Tier herabsinken läßt, das Gefühl, Mitmensch zu sein, verliert, und weil darauf alles hinausläuft, verlieren muß, der wird geisteskrank, er wird unmenschlich, und das ist das, was im Zuchthaus von Gesellschaft wegen erreicht werden soll. Der Mensch wird gebrochen und lebenskrank, das ist dem Geisteskrank völlig gleichwertig und überwiegend auch direkt dasselbe in seinen Äußerungen. Warum soll man dieses Wesen noch schlagen, denkt die Verwaltung, im Gegenteil, man füttert es gut, mißt sehr genau seine Lebensdauer, um sie recht zu verlängern. Denn im Grunde würden die meisten Gefangenen in den ersten Monaten sterben. Man hält sie mit raffiniert ausgeklügelter Kunst am Leben, gaukelt ihnen aller Art Interessen vor und hat beinahe mehr damit zu tun, die Wärter wenigstens nach außen normal zu erhalten als die Gefangenen. Denn das steckt an. Die Unglücklichen, die als Wärter angestellt sind, verlieren doch in gleicher Weise ihre Menschenwürde. Der Bürger ist schlau genug, er dreht sich um, er hält sich die Ohren zu, er macht sich eine Schauergeschichte zurecht. Aber der Wärter soll aufpassen, er ist Stunde um Stunde um Menschen, die keine Menschen mehr sein dürfen. Das wirkt ebenfalls tödlich. Ihnen fehlt obendrein noch der Mechanismus einer sinnlosen Arbeit, den der Gefangene für das Vegetieren braucht, wie die Herren Ärzte festgestellt haben. So entsteht jener Henkertyp, der mehr unglücklich ist als roh, mehr verzweifelt als haßerfüllt, mehr Jammer als Strafe ist. Nun kann der Bürger aufatmen.

Es ist schwer, die Barbarei, das Unmenschliche dieser Zeit auf sich wirken zu lassen. Früher oder später geht man daran zugrunde, es sei denn, man hätte ein Übermaß jener menschlichen Kraft, die die wahre Menschlichkeit ist, dem entgegenzusetzen. Es war zum erstenmal, daß die bürgerliche Ordnungsmaschine große Massen von Arbeitern auf einmal und zu gleicher Zeit dem Zuchthaus überlieferte. Der einzelne konnte sich bisher schwerer behaupten, es gehörte eben eine übermenschliche Kraft dazu.

Aber die vielen, die jetzt ein und derselben Anstalt zugeführt wurden, konnten das eher. Der ganze Zuchthausapparat erwies sich an diesen neu Eingelieferten als ohnmächtig. Sie hatten bald heraus, daß es zwecklos gewesen wäre, die Paragraphenordnung, auf der die Verwaltung fußte, umzustoßen. Es war im Anfang vorgekommen, daß dann Soldaten aufgeboten worden waren, einmal war sogar eine Salve gegen ihre Fenster abgegeben worden, glücklicherweise ohne jemanden zu treffen. Das Unterwerfen unter die Paragraphen bedeutet noch keinen Verlust an Würde, wenn man nicht allein ist, wenn man das Ziel, daß man zusammengehört, das große Ziel der sozialen Revolution vor Augen hat. Der Kampf gegen den kapitalistischen Staat ist eben nur möglich, wenn alle Arbeiter, alle vom Kapital Ausgebeuteten zusammenstehen, wenn sie sich so eng verbunden fühlen, daß nichts sie in dem Bewußtsein hiervon trennen kann. Mochten einzelne Jammerlappen auch darunter sein, Ängstliche, denen ihr Unglück fortgesetzt vor Augen stand, dann auch Leute, die die Sorge um die Familie mehr wie einmal in einer Weise überfiel, daß sie am Zusammenbrechen waren – aber alle diese fanden sich wieder. Es waren Menschen, die man noch stützen konnte, und es war gerade für diejenigen, die eine aufsteigende Verzweiflung niedergerungen hatten, eine willkommene Aufgabe, den andern durch das Beispiel wiedergewonnener Unbekümmertheit über die Krise hinwegzuhelfen. So ging das von einem zum andern, sie halfen sich gegenseitig und wurden wie ein einziger großer Stahlblock, an dem alle Versuche, sie niederzubrechen, zerschellten. Das Bürgertum wurde ohnmächtig. Die gefangenen Arbeiter hatten das Mittel gefunden, den Verwesungsversuch einer absterbenden Gesellschaft unschädlich und wirkungslos zu machen; die Gemeinsamkeit und das Gemeinschaftsbewußtsein.

Die erste Woche war hart. Bis jeder eben seine Aufgabe erkannt hat. Bis er sich wiedergefunden hat nach dem ersten Stoß der Verzweiflung, losgelöst zu sein von allem, worin er bisher gelebt hat. Da wurde der Gedanke an die Kameraden zum wohltuenden Trost, der Atem wurde freier und schließlich kam so etwas wie eine Leichtigkeit und ein allgemeines Glücksgefühl auf. Hier also, dachten sie, ist jetzt dein Platz, hier sollst du weiterarbeiten – gut so. Wo eben gearbeitet werden soll, fassen wir an. Natürlich war das nicht an einem Tage da, aber es entwickelte sich allmählich, es wurde schließlich doch zu dem, was sie unüberwindlich und sicher machte, fröhlich geradezu – es wurde zu einem starken Selbstbewußtsein. Gerade darin hatte der bürgerliche Staat die Absicht, sie zu treffen, und er festigte sie darin. Er rief bei den meisten, die es im täglichen Leben, in den kleinen Quängeleien mit all den Widerständen und dem Drum und Dran vergessen und verschüttet hatten, dieses Selbstbewußtsein erst richtig wach, er legte es frei. Und jetzt erst erkannten sie, was das in seiner ganzen Tiefe bedeutet: zusammengehören.

Warum sollten sie sich nicht der Anstaltsordnung unterwerfen und die oder jene Arbeit tun – das machten sie ja draußen auch. Oder sich mit den Wärtern rumschlagen, wozu – das waren Leute, die auch ihre Arbeit zu machen hatten. Laßt diese Menschen in Ruh, hieß es. Und als ginge diese Kraft der Gemeinschaft auch auf die Wärter über. Nach anfänglichen Schwankungen, das ist das Mißtrauen, das sich gerade in diesem Wärterberuf einnistet, sie haben doch auch Angst, Stellung und Brot zu verlieren – nachdem sie die Sicherheit gewonnen hatten, daß die Anstaltsvorschriften selbst dadurch nicht verletzt würden, fühlten sich die Wärter in der Gesellschaft der Arbeiter geradezu heimisch. Es tat ihnen wohl, dort Dienst zu tun, sie fühlten sich mit den Gefangenen verbunden, Blut von ihrem Blut und Menschen wie sie. Es kam soweit, daß die öffentliche Meinung diese Harmonie angriff, kritisierte, zeterte und allerhand Gefahren an die Wand malte. Da wurden die Gefangenen, die bisher mehr zusammengehalten worden waren, als Block für sich, unter die anderen Gefangenen aufgeteilt. Aber statt der Vereinzelung ausgesetzt zu sein, brachten die sogenannten politischen Gefangenen jetzt auch den andern, den kriminellen, das Selbstvertrauen zurück. Sie machten sie wieder zu Menschen, sie brachten ihnen den Glauben an die Gemeinschaft, indem sie gemeinsam mit ihnen die Strafordnung ertrugen, gemeinsam jene nutzlose Arbeit verrichteten, die die Gefangenen entwürdigen soll. Jeder einzelne dieser gefangenen Arbeiter war gewissermaßen ein ruhender Fels, an dem die andern sich aufrichteten. Denn der Arbeiter wußte, diese sogenannten Verbrechen an der menschlichen Gesellschaft, weswegen man diese Unglücklichen ausstieß und vernichtete, die hatte diese Gesellschaft selbst veranlaßt und erst ermöglicht. Diese Gesellschaft war daran, mochten sie noch so sehr einer menschlichen Gesittung zuwiderlaufen, allein die Schuldige. Die Gesellschaft und ihre Organisatoren und Träger, ihre Schergen und Verteidiger – die gehörten auf die Anklagebank. Laßt den Menschen sich unter menschenwürdigen Verhältnissen entwickeln und heranwachsen, gebt ihm die Freiheit, sich als Mensch zu fühlen, dann wird auch der soziale Instinkt, die Fähigkeit und das Glück, miteinander zu leben und auszukommen, von den Geschwüren und Krankheiten unserer Zeit befreit sein – das kam leuchtend zum Durchbruch. Bis hinauf in die Verwaltung, soweit sie noch direkt mit den Gefangenen zu tun hatte, spürte man die Wandlung. Ein neuer Geist, der sie zunächst erschreckte, gegen den sie aber keine Gewaltmittel mehr hatten, hielt die Gefangenen zusammen und hielt sie gesund und aufrecht. Und wenn die Gefangenen ihrer Ordnung gemäß zusammen waren, bei der gemeinschaftlichen Arbeit, beim Spaziergang, in der Kirche oder wo sonst immer, so hatten sie nicht nötig, miteinander viel zu besprechen. Ein Gedanke leuchtete aus den Blicken, den alle verstanden und mit dem gleichen Leuchten beantworteten. Darin war Hoffnung und Lebensmut, Vertrauen und eine unbesiegliche Fröhlichkeit. Dieser Gedanke löschte viele Schmerzen aus, manche Unsicherheit in der stillen und oft so furchtbar lastenden Stunde der Einsamkeit und der Sehnsucht nach denjenigen, die einem am nächsten standen. Dieser Gedanke war: Aushalten, Kamerad! Draußen die arbeiten für uns, wir aber arbeiten hier für die da draußen! Das war mehr wie ein Versprechen, das war, als ob sie sich einander die Hand gegeben hätten, um sich zu festigen. Darin lag fast eine versteckte Freude, die noch nicht ganz frei war. Weil sie eben erst ein Ahnen war von dem, was die Zukunft einst bringen wird, wenn die Arbeiterklasse gemeinsam darangehen wird, die neue Gesellschaft aufzurichten. Dafür zu arbeiten ist Glück, mag es sein, wo es will, in der Werkstatt, auf der Rednerbühne oder im Zuchthaus. Über kurz oder lang reißt es die andern mit, die ihr Menschentum verloren haben oder die überhaupt noch nicht begriffen und gelernt haben, was Mensch sein heißt. Die Unglücklichen, die Unzufriedenen, seien sie auch noch so sehr Handlanger der Bürgerklasse, einmal werden sie verstehen, weil alle einmal den Anspruch erheben werden. Mensch zu sein, heißt in Wahrheit und in Glück zu leben. Dann wird das Dunkel fallen, die Zuchthausmauern werden niedergerissen werden und die Macht, die sich heute die einen Menschen über die andern anmaßen, wird sich in das Gegenteil verkehren. Bis alle Menschen frei sind.

Der Montagsklub

So beschränkt auch die räumliche Ausdehnung des Aufstandes geblieben war, seine Wirkungen begannen sich immer mehr über das Land hin fühlbar zu machen. Die Schwierigkeit, Arbeit zu beschaffen bei einem Lohn, der das Auskommen wenigstens ermöglichte, war für die Regierung eine Aufgabe, der sie nicht gewachsen war. Immer neue Probleme tauchten auf, und schien an einer Stelle der Sturm beschworen und das Loch zugestopft, so riß es am andern Ende und nur um so größer wieder auf. Das Für und Wider der Aktienbeteiligung der Arbeiterschaft war ins Uferlose ausgewachsen, und je mehr sich Bankiers und Industrielle, Kaufleute und Professoren darüber stritten, um so weniger kümmerte sich die Arbeiterschaft selbst darum. Die Krise für das Kabinett wurde immer bedrohlicher, so daß man allen Grund zu haben glaubte, nach außen geschlossen aufzutreten. Der Entschluß, den Arbeitsminister auszubooten und als Sündenbock hinzustellen, wurde daher hinausgeschoben und geriet in Vergessenheit. Ein Wechsel hätte die Aufmerksamkeit zu sehr auf die Gesamtregierung gelenkt, was durchaus nicht erwünscht schien. Man muß sich vorstellen, daß der gesamte Beamtenapparat mit allem, was darum war – Polizei, Soldaten, Richter und Parlament –, eigentlich ganz für sich allein stand. Es gab eine große Masse Volk, das, zu dumm oder zu faul, damit schon zufrieden war, daß der Apparat überhaupt da war. Mehr wollten sie nicht wissen, um das Was und Wie kümmerten sie sich nicht. Alles hing immer davon ab, wie sich die eigentlichen Kräfte des Landes, die wirtschaftlichen, die Arbeitskräfte dazu verhielten. Wurde die Regierung von diesen nicht mehr geduldet, so folgte eine andere; natürlich wechselten bloß die Spitzen. Obwohl die Arbeiter die Werte schufen, die Wirtschaftskräfte also nicht nur repräsentierten, sondern allein auch in Gang setzten, hatten sie doch nicht den geringsten Einfluß, im Gegenteil, wie ja jeder an sich selbst erfahren hat, man schlägt sie nieder, um sie erst nicht aufkommen zu lassen. Es besteht nämlich immer

diese Gefahr, daß die Arbeiter sich ihrer Macht bewußt werden, daraus Nutzen ziehen, daß sie eigentlich schon sowieso, nur durch ihre Arbeit allein, Träger des Staates und Erhalter des Volksganzen sind und entsprechend auch dann die Organisation des Staates auf sich stellen. So einleuchtend klar das sein mag, so selbstverständlich, so große Angst hat der Beamtenapparat davor. Warum, das wird im Grunde genommen niemand zu sagen wissen. Denn jetzt haben die Macht diejenigen, die die Maschinen in Händen haben, mit denen die Arbeiter arbeiten. Diese Maschinen aber sind nicht vom Himmel runtergefallen, sondern sie haben sie erst dadurch erworben, daß sie die Arbeiter dafür und für sich arbeiten ließen, so daß eigentlich alle diese Maschinen doch den Arbeitern gehören. Weil aber die große Masse Volk immer demjenigen folgt, der gerade die Macht hat, und gegen denjenigen sich wendet, der sie jenem, und sei es mit den besten Rechtstiteln, streitig macht, so wurden die Arbeiter zurückgewiesen, der ganze Staatsapparat mit Gesetzen und Beamten und Soldaten schritt gegen sie ein. Diese Menschen waren lieber der Willkür der wenigen zufälligen Machthaber ausgesetzt, sie kämpften lieber selbst angstschlotternd ums eigene Brot, sie trugen lieber selbst alles mögliche Unglück, wie Krieg, Hunger und Verzweiflung aller Art, als daß sie vorurteilslos über den Machtanspruch der Arbeiter nachgedacht hätten. So war denn die Regierung nichts anderes als ein Popanz, je nach der Situation und für den beliebigen Fall einzuspannen und zu verwenden. Alle Programme und sonstigen Schwindelmanöver waren immer auf dieselbe große Masse der Leute zugeschnitten, die im Grunde genommen überhaupt nicht vorhanden waren; denn griff man einen einzelnen heraus und stellte ihn vor sich hin, so hatte der schon Meinungen und Wünsche und auch Verstand genug, zu begreifen, was vorging – ließ man ihn los, verschwand er im Nebel der Masse.
So lag die eigentliche Macht, die das ganze Theater, das man Staat und Gesellschaft nennt, leitete, ganz wo anders als dort, wo die Beamten sich wichtig taten. Einen besonderen Mittelpunkt solcher Macht bildete der Montagsklub. Dorthin kamen montags abends zu einem Diner gewöhnlich einige, nicht sehr viele, führende Persönlichkeiten aus den großen Industriezusammenfassungen, wie sie sich aus einer Mischung von Großgrundbesitzer, Finanzmann und Fabrikant gebildet hatten, zusammen

in Gesellschaft von Wissenschaftlern, die sie besoldeten oder erzogen, und von gelegentlich sonstwie geladenen Gästen, denen dann an solch einem Abend sozusagen die Befehle übermittelt wurden. Diese Leute wußten auch Ehre und Bedeutung zu schätzen. Mochten sie auch weit blendendere Titel tragen wie diese Herren, so hielten sie sich doch bescheiden im Hintergrunde, und man konnte in jedem Augenblick deutlich jene drei Gruppen voneinander unterscheiden. Man versammelte sich montags, weil alle diese Herren eine ganz bestimmte Arbeitsweise sich angewöhnt hatten, die jeder Tagesstunde beinahe ihren besonderen Platz anwies. Man arbeitete eigentlich nur Dienstag bis Freitag mittag im eigentlichen Bureau, Samstag und Sonntag blieb für die Familie vorbehalten, die meist außerhalb der Stadt wohnte, Freitag nachmittag und Montag früh war der Fahrt gewidmet, den Montag nachmittag suchte man langsam ins Geschäftstempo hinüberzugleiten, indem man Besprechungen abhielt, Versammlungen besuchte und abends bei einem der Kohlenbarone sich zum Diner zusammenfand. Das war der Montagsklub. Man kann nicht sagen, daß dort sehr dumme Leute zusammen waren. Es ist sehr leichtfertig, solche Leute zu unterschätzen. Der Typ des Herrn Fabrikanten, der in seinem Betrieb unumschränkt wirtschaftet, der Herr, dessen Bedeutung, Arroganz und Minderwertigkeit man am Glanz seines Zylinders und der weißbelederten Lackschuhe erkannte, ist verschwunden. Er ist von Größen und Kräftigeren längst aufgefressen, und wo noch Reste sind, führen sie ein Schattendasein. Solche Leute sind museumsreif, ebenso wie jene sogenannten reichen Leute, die nach allgemeiner Vorstellung nichts weiter zu tun haben, als auf ihrem Geldsack zu sitzen. Man kann wohl sagen, Geld in dieser einfachen Form existiert nicht mehr. Das Kapital ist selbst eine lebendige Kraft, es ist eine von Menschen unabhängige Macht, die ihn treibt und versklavt und deren Träger und Agent zu sein inzwischen alles andere als ein Genuß sein mag. Man erlebt es ja, es saugt das Menschliche auf, es frißt das Leben und es schlägt längst in seiner Akkumulation ein Tempo ein, an dem die Menschen über kurz oder lang zerbrechen müssen.

Darüber waren sich die Herren vom Montagsklub allerdings klar, und sie fühlten sich in ihrer ganzen Machtfülle alles andere als glücklich. Sie hatten zu arbeiten wie vom Teufel gehetzt, und wenn auch unter ihren Händen die Millionen sich verdoppelten, so lag darin für das nächste auch schon wieder die doppelte Arbeit, und jeder von ihnen hatte das zutiefst schon erfahren, jene furchtbare Krankheit, nie ruhen und nie zufrieden sein zu können. Diese Herren sahen auch durchaus nicht behäbig aus, nicht wie Leute, die die Nacht durchzusaufen pflegen – alles das blieb den Beamten und den sonstigen Stützen des Staates überlassen, und man kann sich gut vorstellen, wie sie diese Leute verachteten. Der Gastgeber hatte einen besonderen Sport darin gefunden, in der Entwicklung der Arbeiterbewegung bis ins Einzelne auf dem Laufenden zu sein. Er unterhielt nicht nur die regsten Beziehungen zu den Syndikaten, das taten die andern auch, sondern er griff auch selbst in die Diskussion zwischen den Arbeiterparteien ein. Er mühte sich selbst um die Form eines Ausgleichs zwischen der Arbeit und ihren Fragen auf der einen und dem Kapital, das die Maschinen hatte, und als deren Verantwortliche sie selbst sich empfanden, auf der anderen Seite. Und wie dieser waren viele. Nur eins begriffen diese Herren eben nicht, mochten sie noch so viel gelernt haben, mochten sie für den großen Gesamtorganisationsapparat noch so unentbehrlich und nützlich sein, daß sie ihre Arbeit leisteten, das sprach ihnen ja keiner ab – sie begriffen nicht, daß die anschwellende Krise, die Volksnot, die Arbeitslosigkeit als Ganzes gesehen, darauf zurückzuführen war, daß sie jene Kräfte leiteten oder zu leiten noch immer den Anspruch nicht aufgegeben hatten, obwohl diese über ihre eigene Kraft längst hinausgewachsen waren. Die Kraft, die die Maschinen treibt, die hinwiederum erst die Hände bedienten, unterlag, das zeigte sich ja mit jedem Tage deutlicher, andern Gesetzen als denen von ihnen ausgeklügelten, die sie ja selbst nur als Großväterweisheit übernommen hatten. Sie gründete sich auf menschlich-technischen Zusammenhängen. Es war der Ausfluß eines lebendigen Organismus, der bestimmt war, die Organisation der Menschen zu erweitern und ökonomisch und in Glück zu sichern. Sie waren im Wege, ihr Machtanspruch war das Hindernis. Darum konnten sie auch trotz mancher Einsicht über eine müde Skepsis nicht hinauskommen. Sie begnügten sich damit, Preise zu stiften und Zeitschriften herauszugeben. Dort sah man den Aufstand mit andern Augen an. Man hielt ihn für ein gefährliches Spiel des Elektrotrusts, ja offen sogar als verfehlte Maßnahme. An der sozialen Frage mag sich die

Regierung die Zähne ausbeißen, urteilte man, aber man darf ihr keine Machtmittel in die Hand geben. Es ist gefährlich, daß sich einmal die andere Seite der Machtmittel bemächtigt. – Aber der Präsident des Trusts, der gleichfalls anwesend war, gab die bündige Erklärung, daß er sowohl wie die übrigen Herren davon völlig überrascht worden waren. Es wäre zweifellos ein ernstes Zeichen. Niemand könne ihm aber verwehren, auch aus dieser Situation den Nutzen zu ziehen, der sich daraus ergibt. „Gewiß nicht", sagte der Kohlenbaron, „nur sollten wir mehr wie bisher die Möglichkeiten prüfen, uns die Arbeiterschaft als Bundesgenossen zu gewinnen. Es dürfte sehr bald an der Zeit sein" – die Zuhörer nahmen das für eine versteckte Absage an die Regierung. Deren Schicksal schien besiegelt. Die Professoren horchten auf. Es entspann sich ein Gespräch über die Aktienbeteiligung als Lohnbeihilfe. In diesem Kreise lächelte man darüber. Dagegen schlug jemand vor, in größerem Umfange technische Kurse einzurichten, sozusagen als Prämien für die Tüchtigsten im Betrieb, um sie unentgeltlich weiterzubilden. Die Chancen für solche Bevorzugten lagen offen auf der Hand. Die Hochschule bereitet eine neue Spaltung unter der Arbeiterschaft vor. Die brauchbaren und intelligentesten werden von der Masse getrennt, diese ihrer Führer beraubt. Das Interesse wird verschieden – so dachte man darüber. Es gab auch Warner. „So etwas war früher ganz gut", sagte einer, „heute ist das Klassenbewußtsein zu sehr entwickelt." „Aber auch das Mißtrauen und der Neid aufeinander", warf ein anderer ein. Die Kurse wurden beschlossen. Der Trustpräsident war nicht damit einverstanden. „Wir müssen den Arbeitern etwas bieten, das ist sicher, aber ich bitte Sie, meine Herren, winken wir mit der Amnestie, Regierungswechsel und so etwas, das hat noch immer seine Wirkung gehabt. Ich sehe auch eine schwere Krise voraus, es läßt sich wenig abwenden und herauslocken, wir müssen die Kleinarbeit leisten, Syndikat gegen Syndikat, Führer gegen Führer, den einen gegen den andern. Ich kenne die Frage genau und es ist doch nur wie in der Welt auch, jeder kämpft um seinen Platz – das war und ist noch immer das beste. Ich fürchte, Sie gehen zu weit. Bleiben Sie bei der Theorie, nicht wahr, Herr Professor" – und die drei Professoren, der eine ein Geologe und Geograph, der andere für Nationalökonomie und der dritte für technische Wissenschaften und berühmter Physiker, nickten Beifall. „Die Technik", schloß der Präsident begeistert, „bietet der Phantasie alle ungeheuren Möglichkeiten, sie ist eine Religion." Darüber war man einig.

Eine Vorlesung über Gemeinwirtschaft

Im großen Festsaal der Technischen Hochschule hatte der berühmte Physiker, der zugleich eine internationale Berühmtheit in der technischen Wissenschaft war, eine Vortragsreihe über die neuen Probleme der Gemeinwirtschaft, die zum Schlagwort geworden war, angesetzt. Die Vorlesung war für die große Öffentlichkeit nicht frei, obwohl die streng wissenschaftliche Redeweise des Professors für das Verständnis seiner mit Fremdworten und Fachausdrücken gespickten Ausführungen einen bestimmten Grad von Hochschulbildung voraussetzte, sondern nur für die eingeschriebenen Hörer der Hochschule, die Studenten und angehenden Ingenieure. Der Gelehrte hatte sich vorgenommen, gerade diesem Nachwuchs die Bedeutung der Technik über das rein Mechanische hinaus als lebendiges Organ der Wirtschaftsführung und damit zugleich auch der Lebensführung klarzulegen. Er hatte das Thema geprägt von der technischen Weltanschauung. Er wollte die Krise in der Organisation des Staates und der Wirtschaft, die immer breiter sich auseinanderreißende Kluft von Kapital und Arbeit, von Ausbeutern und Ausgebeuteten, von Maschinen und Menschenhand überbrücken durch die Darstellung einer wirkenden Gesetzmäßigkeit im Wirtschaftlichen, die wie eine Kreiselbewegung mit unerhörter Eigenkraft von Natur her die Menschen fortgesetzt neu sozial gruppiert, nach der Notwendigkeit ihrer Arbeiter wertet und absterben oder Macht gewinnen läßt. Aber von der nach vielen Tausenden zählenden Zuhörerschaft waren kaum hundert erschienen, die sich in dem weiten leeren Raum wie gestraft vorkamen und ängstlich um sich blickten, um sich vor den Augen ihrer Bekannten zu verstecken. Denn es schien ihnen beschämend, einen Eifer entfaltet zu haben, was zu lernen, den die übergroße Mehrzahl für überflüssig hielt. Es genügte ja, wenn sie ihre bestimmte Zahl Studienjahre beisammen hatten.
Der technische Student, der zu Anfang der Entwicklung der

technischen Wissenschaft dem Ernst nach, mit dem er an seine Aufgaben heranging, eine gewisse Sonderstellung eingenommen hatte, war inzwischen längst in dem bekannten Typ Student aufgegangen. Er hatte den Anschluß an die heilige Überlieferung des vollkommenen Nichtstuns endlich erreicht. Es ist grausig zu sehen, wie diese jungen Leute, die mit dem Geld und dem Einfluß ihres Vaters ausgestattet eine solche Hochschule besuchen, um sich dort drauf vorzubereiten, eine technisch selbständige, verantwortliche Stelle in einem Wirtschaftsbetrieb und allgemein in der Organisations- und Wirtschaftsführung zu übernehmen, auf denen das Vertrauen der arbeitenden Hände und der in Bewegung gesetzten Maschinen, seien es nun Massen an menschlicher Arbeitskraft oder tote Materialien, ruhen mußte, sonst war an eine technische reibungslose Führung überhaupt nicht zu denken – schon gar nicht zu rechnen mehr ihre Personen, nein – ihr Wissen, ihre Kenntnisse, ihre Erfahrungen – es war grausig zu denken, daß diese Menschen ihren ganzen Ehrgeiz darein setzten, möglichst wenig zu lernen, sich nur eine äußere Form, sich als Fachmann zu bewegen, anzueignen und ihre Stellung als nichts weiter anzusehen als den notwendigen Tribut, der ihrer Erziehung, ihrer Familie, der Stellung ihres Vaters und ihrem Geld gezollt wurde. Ihre Stellung selbst war ihnen nicht nur gleichgültig, sondern auch höchst lästig. Sie brachte Verpflichtungen und Aufgaben mit sich, die sie gar nicht daran dachten zu erfüllen, sondern nur den Anschein sich geben, so tun, als ob – dafür waren ja dann andere da, es gab doch genug Leute, die gern das machen, die sich danach drängen, das hört man dann. Aber die andern, das waren die Arbeiter, die sich „vordrängten". Es mußte doch eben jemand sein, der die technische Führung der Arbeit auch leistete, das ist ein Gesetz der Arbeit; und je weitgespannter die Arbeitslebendigkeit wird, die Arbeitsmasse, die mit der Zahl der Menschen und Maschinen Schritt hält, um so mehr kristallisiert sich diese Leitung aus dem Wissen, was Arbeit an sich ist und warum gearbeitet wird. Die Leitung wird zum Ausdruck des Arbeitswillens und des Arbeitsglücks. Was wiegen dagegen die paar technischen Formeln und Kenntnisse, die sich diese hochnäsigen Bengels und Großschnauzen ersessen haben, sich mühselig eingepaukt. Das lernt der Arbeiter, der keine Hochschule besucht hat, in kurzer Zeit und besser, weil es für ihn viel lebendiger wird als für diese.

Und diese aber sind berufen, den andern vorzustehen, ihren Drang nach Mehrwissen einzudämmen und sie kastenmäßig geschieden zu halten. Vielleicht für den einzelnen nicht mal aus Böswilligkeit, sondern weil es immer so war. So ein Ingenieur ist oft zu faul, überhaupt darüber nachzudenken. Wenn nur alles weiter seinen Gang läuft, er sieht die Arbeiter um sich herum gar nicht.

Daran mochte der Professor nicht denken, der mit seinem Vortrag gar nicht weiter kam. Es war doch ein sehr trauriges Ergebnis. Er brauchte Begeisterung und Aufnahmefähigkeit für das, was er zu sagen hatte. Denn er hielt es für die Zukunft, er verjüngte sich selbst dabei. Solche Professoren sind keine schlechten Menschen. Sie leben nur in einer kranken Atmosphäre und finden nur selten heraus. Es war ordentlich, als ob dieser Mann bei seinen Schäflein da die Gedanken lesen könnte. Denn er kam immer weiter vom Thema ab und vertiefte sich in eine Schilderung der technischen Macht, jener Kraft, die die Technik erst in Bewegung setzt und denen sie verantwortlich ist. Der einzelne Mensch als Träger dieser Technik muß davon beeinflußt werden, darauf kam es hinaus, er muß beweglicher, technisch beschwingter werden, er muß sich ändern. „Ein anderer Typ Menschen, als wir sind", sagte der Mann, „wir sind für die neuen Aufgaben der Wirtschaftsführung zu alt, zu schwerfällig, zu sehr von oben gekommen und mit Traditionen überladen. Wir können nicht mehr Schritt halten, es wächst uns über den Kopf, alles dreht sich schneller, die Aufgaben werden riesengroß" – und das Bild einer Zukunftswirtschaft stieg vor den schläfrigen Augen der Zuhörer auf. „Wir verschwenden unsere Kräfte", eiferte der Gelehrte weiter, „die sozialen Verhältnisse müssen technisch besser geregelt werden. Wer arbeitet, gehört zusammen wie die Teile einer Maschine. Die Kräfte müssen automatisch ineinandergreifen, sonst arbeiten wir gegen jene sozialtechnische Kraft, die uns erst überhaupt als Menschheit in Bewegung setzt, gegen ein technisch-soziales Grundgesetz. Darin verschleudern wir Unsummen von Fähigkeiten und Kraft. Ich sehe nicht ein, welche Gegensätze nicht überbrückbar sein sollten. Die Arbeit allein entscheidet und das Wissen, meine Herren. Niemand wird wollen, daß die Führung versagt, darum technische Arbeitsführung an allererster Stelle. Sie allein kann für das Soziale das Bestimmende sein. Sie ist die Grundlage der

Gesellschaft, sie regelt die soziologische Gesetzmäßigkeit, sie ermöglicht die Ausgleichspannung von Erzeugung und Verbrauch, von Angebot und Nachfrage." Und er glitt über auf die technische Weltanschauung, die dann gipfelt in der Organisation der Gemeinwirtschaft. Einer der Zuhörer, der eifriger mit gefolgt war, lächelte offen vor sich hin. Da verstieg sich wieder so ein Professor zu Idealen, die schon anfingen philosophisch zu werden. Bleiben wir Techniker, hatte sein Vater gesagt, das heißt kommandiere deine Arbeiter. Er hätte hinzufügen sollen: Denn der Kaufmann braucht dich. Wo der Kaufmann des Betriebes mit den Arbeitern nicht mehr fertig werden kann, muß der Ingenieur eingreifen, das ist alte Regel und bewährt. Dem glauben sie mehr, steht er doch scheint's der Arbeit näher. Solche Wissenschaftler aber versteigen sich leicht: Weltanschauung – als ob das was Besonderes wäre. Phrasen, die ihm einer zugeflüstert hat. Soll wohl gegen die Regierung gehen – und er gähnte laut. Aber der oben hatte auch schon zurückgefunden. Denn die Gemeinwirtschaft, die dann geschildert wurde, ließ jedem sein Teil. Es kam schließlich so raus, wie es eben heute war, die Menschen sollten sich nur besser verstehen. Sie sollten begreifen, daß das eben schon Gemeinwirtschaft war, wenn man sich verträgt. Die Regierung bekam ihr Lob ab, einer Erweiterung der technischen Wissenschaft wurde das Wort geredet, und auch den populären Kursen, in denen man die Arbeiter zu tüchtigen und vertrauenswürdigen Stützen des Betriebes heranziehen müßte. Und so fort. Es ging jetzt die alte Leier. Es plätscherte unten wieder über die Leute hin und nichts verriet, daß, während der eine da unten an die Erlebnisse der letzten Nacht dachte und der andere konstatierte, daß süße Liköre, zu Porter und Sekt gemischt, den Katzenjammer andauernder gestalteten als Genever und Boonekamp, während der dritte darüber sich im unklaren war, welche überraschenden Sensationen ein leichter Fall von Schuhfetischismus hervorrufen könnte, sofern er nicht akut würde, zum Beispiel in Verbindung mit jener schräg vor ihm sitzenden Dame, die ein ausgesprochener Sporttyp Amerikanerin war – nirgends war zu spüren, auf keiner dieser idiotischen Visagen, vor denen man als vor Menschenantlitzen Furcht und Schrecken bekam in ihrer Leere und Ausdruckslosigkeit – nichts verriet, daß ein ergrauter Gelehrtenkopf in einen ernsten Zwiespalt hineingeraten war, der ihm ordentlich die Zunge lähmte und ihn nur mühsam weitersprechen ließ. War das nicht das Problem des Kommunismus – was da vor ihm sich aufgetan hatte, es lief ihm heiß und kalt über den Rücken.

Wie eine Genossenschaft verkracht

Der Gegensatz zwischen dem Maschinistensyndikat und den Elektrikern nahm schärfere Formen an. Auf ihrem eigentlichen Organisationsgebiet war es zu einem Zusammenstoß gekommen, aber das Syndikat hatte in einer Zusammenfassung mit anderen Berufssyndikaten allmählich das Übergewicht erlangt, und über diese Zentralstelle hinweg war der Kampf auf ein anderes Gebiet übertragen, wo man gewissermaßen den Geist, der die Elektriker beseelte, von Anfang an zu ersticken hoffte. Die Taktik war, sie nicht aufkommen zu lassen, indem man sie totlaufen ließ. Das war auch schon von der Technik her gelerntes mechanisches Gesetz, das die Syndikatsführer im allgemeinen großartig anzuwenden verstanden. Es würde zu weit führen, jetzt im einzelnen auf solche Kniffe, wie sie die Geschichte der Syndikate immer wieder aufweist, einzugehen. Im Grunde genommen braucht der Arbeiter nicht länger mehr vor der politischen Kunst des Bürgertums, die im Mittelalter zur Blüte gelangte und heute den Schulkindern so überzeugend eingebleut wird, bewundernd stehen oder sie nachzuäffen versuchen. Die Syndikate sind Meister in einer neuen Politik, die an Rücksichtslosigkeit und Perfidie die mittelalterliche weit übertrifft. Nur ist diese Politik nicht gesellschaftsbildend, sondern sie bleibt inmitten der Arbeiterschaft, sie zerreibt deren eigene Kräfte, es ist eine Vorstufe, möchte man beinahe sagen, eine Prüfung und Ausscheidungspolitik für die größere und bevorstehende Auseinandersetzung mit der bürgerlichen Klasse, ein Training, das die Starken von den Schwachen, die Klugen von den Dummen trennen soll. Nun warten alle und warten schon die längste Zeit, aber es kommt nichts. Es scheint Schwindel, weil der ganze politische Trubel dieser Syndikate Selbstzweck, das ist ein Kampf um die Posten, geworden ist. Wenn man bedenkt, daß dieser raffinierte Betrug inmitten der Arbeiterschaft von Arbeitern in Szene gesetzt wird, so können die Arbeiter doch stolz darauf sein. Sie stehen den Bürgerlichen nicht nach, und diese Politik mal gegen die Unternehmer ange-

wandt statt gegen die eigenen Klassengenossen, sollte Wunder wirken. So ist das eben, das Beste immer an der falschen Stelle.
Also, das Maschinistensyndikat hatte die Führung. Die großen Organisationen der Transportarbeiter, der Bergleute, der Metall- und Holzarbeiter schienen nur berufliche Sondergruppen, mit Sonderinteressen zwar, die aber alle das Maschinistensyndikat mit zu vertreten übernahm und sich anmaßte, wie viele meinten. Aber eine Kraft treibt eben alles, ist erst die Vorbedingung für die andere Arbeit, die hinzukommt, mochte das nun Dampf oder Elektrizität sein – und ihre Arbeit war eben diejenige, die der Maschine, die die Kraft gab, am nächsten war. Das war zwar ein Gedanke, den die Elektriker in den Vordergrund gestellt hatten, wenn auch in anderem Zusammenhange, den die Maschinisten aber aufgriffen und für ihren eigenen Zweck ummünzten. Über diesem Gedanken vertrugen sich die beiden Gegner. Von der Macht, welche die Maschine gewährte, war ein Teil, wenn auch nur zunächst bildlich unter den Kameraden, auf sie übergegangen. So dachte sich das unser Maschinistensyndikat. Noch lange vor dem Streit mit den Elektrikern, noch vor dem Aufstand hatten die Holzarbeiter eines nicht eben großen Betriebes die Möbelfabrik in eigene Verwaltung übernommen. Der Inhaber nämlich, ein windiger Kaufmann, der zwar mit allen Hunden gehetzt war, aber auch einen Steckbrief hinter sich laufen hatte, war eines Tages von der Bildfläche verschwunden und hatte alles stehen und liegen lassen, ohne sich auch die geringsten Kopfschmerzen darüber zu machen, was nun werden sollte. Da waren aber unter den Arbeitern ein paar helle Jungen, die die Belegschaft, die in ihrer großen Mehrzahl gerade wieder fluchend und mit betrübten Gesichtern nach Hause ziehen wollte und sich schon damit abgefunden hatte, den Lohn in den Rauchfang zu schreiben, mit eiserner Faust zusammengehalten hatten. Die Vorstellung allein und das gute Zureden genügt nicht, das muß man immer wieder von neuem einhämmern, damit erst ein klein wenig Selbstvertrauen hochkommt – hatten also darauf hingewiesen, daß sie den Anspruch auf den Arbeitsplatz hätten, ihre Lohnforderungen und alles das, Tarifvertrag, Kündigung und so weiter, alles gesetzliche Sachen, ferner daß Material noch vorhanden sei für ein paar Wochen, Maschinen und Strom, vorausgesetzt, daß die Belegschaft vollzählig beisammen bleibe, so sollten sie einfach weiterarbeiten und den Betrieb glatt über-

nehmen und mit dem dann in Verhandlung treten, der mit Forderungen und Ansprüchen und dem allen kommen wird. So ein Mann wird sich schon von selbst melden, und die Aufträge, die ja auf lange Dauer waren, blieben ihnen doch. Also wäre keine Not. So übernahmen denn auch die Arbeiter den Betrieb und blieben da. Niemand hatte was dagegen einzuwenden. Man muß eben nur anfangen. Die Gläubiger waren sogar mit der Regelung der Sache sehr zufrieden, und der Holzhändler, der das Material geliefert hatte, erklärte, auf Kredit und nach bestimmten Zahlungsbedingungen auch noch weiteres zu liefern. Das Holzarbeitersyndikat nahm sich jetzt in diesem Stadium der Sache an; aber weil in ihren Kreisen noch wenig allgemeines Interesse dafür vorhanden war, hatte doch jeder mit seinen eigenen Betriebsangelegenheiten den Kopf voll, so griff das Maschinistensyndikat ein, und da es an und für sich am zahlungskräftigsten war, so übernahm es die finanzielle Regelung. Das heißt, es stellte den Plan auf, wandelte das Unternehmen in eine Genossenschaft um, indem jeder Arbeiter mit einem bestimmten Anteil und Haftsumme für Verluste als Mitglied eintrat, übernahm für die laufenden Verbindlichkeiten an Gläubiger die Garantie, die sich das Syndikat ohne Arbeitsministerium später durch die Regierung rückdecken ließ. Entsprechend dem Taxwert der Betriebsanlagen einschließlich der darauf lastenden Grundschulden wurde die Höhe und die Zahl der Genossenschaftsanteile festgesetzt. Das ging die ersten Wochen ganz gut. Die Arbeiter kamen sich vor, als hätten sie wie beim Ei des Kolumbus in so einfacher Weise eine weltbewegende Frage gelöst. Das war also die ganze soziale Frage, die Sache war sehr einfach. Jetzt waren sie Besitzer, das Gesetz hatte nichts dagegen, von der Regierung werden sie Aufträge bekommen – denn das versteht sich von selbst, das Metallarbeitersyndikat hatte erst den letzten Arbeitsminister gestellt, und sie stellten auch neuerdings Metallbeschläge her, hatten Metallarbeiter zugenommen – es fehlte ihnen also nichts, daß sie gemachte Leute waren. Das änderte sich auch nicht, als sie, um die Anteilszahlungen leisten zu können – denn die mußten, wenn auch allmählich, geleistet werden, das war Gesetz –, gewaltige Reduktionen an barem Lohn vornehmen, um es sich abschreiben zu lassen am Anteilschuldkonto. Das kam ihnen doch anderwärts wieder zugute, hieß es allgemein, und sie arbeiteten und schränkten sich ein und waren bald tief unter dem

Normaltarif. Später kommen die Gewinne, sagte man. Das ging so eine Zeitlang, bis eines Tages die Syndikatsleitung dazwischenfuhr und sich hineinmischte und alles schnell sein Ende nahm. Die Sache kam so. Der Geist der Elektriker geht um, hieß es, mit eisernem Besen auskehren. Es waren da Leute in den Vordergrund gerückt, die als ganz selbstverständlich sich auch der andern Klassengenossen annahmen. Wer wegen politischer Agitation in andern Betrieben gemaßregelt wurde, konnte dort glatt Arbeit finden. Immer neue Arbeitsquellen wurden erschlossen, der Betrieb wuchs, neue verwandte Fabrikationszweige wurden aufgenommen. Noch klappte alles wie am Schnürchen. Es war eine Lust, dort zu arbeiten. Flüchtlinge untergebracht und überhaupt ein wichtiger Teil einer bestimmten politischen Agitationsarbeit dort geleistet. Stand in der Betriebsversammlung oder im kleineren Kreis in der Betriebsleitung, der ja dann der gesetzlich vorgeschriebene Aufsichtsrat der Genossenschaft zur Seite stand, eine solche Unterstützungsfrage zur Besprechung, so wurden erst nicht lange Worte darüber verloren. Das war allen selbstverständlich, daß wenn es ohne große Mühe und Kosten ging, den Kollegen und Kameraden geholfen wurde. Und meist hatten sie nicht etwa Nachteile, sondern Vorteile davon. Der Zusammenhalt unter ihnen selbst wurde zusehends brüderlicher. Da griff das Syndikat ein, waren doch gerade selbst unbequeme Leute dort untergekrochen. Es wollte diese Solidarität unterbinden. Der Vertreter, der ihnen das vorzustellen hatte, verlangte Aufsichtsrecht, die Betriebsleitung sollte abgesetzt und erneuert werden. An diesem Tage noch gab sie dem Syndikat eine unzweideutige Antwort, sie schmissen den Vertreter aus dem Betrieb und hatten darüber keine sehr lange Debatte. Dann aber ging es um so schneller bergab. Und ohne sichtlichen Grund, es war, als ob sie mit einem Schlage untereinander das Vertrauen verloren hätten. Parteien wuchsen auf und bekämpften sich aufs heftigste. An einheitliche gemeinsame Leitung war nicht mehr zu denken. Dazu war mit einemmal auch die Angst um das bereits Eingezahlte vorhanden. Die Kritik überwucherte alles. Der eine zog dahin, der andere dorthin – bis der Strick riß. Überstürzte Kalkulationen, Unkenntnis der Marktlage, Schwierigkeiten, die Geldein- und ausgänge so zu legen, daß Unkosten vermieden wurden – es schien allen plötzlich, daß das alles, was ganz einfach und glatt verlaufen war, einen Berg von Spezialkenntnissen erfordere, sie verloren das Zutrauen, und dann krachte die Sache zusammen, noch ehe sie eigentlich dazu reif war. Man lief eben auseinander. Viele nahmen andere Arbeit, als der eigene Betrieb noch lief. Die Leute fluchten und drückten sich.

Aber das Gesetz läßt sich davon nicht irremachen. Es erschien bald wie ein Raubtier, das immer nur wie zum Sprunge darauf gewartet hatte. Da gab es tausende Vorschriften, die so eine Genossenschaft zu beachten hat. Es war klar, daß davon welche nicht beachtet, falsch angewandt, vergessen worden waren. Je größer die Unkenntnis, desto schwerer die Strafe, so will es das Grundgesetz des Kapitals, das Handels- und hier das Genossenschaftsgesetz. Und es dauerte nicht lange, so waren Betriebsleitung und Aufsichtsrat eingesperrt.

Arbeitsschulen

Ein gewiß seltener Fall, daß sich in gleicher Weise Regierung, Industrielle wie auch die Arbeiter für die Arbeitsschulen begeisterten, obwohl die ganze Frage im allgemeinen noch im Stadium der Versuche und in den ersten Anfängen steckengeblieben war. Aber es sprach sich so gut darüber. Die Regierung hatte ein Thema, das sie, ohne Gefahr zu laufen, sich irgendwie festzulegen, hin und her wenden konnte. Die breite Masse interessierte sich für so etwas an und für sich nicht, man stieß also damit keine irgendwie staatserhaltenden Kreise vor den Kopf. In der allgemeinen Volksschule lief die Regierung Gefahr, an Ansehen zu verlieren. Die religiösen und schließlich auch die politischen Parteien richteten den Unterricht nach ihrem Gutdünken ein. Es war ein ständiger Kampf um die Vormachtstellung der einen oder andern Richtung in der engeren Gemeindeverwaltung, der über die Schule sozusagen entschieden wurde und der bei der Buntheit der Anschauungen gerade sonst teilnahmsloser Volkskreise einen ständigen Wechsel bot. Elternbünde lösten mit den seltsamsten Programmen einander ab, und mehr und mehr gewannen die Schülerbünde und diejenige Richtung, welche die Selbstverwaltung der Schulpflichtigen auf ihre Fahnen geschrieben hatte, sichtbar Boden. So boten die Arbeitsschulen Veranlassung zu einer Fortsetzung solcher Volksschulen, wobei das Hauptgewicht darauf gelegt wurde, die heranwachsenden jungen Leute mit den Pflichten des Staatsbürgers vertraut zu machen und sie zu nützlichen Gliedern des Staates heranzuziehen. Nicht nur, daß sie das Wesen und die Organisation des Staates kennenlernen sollten, sondern sie sollten es von seiner schönsten Seite erkennen, wie eins ins andere griff, wie man mit Rechnungen und Wechseln umging, die Steuern wurden erörtert und das Glück ausgemalt, das darin besteht, sich in die bestehenden Verhältnisse zu fügen. Von Arbeit war darin wenig zu finden, etwa nur in dem Satz: in der Arbeit folge deinem Meister und Vorgesetzten, und wer in der Jugend arbeitet, der hat im Alter genug gespart, um sorgenfrei leben zu können, und dergleichen Unsinn mehr. Dem Druck der Schüler folgend, wurden schließlich auch einige allgemeinere technische Kenntnisse so nebenbei mit berücksichtigt.

Diesem Zustand machte die Großindustrie ein Ende, indem sie das Schwergewicht solcher Arbeitsschulen auf die Berufswahl und die Fähigkeitsprüfung legte. Damit kam ein neues Schlagwort in Schwung. Die Schulbehörden waren froh, eine neue Aufgabe und damit zugleich eine weitere Existenzberechtigung zu bekommen, wofür sie den Vertretern der Trustleitungen, die ihnen überall zu und übergeordnet wurden, willig jeden Einfluß einräumten. Ein Schullehrer ist kein selbständig denkender Mensch. Berufsberatung, das war Berufsauslese, das war die Prüfung für den Arbeitsmarkt. Niemand will mehr die Katze im Sack kaufen, nachdem durch Syndikate und Nachgiebigkeit der behördlichen Stellen eine Arbeitsordnung angenommen werden mußte, die dem Käufer und Benutzer der Arbeitsware die ausschließlich freie Verfügung darüber wesentlich einschränkte. Die Leistungsprüfung bot Ersatz. Daß bei dem Massenangebot genügend Auswahl vorhanden war, blieb selbstverständlich, auch daß eine Steigerung der Leistungen damit immer gewährleistet war. Die technisch-wissenschaftlichen Kräfte, Psychologen und Ärzte zogen in die Arbeitsschule ein. Der Körper wurde durchsucht und durchleuchtet, die Organe auf ihre Ausdauer und Haltbarkeit geprüft, niemand hatte Lust, Unfallrenten und Krankengeld zu zahlen statt Arbeit zu empfangen – das war die längste Zeit ein schlechtes Geschäft gewesen, und die Nervenspannungsmöglichkeit großartig auf eine Kurve gebracht, die genau anzeigte, an welchem Tag, Monat und Jahr die Höchstleistung zu erwarten war. Das ist ein wichtiger Fingerzeig für die Betriebsleitung. Dann aber wurden auch noch die entsprechenden Versuche gemacht, um herauszufinden, welche Steigerungsmöglichkeiten selbst dann noch gegeben waren durch Anwendung besonderer Dopmittel. Das ist die künstliche Steigerung der Leistungsfähigkeit bei Rennpferden, um sie zur Höchstleistung über ihre eigentlichen normalen Kräfte hinaus zu bringen. Wenn auch das Pferd dabei zugrunde geht, so doch wenigstens nicht früher, bis es den Preis gewonnen hat. Man gibt ihnen Champagner zu saufen oder spritzt ihnen irgendein herztreibendes Gift hinters Ohr. Das Herz ist überall die Hauptsache. Setzt man das gut in Schwung, so wird auch der Mensch leistungsfähiger, wenn auch nicht gesünder. Aber darauf kommt es eben nicht an. Die Dopmittel müssen erprobt werden. Sie sind in jedem Beruf und für jede Arbeitsgruppe verschieden. Zum Beispiel kann man den Arbeitern keinen Champagner geben, das würde für den Chef eine schlechte Rechnung sein. Es darf überhaupt nichts kosten, denn sonst hebt es sich ja wieder auf, die Mehrkosten wiegen die Mehrleistung auf, das wäre nichts. Es soll doch verdient werden, und vor allem mehr verdient werden. Früher war allgemein der Lohnanreiz das Steigerungsmittel und die Angst, den Arbeitsplatz zu verlieren. Man ließ Akkord arbeiten, hatte den Antreiber dabei, der die Gruppe zusammenstellte und den Akkord vorgab und der darauf zu halten hatte, daß die Leistung ständig höher wurde, sonst flog der selbst und so fort bis oben hinauf. Den Lohn festzusetzen, lag ja in der Hand der Betriebsleitung, die schon den entsprechend auch für den Betrieb steigenden Verdienst errechnete. Darüber kann man beruhigt sein, das Verhältnis der Steigerung von Gewinn und Lohn war schon ein anderes. Aber alles das hat eine Grenze. Der Körper, die Nerven gehen eben nur bis zu einem gewissen Grade mit. Die Dopmittel waren noch zu plump. Die ärztliche Wissenschaft mußte eingreifen, wozu bezahlte man solche Leute, hielt die Hochschulen über Wasser und so. Es war auch wichtig, nicht mehr an der Arbeitszeit direkt zu experimentieren, denn deren Bedingungen lagen doch ziemlich eindeutig fest, sondern auf die Pausen das Hauptgewicht zu legen. Und da griffen denn auch die Ärzte ein, die Psychologen, die Wissenschaftler und allerhand dieser Menschenfreunde. Die Pause brachte die Ermüdung zustande, das war klar. In der Pause begann sich der Mensch auf sich selbst zu besinnen. Das war die Gefahr. Es sank nachher

die Leistungskurve, das Herz ging unwilliger, kam schwer in Gang. Man muß es eben machen wie beim Motor – schneller laufen lassen. Und so fingen sie denn an, die Pause auszugestalten und auszufüllen. Da mußte geturnt werden, Musik gemacht, Vorträge, und alles lief darauf hinaus – Erregung, hastiger, Anspannung, nur nicht ruhen. Aber was taten die paar Pausen – draußen in der freien Zeit machte ja jeder Arbeiter, was er wollte – das ging nicht. Und der ganze Troß der Menschenfreunde stürzte sich jetzt auf das Leben außerhalb des Betriebes. Jeder Blick, den so ein Mensch noch auf irgend etwas zu werfen gedenkt, muß automatisch aufgefangen und mit der Forderung zurückgeworfen werden: Hast du bedacht, was dich stählt – achte darauf, morgen fair und fit, fein eingeölt, schneller, Tempo, Tempo – dafür war der Film schon längst zu langweilig. So wurde der Arbeiter gedopt. Mit Politik und mit Medizin, mit Wissenschaft und Religion, und dazwischen Akkord und Sport, Arbeitslosigkeit und Schnaps. Die Extreme müssen ständig zusammenplatzen, sagte ein berühmter Psychologe, auf der Katastrophenlinie entwickelt sich die Höchstleistung, die Angst. Wer vor Schreck nichts mehr sieht, leistet Wunder. Um solcher schönen Theorien willen mußte ein solider Grundbau errichtet werden, eine humanitäre Religion von Körper- und Nervenkraft, eine schöne Geste, an die sich der Ertrinkende halten könnte, ein ungeheurer Nebel, der den Verdummungsapparat außer Licht brachte – Wissenschaft und Technik. Das wurde denn auch in die Arbeitsschule hineingebracht. Es wurde geradezu der Mittelpunkt. Nicht nur die Regierung hatte jetzt das Vorrecht auf solche Schulen abgetreten, nein bald zeigte sich das Bedürfnis nach solchen Stätten in weit größerem Umfange. Jeder Großbetrieb richtet für seine Leute eine eigene Schule ein. Die Arbeiter sollen aufgeklärt werden, sie sollen verstehen lernen die Bedingungen der Arbeit, die Arbeit selbst, die Herzmuskulatur und alle die Wohltaten, mit gesunden Organen arbeiten zu können. Vertauscht die materiellen Sorgen mit Sport.
Nun gibt es ein Gesetz, das nur für diejenigen von allen Menschen gilt, die unterdrückt und ausgebeutet werden sollen. Ein Gesetz, an dem die schönste Wissenschaft und alle Raubtierinstinkte zuschanden werden. Dieses Gesetz lautet: Alles geht gut aus. Gerade das wissen die Arbeiter. Deswegen sind sie auch mit Feuereifer hinter der Arbeitsschule her. Es ist gut, wenn sich

jemand Mühe gibt, dem andern etwas weiszumachen. Der andere hat dann um so mehr Gelegenheiten, das herauszusuchen, was für ihn paßt. Es dauerte auch nicht lange, dann hatten sie das alles begriffen. Diejenigen, die da gefürchtet hatten, die Arbeiter würden den neuen Arbeitsmethoden, der wissenschaftlichen Arbeitsführung, wie man es nannte, größeren Widerstand entgegensetzen, sahen sich getäuscht. Nur in wenigen vereinzelten Fällen bäumten sich einzelne auf. Es kam eben nur darauf an, auf welche Seite man die Münze warf. Sport – gut, der Körper wird gekräftigt, man lernt überhaupt erst die Organe kennen, stellt sich sicherer und selbstbewußter auf die Beine. Arbeitstechnik – gut, man lernte überhaupt dabei kennen, was Arbeit ist, und vor allem den Wert der Arbeit. Aus den ellenlangen Berechnungen und Studien ging doch immer nur wieder hervor, wie wichtig für die da oben ihre Person und ihre Arbeit war. Dann kam man schon weiter. Sie lernten die Augen um sich herum aufmachen, lernten sehen, was als Ganzes der Betrieb war, welche Stellung er in der Produktion einnahm und welche Stellung sie selbst dann in der Gesamtproduktion hatten. Daraus ist es nicht schwer, den Vergleich zu ziehen von der tatsächlichen Bedeutung zur tatsächlichen Macht. Man begreift auf einmal ganz anders, daß man eine Null ist, ein Stück Vieh, eine Ware gegenüber jenem Beamtenkörper, den der Arbeiter erst erhält und füttert, damit er auf ihn losgelassen werden kann, und gegenüber dem Unternehmertum, daß sie selbst, sie, die Arbeiter, jeden Tag erst immer wieder von neuem in Gang setzen mußten, damit es überhaupt da war und auf sie wirken konnte. So etwas begreift sich schnell, das wird wie eine Erleichterung. Dazwischen standen aber noch die Maschinen. Es versteht sich ganz von selbst, daß man die Maschinen, den Apparat, die Technik kennenlernen muß. Das war eine automatische Schlußfolgerung, es gehörte mit allen andern Dingen zusammen. Dagegen konnte niemand etwas einzuwenden haben. Weder Regierung noch Industrie konnten sich darum drücken. So brachten die Arbeiter die Arbeitsmittel allmählich und unangefochten in den Mittelpunkt der Arbeitsschule. Zäh und den meisten kaum bewußt, setzten sie die Arbeitsschule zu dem durch, was die Arbeiter selbst daraus machen wollten. Weil der Mensch letzten Endes eben nur das aufnimmt, was er aufnehmen will, was er für sich selbst daraus verarbeitet. So lernten die Arbeiter die Maschinen kennen und deren Bedeutung, die Kräfte verstehen, die mit ihrer Hände Arbeit und unter ihrer Leitung die Wirtschaft, die gesamte Gütererzeugung in Gang bringen und in Bewegung halten. Wenn aber erst alle mal soweit wären, dann – aber davon wollen wir jetzt nicht sprechen.

Noch etwas anderes ergab sich, scheint's fernliegender und doch von entscheidender Bedeutung. Die Arbeiter sahen es jetzt selbst vor Augen, wie eine Technik in die andere greift, wie ein Arbeitsmittel auf dem anderen ruht und nichts für sich allein in Bewegung ist, es sei denn völlig nutzlos und überflüssige Kraftverschwendung. Da war nichts willkürliches, nichts gewaltsam Zueinandergesprungenes, die Technik der Gütererzeugung folgt einem obersten mechanischen Gesetz der bis ins kleinste Glied geordneten Zusammenfassung. Da hätte schon jemand müssen ein Brett vor dem Schädel haben, der daraus nicht gelernt hätte; das ist wie auch bei uns: Solidarität, gemeinsames Kämpfen – gemeinschaftliches Wirken. Aber, und das fühlte jeder, es gab bei ihnen ja noch gar keine Solidarität. Allgemeine Menschlichkeitsphrasen, denen man nur zur Hälfte glaubt, Kampfbünde, die sich untereinander nicht trauen, die alle nur wollen und wollen und doch nicht sind, wie ja jeder im entscheidenden Augenblick mit sich selbst genug zu tun hat – jetzt erlebten sie es an den Maschinen. Da erlebten sie, daß es nicht nur schöne Ideale, nicht nur Phrasen waren, sondern nüchternste, selbstverständliche Bewegungstechnik, Vorbedingung einer Kraftgewinnung, die nach dem einen alleinigen Ziel ging: Zusammenfassung, Zusammenarbeit. – Da mochte sich mancher, schloß er von den Maschinen auf sich, Gedanken machen. Ein neues Bild der menschlichen Wirtschaft tat sich vor ihm auf. Er lernte schon wieder weit mehr begreifen die wahre Bedeutung seiner Arbeit. Er sah jetzt die einzelnen Arbeitsgruppen vor sich, wie sie gleich Maschinen ineinandergriffen. Sie arbeiteten schon einander Hand in Hand – und wußten es bisher nicht, hatten noch nicht richtig sehen gelernt. Jetzt begriffen sie erst, welche Macht sie im Grunde eigentlich schon besassen. Es hieß nur die Augen aufzumachen, so sollte doch –

Aber es war erst eine Schule. Sie fingen ja erst an. Sie rieben sich sozusagen erst die Augen klar. Und die Vorgeschrittensten ließen nicht mehr locker. Immer mehr brach sich die Erkenntnis durch. Die Solidarität bekam einen andern Sinn. Es kam nicht mehr darauf an, einander nur zu helfen, wenn der andere schon am Versinken war; mit dem ganzen hohlen Unterstützungsrummel will man sich bloß loskaufen von seinen wahren, ursprünglichen, weit ernsteren Verpflichtungen. Die Solidarität war ja überhaupt gar nicht mal so sehr eine Pflicht. Es war ja eine technische Selbstverständlichkeit, sie wirkte ja automatisch, sie brauchten ja nur in die Maschinen zu sehen, um sich das immer wieder von neuem ins Gedächtnis zu rufen, und sie waren doch so unlöslich schon miteinander verbunden, daß es eigentlich genügte, das zu wissen und es sich einzugestehen. Wer stand dem entgegen – dieser Popanz von Regierung, diese Industriebarone, was waren denn das für Schreckbilder – sie selbst machten sie doch erst dazu. – Und solche Überlegungen mehr.

Allmählich bildete sich darauf eine feste Plattform. Wir sollen nicht zusehen, wie Generation auf Generation verkommt, zugrunde geht und immer weniger menschenähnlich und immer mehr unglücklich wird, hieß es da, wir müssen nicht warten und warten, wie sich das wohl noch entwickelt. Haben wir die Lage erkannt, die Bedingungen endlich abgeschätzt, was hindert uns anzugreifen, wer kann sich überhaupt entgegenstellen? Greifen wir an, von uns aus machen wir jetzt Luft. Erobern wir die Maschinen – das wurde die Losung der Elektrikerunion.

Ein richtiges Sorgenviertel

Schon die dritte Generation lebt in diesem Kampf. Sehr viele Menschen können sich anderes gar nicht mehr vorstellen. Sie sind auch gewöhnt, daß einzelne das Maul weit aufreißen. Aber geändert hat sich noch nichts seit Großvaters Zeiten. Mag auch das Leben in manchem bequemer geworden sein, die Not ist sicher noch größer geworden. Die Angst, ob noch für die nächste Woche das Brot langen wird, ist dieselbe geblieben.

Es geht nicht immer an, daß die Frau mit verdienen gehen kann. Dann sitzt die Frau zu Hause und hat die Kinder am Halse. Höher wie Stube und Küche kommt's selten. Da hocken sie nun in diesem Viertel der Stadt, die Menschen, eng aufeinander. Läßt sich gut reden von Körperpflege und Reinlichkeit und Sport und so etwas, da müßten sie erst da raus. Aber sie sind dort so aufeinander angewiesen, sie haben ja alle die gleichen Bedingungen, sie können sich ganz genau vorstellen, was beim Nachbar vor sich geht und gegenüber. Dort liegt zwar die Frau den ganzen Tag im Fenster, weil sie keine Kinder hat, und dort läuft eine und bringt die paar Pfennige, die sie über haben, in Näschereien durch oder spart sich's vom Mittag ab, alles weiß man, es bleibt nichts verborgen, auch Seitensprünge nicht, über die sonst der Betreffende schweigt – alles liegt offenbar, und das gibt eine Luft, die stickig ist und jeden Gedanken tötet und die Menschen müde und gleichgültig macht. Dann laufen sie aneinander vorbei, so eng sie beieinander hocken, und können sich nicht ansehen. Mancher denkt, in den andern Vierteln ist es besser, aber das ist der Anfänger, einer, der von fremd her zugezogen ist. Jeder weiß bald, es ist überall gleich. Man entflieht dem nicht. Sie verkriechen sich voreinander, und das, was einer im Betrieb gesprochen hat, das soll noch lange nicht gelten bei seinen Hausmitbewohnern. Es ist schwer, auch in dieser Luft etwas Sicherheit aufzubringen.

Aber das setzt sich durch. Die Frauen setzen sich durch. Es war, als ob die Frauen sich schneller entwickeln würden als die Männer. Man hat gar nicht viel davon gemerkt an äußerlichen Geschehnissen. Eines Tages war der Umschwung da. Es schien, als ob die Frauen ihre Männer schärfer an ihren Mannesstolz erinnert hätten oder vielleicht auch, daß sie selbst eingesehen hatten, das Jammern allein stürzt weder die Ordnung um, noch bringt es die Not aus dem Haus. Die Frauen fingen an selbständiger zu arbeiten. Es war nun eben so, der Mann hatte für die Familie zu sorgen, wenigstens dachte das der Staat. Mochten die Leute dann leben wie sie wollten. Wer aber von früh bis abends schwer arbeiten soll, für den fiel das verdammt ins Gewicht. Er arbeitete für die Familie – na schön, aber gerade wohltuend war das nicht. Es wurde zu einer drückenden Last, wenn mal was in der Familie nicht in Ordnung war. Dann arbeite mal, doppelt geknechtet – das mag der Teufel aushalten. Es kam dann vor, daß so einer einfach davonlief, kam sogar sehr oft vor, daß er die ganze Familie oder ein Mädchen mit Kind und so weiter einfach sitzen ließ. Die Art und Weise, wie so eine Familie zustande kam, war schlimm genug: Etwas Menschlichkeit finden, wissen, daß man nicht allein ist, einen Augenblick mal etwas Freude, alles ringsum vergessen, und sei es nur für die kurze Spanne, die sich die Sinne gewähren –

sinnlich, das ist dann menschlich sein – nun, und die Folgen. Solche Menschen mühen sich schwer, sie tragen ihr Los wie Helden, sie opfern häufig Jahre ihres Lebens, immer nur Verpflichtung über Verpflichtung. Die Menschen, die sich da zusammengefunden haben, mögen sich nicht. Ist denn das etwas so Schlimmes, wie sollte es auch anders sein – hetzt sie doch die Angst, vom wirklich freien, glücklichen, menschlichen Leben ausgeschlossen zu sein, zusammen. Sie kennen sich kaum, sie wollen sich gar nicht erst kennenlernen, denn jeder fühlt am besten irgendwie tief im Unbewußten, wie verkrüppelt und häßlich er ist. Und wenn dann einer nicht mehr weiter kann und alles hinschmeißt, ist das nicht zu verwundern. Es kann gar nicht anders sein. Es ist gut so. Dann aber schreien die aus dem Villenviertel hinter ihm drein. Dann wird die Moral aufgerichtet und die Verantwortung und alles solche Sachen. Das trieft diesem Pack nur so vom Maul. Es ekelt einen, deren schweinisches Leben auch nur anzusehen. Gewiß, nach außen ist alles poliert und in Kultur getaucht, die sie sich gemacht haben, um sich weniger wehzutun. Kultur ist so etwas wie ein Handschuh, den diese Menschen sich überziehen, um die Geschwüre zu verdecken. Dafür haben sie es ja auch leicht genug. Sie tun ja im Grunde genommen nichts anderes, als sich den Tag über darauf vorbereiten, in guter Haltung die Geschlechtswerkzeuge zusammenzustecken, diese Leute im Villenviertel. Warum sollen sie darin nicht ein gewisses Training bekommen, daß es besser klappt; aber und das ist zum Lachen, dabei klappt es noch nicht mal. Diese Leutchen jammern noch obendrein, die ganze Kultur erhebt sich darauf, Roman über Roman. Früher hörten die im andern Viertel darauf. Da gab es immer einige, die sich daran bilden wollten. Dann setzte der entscheidende Umschwung ein. Gerade die Frauen wollten von solchem Quatsch nichts mehr wissen. Sie wurden selbständiger auch ohne den Staat, der sie zu lange damit warten ließ. Sie bereiten damit in Wirklichkeit erst die wahre Revolution vor. Sie machen dem Manne die Arme frei, und das Wichtigste, sie greifen selbst mit ein.
Sie fingen an, sich im Viertel gegenseitig zu erziehen. Sie hatten ja nichts zu verschweigen – und sie verbargen auch nichts mehr von dem, wovon man sonst nicht gern sprach. Erst der Klatsch mußte das herauszerren. Warum das, hieß es, was vorgeht, kann auch jeder wissen. Und so fanden sich die Frauen enger zu-

sammen. Sie lachten diejenige aus, die sich über das Verschwinden ihres Mannes Kopfzerbrechen machte, bis sie selbst begriff, welchen Fehler sie gemacht hatte, oder überhaupt, daß es so am besten war. Stelle sich jeder auf seine eigenen Füße, hieß es. Es zeigte sich plötzlich, daß auch für die Frauen genug zu tun war. Nicht bloß, daß sie an und für sich ja auch überall arbeiten konnten wie ihre Männer, nein, es war genug Arbeit zu tun für sie, die nur allein von Frauen getan werden konnte oder die sich im gewissen Sinne mit der Arbeit des Mannes ergänzte, eine Arbeit, die sozusagen eben nur von zweien getan werden konnte. Es ist nicht gesagt, daß den Haushalt führen und die eigenen Kinder zu warten eine solche Arbeit ist. Immer mehr bricht sich der Gedanke durch, daß dies eine Verschwendung an Arbeitskraft ist, die doppelt schwer lastet, weil sie auch unnütz ist. Es ist eine dumme Angewohnheit, übernommen von denen aus dem Villenviertel. Überlassen wir diese sich selbst, sie sollen nach ihrer eigenen Fasson zugrunde gehen. Das heißt – es wäre Arbeit da, wenn der Staat beweglich genug wäre, sie zu schaffen. Man kann aber von dieser verrosteten Maschine nichts mehr verlangen. Das ist doch nur mehr eine Bande halbverrückter und verängstigter Beamter, ein Marionettentheater, was allerdings in seiner Wirkung nicht weniger furchtbar als lächerlich wird, solange es die Menschen in Gang halten. Und so bekam der absterbende Bürgerstaat in den Frauen gerade einen erbitterten Feind. Die Arbeiterfrauen wurden für ihn bald gefährlicher als die einzelnen Arbeiterparteien, mit denen er lavieren und die er gegeneinander ausspielen konnte. Aber der neue Feind arbeitete unterirdisch und war doch zugleich überall zu finden. Die Industrie verhielt sich entgegenkommender. Es ist ihr Schicksal, den Händen nachzugehen, und hier boten sich Hände an. Die Industrie half damit selbst in erster Reihe diesen Umschwung vollenden. Obwohl sie mit den ausgesprochen männlichen Berufsgruppen am kritischen Punkt eines entscheidenden Kampfes stand, den sie mit Stillegungen und Kurzarbeit führte, um die Arbeiter zur Lohnverkürzung zu zwingen, und im Verlauf des Kampfes selbst alle Mittel anwandte, um die Arbeiterschaft zu sieben und die unruhigen Elemente zu entfernen, griff sie dennoch auf das Angebot neuer Hände sofort zu. Neue Fabrikationszweige wurden erschlossen, neue Berufe, neue Arbeitstechnik und neue Märkte. Es ist der Moloch Kapital, der zugleich eine Riesenmaschine

ist von ungeheurer Kraftquelle, die die menschliche Arbeit verschlingt und in immer neue Werte umwandelt. Neue Menschenware bietet sich an, neuer Kapitalswert wird daraus erwachsen, so lautet das Gesetz. Es ist eine der größten Dummheiten zu glauben, Frauenarbeit würde die Männerarbeit verdrängen. Die Maschine entscheidet darüber, und sie wechselt ihre Bedürfnisse an menschlicher Leistung und Hilfsarbeit unausgesetzt, sie richtet sich nach der Kraft und Schnelligkeit, die sie zu leisten hat. Daß dies noch zu wenig ist, ganz furchtbar zu wenig, das spürt doch jeder am eigenen Leibe. Sind die Menschen glücklich? Also –
Die arbeitenden Frauen führten mit einem Schlage Gemeinschaftsküchen ein. Die Kinder wurden gemeinsam betreut. Fast überall in den Betrieben, die für Frauenarbeit erschlossen und umgewandelt wurden, setzten sie diese Forderungen schlankweg durch. Wer hätte sich auch dem widersetzen wollen und mit welchen Gründen? Ein starker Stoß ging davon auf die Männer über. Das Viertel veränderte deswegen nicht sein Gesicht. Die Menschen schlichen noch aneinander vorbei. Sie hockten noch zusammen wie früher, aber es war ein freierer Zug, eine Hoffnung auf die Zukunft. Es ging etwas vor, das fühlten alle. Zwar war noch Jammer und Leid über Leid, da waren sich noch zwei im Wege, da schlugen noch zwei aufeinander ein, da ging noch der Klatsch, da war noch rohe Vergewaltigung, Trunkenheit und Laster. Da waren vor allem noch die Gebrechen und Krankheiten, an denen man das Proletariat erkennt. Die Menschen werden über Nacht nicht zu Engeln. Viele Generationen Elend und Schwäche, eine tief eingefressene Gewöhnung, ein Dünkel zu leben, ringt sich langsam durch zu Licht und Luft. Die Kinder sterben noch wie die Fliegen. Man soll darüber nicht zu bombastisch reden. Die kleinen Lebewesen tragen schon die Verzweiflung auf der Stirn, eine entsetzliche Müdigkeit, als hätten sie schon viele Leben gelebt. Dann war es manchmal, wenn so ein Wurm mit Eiter bedeckt sich in Krämpfen wand – daß vielleicht andere Menschen dazu gehört hätten, es gesund zu machen oder am Leben zu erhalten. Die Mutter ist verbittert, in Sorgen, sie kann kaum über den nächsten Tag hinaussehen, sie hat sich als Mensch selbst noch nicht gefunden, sie weiß nicht, auf welchen Platz sie gehört, was sie gerade in ihrer Person im Leben bedeutet. Das Kind leidet, es verzieht so unsagbar schmerzhaft für

den Nebenstehenden das Gesicht, vielleicht empfindet es selbst weniger Schmerzen, es schreit, es schwillt blaurot an und windet sich in Krämpfen – wer vermöchte zu sagen, welche Martern das organische Mutterherz erduldet. Das organische, denn meist ist der Mensch gar nicht fähig, sich alles auf einmal bewußt zu machen. Es würde zerbrechen. Hört nicht auf die von draußen, die es soviel leichter und besser haben, die sogenannten humanitären Frauenvereine der Bürgerlichen, die Unterstützungsklubs, die Kinderkrippen. Alles das sind Feinde. Mögen die Kinder noch sterben – es ist eben noch nicht die Zeit zum Leben. Sie kamen zu früh. Sie tun gut daran, noch zugrunde zu gehen. Sie haben noch zuwenig Luft, noch zuwenig Sonne, noch zuwenig freie menschliche Arbeit und Glück. Man soll nicht angeben, daß diese Bürgerfrauen in sogenannter Hilfe sich loskaufen. Sie rächen sich doppelt dafür an euch selbst. Im gleichen Augenblick geben sie euch den Fußtritt: Geh arbeiten, wenn du zu fressen haben willst – sie selbst aber arbeiten nicht.

Wir vermögen das manchmal nicht zu fassen – weil zum Menschlichen doch alle Menschen gehören.

So erwuchs den Arbeitern an den Frauen ein Rückhalt. Eine neue Kraft wurde frei: der Angriff ballte sich zusammen, er bekam sein eigenes Gesicht.

Es kriselt in den Syndikaten

Dem ständig anschwellenden Druck von unten her, die Verschlechterung der Arbeitsbedingungen aufzuhalten, zeigten sich die Syndikate immer weniger gewachsen. Schließlich ließ sich doch nicht umgehen, daß allerorts zur Lage der Arbeiterklasse Stellung genommen wurde. Solange es sich um den Kampf einer bestimmten Arbeitergruppe gehandelt hatte, war ein Überwuchern der Kampflust auf andere Gruppen zu verhindern möglich. Ein großer Teil der Arbeiter kämpft selbst gegen solche Ansteckungsgefahr, solange er sich noch in halbwegs sicheren Verhältnissen glaubt. Die Verhältnisse wurden aber immer unsicherer. Die ungeheure Zusammenballung der Industrie, die vorgenommen wurde, um eine markttechnisch nicht verwertbare Konkurrenz auszuschalten, die Betriebsunkosten herabzusetzen und eine Steigerung der Erzeugung herbeizuführen durch bessere und intensivere Ausnutzung der Betriebsmittel (nur hierfür war noch Kapital vorhanden), also gewissermaßen ein Entwicklungsprozeß nach innen, verfeinerter und schneller arbeitend – die Vertrustung verlegte das Schwergewicht jener Entscheidungskämpfe, die einmal zwischen Kapital und Arbeit, Unternehmer und Arbeiter, stattgefunden hatten, auf die Industrie selbst. Die Werke kämpften miteinander, und das nächste, was dabei zerrieben zu werden schien, war die Arbeiterschaft. Sicherlich lag das keineswegs im Interesse der kämpfenden Gruppen. Im Gegenteil, ein möglichst großes Reservoir sofort greifbarer Arbeitskräfte war eine der wichtigsten Vorbedingungen für die zu gewinnende Überlegenheit, aus der heraus erst dann dem unterlegenen Betriebe die Übernahmebedingungen diktiert werden konnten. Es erwies sich gerade jetzt, daß es im Grunde gar nicht mehr auf die reine Kapitalkraft ankam, sondern auf die Schnelligkeit, die Massierung des Einsatzes und der organisatorischen Zusammenfassung der Arbeitskraft. Es bot sich das gleiche Bild wie auf dem militärischen Kriegsschauplatz. Der Stratege entschied den Sieg, die Zusammenarbeit der großen Gruppen an einer Durchbruchstelle und die Überraschung im Angriff.

Die Truststäbe haben anfangs die Regelung der Arbeiterfragen als untergeordnete und zunächst zurückzustellende Angelegenheiten betrachtet. Mochten die Syndikate sehen, wie sie damit fertig wurden. Sie schlossen mit der Gesamtorganisation dieser Syndikate einen Vertrag, demzufolge beide Teile sich gewisse ausschließliche Rechte zugestanden, eine sogenannte Arbeitsgemeinschaft, die nach außen hin sozusagen als Wechselbürge für beide Partner die Regierung als Grundlage einer Reihe von Arbeitsverordnungen anerkannte und befestigte. Dadurch wurde aber den Syndikaten ein Teil ihrer ursprünglichen Wurzelkraft entzogen, insofern sie nun auch mit der Regierung zusammengekoppelt waren. Der Kampf der Arbeiter um die politische Macht traf also in seinem Stoß gegen die Regierung schließlich auf ihre eigenen Syndikate. Es geschah also, daß die wesentlichste Verteidigungswaffe der Arbeiter, ihre wirtschaftliche Organisation, zugleich auch die Waffe von Industrie und Regierung gegen die Arbeiter geworden war. Wenn auch schon den Arbeitern an Schwerfälligkeit viel zuzutrauen ist, aber dieser Zustand konnte auf die Dauer keinen Bestand haben, obwohl an Ablenkungsmitteln nicht gespart worden war.

Der Sturm, der innerhalb der Syndikate sich ankündigte, war dabei der noch am wenigsten gefährliche. Die Syndikatsbeamten sind aus der Mitte der Arbeiterschaft selbst hervorgegangen, sind meist nicht die schlechtesten Leute mit guten verwaltungstechnischen Kenntnissen, die sich im Laufe ihrer Tätigkeit zudem einen weiten Blick über die Arbeitsfrage und man möchte beinahe sagen über die Maschine der Gütererzeugung anzueignen Gelegenheit haben. Es gibt auch Hohlköpfe darunter, die sich nur vordrängen und es einem besonderen Glücksumstand zuzuschreiben haben, daß sie die Stufenleiter nach oben ohne zu straucheln hinaufgekommen sind. Im allgemeinen entscheidet aber doch eine gewisse Tüchtigkeit. Das Ziel ist, in eine solche Verwaltungsstelle hineinzurutschen, die keine direkte Verbindung mehr mit den Kollegen unten hat. Von dem Zeitpunkt an wird dieser Arbeiter ein anderer Mensch, er wird Behörde und Beamter und ist, um ein Scherzwort anzuwenden, regierungsreif. Es ist wirklich seltsam, sehr oft ist es uns selbst nicht klar, alles, was er tut, tut er gegen seine Klassengenossen, obwohl er doch selbst aus ihnen heraus und durch Arbeit für sie sich emporgebracht hat. Manchmal kam es dann zu heftigen Auftritten. Man beschimpft solchen Kerl, möchte ihm am liebsten an die Gurgel. Aber der zuckt gleichmütig die Achseln. Entweder versteht er nicht oder wenn ja, so scheint er zu sagen, das geht eben nicht anders, das verstehst du nicht. Es liegt eine sehr interessante Überlegenheit darin, die den anderen entwaffnet. Wenn man so einem dann zuschreit: Lump, Verräter und solch Ähnliches mehr, dann zuckt der mit keiner Miene, er wischt sich nicht mal das Gesicht, obwohl doch der Angreifer meint, er hat ihm in die Fresse gespuckt. Ein Arbeiter würde sich das nie sagen lassen. Und doch fühlt der andere irgendwie, das gehört zu seinem Amt, dafür ist er da, leistet seine Arbeit und bezieht sein Gehalt. Du wirst es ihm in den meisten Fällen gar nicht klarmachen können, daß er wirklich wie ein Lump und Verräter handelt. Er begreift das nicht. Er leistet wie der ehemalige Kollege an der Drehbank doch auch seine Arbeit. Jede Arbeit hat eben ihre besonderen Bedingungen, sie lassen sich nicht über einen Leisten schlagen – damit wäre er fertig, und der andere kann nicht anders, als ihm etwas davon zu glauben. So ist es.

Der Sturm in den Syndikaten selbst hätte, wenn er allein darüber gegangen wäre, beschwichtigt werden können. Die unangenehmsten Schreier werden rausgeschmissen oder man hängt ihnen hintenherum etwas an, was kein Mensch mehr genau weiß oder kontrollieren kann, und solche Leute sind vorerst mal erledigt. Sperren sie noch das Maul auf, so schreit ihm der eine oder andere, der kräftig mit aufgehetzt worden ist, alles mögliche entgegen, was nicht zum Thema gehört, aber dennoch nie seinen Eindruck verfehlt. Da drängt sich der nur nach einem Posten, da ist er als Provokateur vom Unternehmer angestellt, da hat er gerade vor einer Woche noch im andern Betriebe das Gegenteil behauptet, da hat er einer Kasse mal Gelder unterschlagen, Arbeitergroschen heißt es dann – und alle werden für einen Augenblick gerührt, dann kommt ein Sündenregister, alle möglichen Straftaten werden aufgezählt und weiß Gott was noch alles, wobei es sich darum handelt, ob in dem oder jenem Fall das Syndikat die Interessen der Belegschaft nicht wahrgenommen hat. So wird der unbequeme Kritiker erledigt. Das gelingt immer. Ist der Mann dumm genug, sich mit Wahrheitsbeweisen dagegen zu wehren – später, so wird er obendrein noch ausgelacht. Die Syndikatsleitung hat aber inzwischen die Krise überwunden. Auch die Verleumdungstechnik gehört zum Machtkampf. Nur nicht sentimental sein, das fühlt bald jeder, sondern sich durchboxen. Die Arbeiter sind gern Zuschauer. Wer dabei gewinnt, hat auch die Kasse.
Aber es kamen doch jetzt andere Sachen. Der Kampf in der Industrie hatte eine neue Form angenommen. Man kennt das Katze- und Mausspiel, die eine Gruppe duckt sich, hält still, wollte den Gegner täuschen. Die Werke wurden stillgelegt, die Hochöfen ausgeblasen. Schächte ließ man ersaufen. Dort war es vorteilhaft, die Arbeiterschaft zu reizen. Wenn nötig, ließ man auch die Regierung eingreifen. Mochten die Arbeiter auf den Barrikaden kämpfen – das lenkt den Gegner ab. Dagegen waren die Syndikate machtlos. Sie wurden geradezu überflüssig. Hier brauchte man keinen Mittler mehr. Nicht daß, wie die politischen Parteien meinten, sich solche Provokationen direkt gegen die Arbeiterschaft gerichtet hätten. Dies allein hätte keinen Sinn gehabt; denn im Grunde genommen war die Arbeiterschaft wichtiger und kostbarer als früher. Die politischen Parteien bekamen diesen ihren Fehler auch am eigenen Leibe zu spüren.

Große Teile der Arbeiterschaft wollten von ihnen nichts mehr wissen, sie glaubten ihnen nichts mehr, das Mißtrauen hatte sich eingenistet. Es war doch auch klar, warum sollten gerade sie, die Arbeiter – denen noch eben gesagt worden war, daß sie als Klasse bereits die alleinige Macht repräsentierten, wenn sie sich dessen bewußt würden und danach handelten, jetzt auf einmal vernichtet werden – da lag ein falscher Gedankenschluß vor. Aber es ging dennoch auf ihre Vernichtung, weil sie in dem Kampf zwischen den Trusts als Mittel benutzt werden sollten, man befeuerte sich sozusagen damit. Wie im Kriege: Niemand brennt eine Stadt nieder gerade aus Lust an Feuerbränden, sondern um den Gegner damit zu treffen, ihm gewisse Möglichkeiten abzuschneiden, ihn niederzubringen. Überall gewinnt, wer den längsten Atem hat. Die Arbeiter sollten endlich aufhören, sentimental zu sein – und alle moralischen Gedankengänge wirken rührselig. Technisch nach Wirkung und Ausnutzung soll man denken lernen. Der Trust, dessen Arbeiterschaft in den Kampf geworfen, aufgebraucht und vernichtet wurde, verlor an Tempo. Es ist, wie wenn man beim Schach eine Figur verliert. Der Gegner reißt eine Fabrikation hoch, tausende finden im Nu Arbeit – morgen schließt er wieder die Bude. Irgendein Zweck, eine Beunruhigung, eine Ablenkung ist erfolgt, der Gegner hat vielleicht in einem Fabrikationszweige erschöpft die Waffen gestreckt, er hat sich bluffen lassen. Dann, in diesen Kämpfen wurden auch mit den Arbeitermassen die Syndikate zerrieben. Ihre Form hatte sich überlebt. Der Beamtenapparat hing zu sehr in der Luft, ihm fehlte auch die eigentliche Beschäftigung. Arbeit konnte er nicht beschaffen. Das hing von wichtigeren Faktoren für den Trust ab. Der ließ die Syndikate als ausgequetscht und abgenutzt fallen. Er überließ sie ihrem Schicksal und der Regierung. Dem Stoß von unten waren sie jetzt nicht mehr gewachsen. Sie verbröckelten, sie gerieten auseinander, ihr Einfluß begann sichtbar und rapid zu schwinden.

Sturz der Regierung

Trotzdem hielten sich die Syndikate noch länger als ihre Hintermänner, die den zweifelhaften Vorzug hatten, die Regierung zu bilden. Es waren eben im Grunde genommen nicht Hintermänner, sondern Vorgeschobene – man übersieht das leicht. Auf einem möglichst weit vorgeschobenen Posten werden Auseinandersetzungen ausgetragen, die dort zunächst lokalisiert und damit auch für die eigentlich Beteiligten neutralisiert bleiben. Es ist die gleiche Technik, mit der das Kapital als eigene, selbständige Kraft- und Bewegungsquelle arbeitet. Diese Technik war auf die Kapitalsbesitzer, die zu Kapitalsträgern, Verantwortlichen und Angestellten geworden waren, übergegangen. Das oberste Gesetz war: Immer den andern den Schlag empfangen lassen, um erst die Wirkung zu studieren, und dann nachstoßen.

Eine Regierung hat ihren Namen davon, daß sie regiert, eine Verwaltungsfunktion innerhalb des Staates einnimmt. Da gibt es, sagten sich die Trusts, für so eine Regierung genug zu tun. Da ist die Geschlechtsfrage, die Gebärfrage, Erziehung und Schule, Organisation und Verwaltung im allgemeinen. Da sind die Beamten herauszubilden, zu examinieren, zu beschäftigen und auszusondern. Da ist die große Aufgabe, Ordnung zu halten und jedem seinen Platz anzuweisen. Da ist der wichtige Reklameapparat nach außen wie nach innen, da ist Religion und Vaterlandsliebe wachzuhalten und zu stärken und schließlich noch alles das zu tun, was die treibenden Kräfte, die krafterhaltenden Verbände und Einzelpersonen von der Regierung verlangen. War das nicht eine schmeichelhafte Aufgabe? Aber die Regierung kam damit nicht zu Rande. Schon seit geraumer Zeit hatte das keine Regierung mehr fertiggebracht. Es zeigte sich nämlich, daß für jede Einzelaufgabe, was zuerst gar nicht zu übersehen war, jene staatserhaltenden Kräfte im Hintergrunde ihre besonderen Interessen und Wünsche hatten. Überall griff das mit hinein, selbst in der allermenschlichsten Frage – bald war Menschenmangel, bald war Menschenüberfluß. So wurde hin und her regiert. Nun beruhte aber die Hauptaufgabe der Regierung, gestützt auf den Beamtenapparat, darauf, die große Masse der Untertanen darin zu bestärken, denkfaul zu bleiben. Der Staat ist die große Familie, der Präsident der jeweilige Vater. Früher, als es noch Könige gab, war die Gedankenverbindung leichter. Das ging aber eine Zeitlang, bis die ewig unruhige Industrie mit ihren Sonderinteressen dadurch einen Strich machte. Sie regte die gemütliche Menge geradezu auf. Es wurden eigene Wünsche laut, selbst die Beamten entdeckten plötzlich Interessen, die Krämer, die Großhändler, die kleinen und die großen Bauern,

die Schullehrer und die Diener der Kirche, die heiratsfähigen Jungfrauen, die Pensionäre und die Kranken und schließlich auch die Arbeiter. Das war gar nicht so leicht, alle diese vielen Stimmen, die auf einmal laut und immer lauter wurden, unter einen Hut zu bringen. Der Gedanke, für alle zu sorgen, mußte fallen gelassen werden. Die Regierung blieb nur noch Verwaltung und Ordnungsinstrument. Sie hatte dafür da zu sein, daß alles beim Alten blieb. Aber jene Kräfte entwickelten sich doch, sie stürzten alles um, und was dadurch aus dem Gleise geraten war, sollte der Staat wieder einrenken, vorausgesetzt, daß die Kapitalsinteressen nicht geschädigt wurden. Das war ein Kunststück, und man macht sich wirklich eine falsche Vorstellung davon, daß es für die Leute da oben besonders angenehm gewesen wäre zu regieren. Eine besondere Ehre war es nicht, dort als Hampelmann zu sitzen. Beauftragter des Volkes zu sein, die ernste Verantwortung eines Ganzen zu tragen, mag eine herrliche Aufgabe sein – das aber, was solch eine Regierung darstellte, war Bauernfängerei und Humbug. Und den Leuten mag es nie ganz wohl zumute gewesen sein. Viel haben sie nicht davon, denn wenn auch einzelne sich bereichern konnten, für später hochbezahlte Ehrenposten einstreichen, so hatte doch niemand wissen können, für wie lange. Alles drehte sich ja fortgesetzt und morgen konnte wieder alles anders sein. Schließlich war auch das Geld nicht mehr viel wert.
Mit Geld allein kam man nicht mehr allzuweit.
Davon krachte auch jede Regierung zusammen.
Das war auch diesmal wieder so gekommen. Sehr einfach ging das. Zum Regieren gehört Geld. Auch begabte Könige in früheren Zeiten vertraten die Meinung, daß der Staat Geld kostet. Nur woher nehmen – das war die Frage. Irgendwelche Geschäfte konnte der Staat nicht machen, das wäre den Interessen, auf die er sich überhaupt aufbaute, zuwidergelaufen. Niemand kann den Ast auffressen, auf dem er sitzt. Im Gegenteil, er zahlte drauf, wo er wirklich etwas Selbständiges anfing. Denn das waren Sachen, von denen die andern die Finger gelassen hatten und die sie dem Staat zuschoben. Niemand wirft sein Geld zum Fenster hinaus. Aber der Apparat wollte erhalten sein, die Beamten wollen gelöhnt und gut gelöhnt werden. Dann heißt es Steuern eintreiben. Steuer, das ist so ein Zauberwort. Das räumt mit einem Schlage alle Hindernisse hinweg. Die guten Untertanen

müssen helfen, das Geld, das der Staat braucht, wird ihnen aus der Tasche gezogen. Aber alles geht eben nur eine Zeitlang. Selbst der Dümmste merkt mit der Zeit, daß er geschröpft werden soll – so stellt man sich das im Staate vor, und er hält die Taschen zu. Er wird genau so findig darin wie der Staat, es ihm doch abzuzwingen. Aber aus dem Kreiselspiel, so unterhaltsam es sein mag, muß doch mal was herauskommen. Hierin liegt die Katastrophe. Vom Großkapital, das die Wirtschaftskräfte in Bewegung setzt, bekommt der Staat einen Fußtritt. Das wäre noch schöner, heißt das, nicht genug, daß ich ihn dulde und vorschiebe, jetzt wird er mich belästigen wollen, und die bescheidene Anfrage verstummt. Aber der kleine Besitzer, der Händler, der Bauer und so weiter ist noch da, aber die haben längst Wind bekommen, sie sind doch im Kreislauf der großen Wirtschaft Anhänger und Schützlinge des Großkapitals, das sie aufgesogen hat und noch mehr und mehr aufsaugt – das ist Schutz genug. Ein Teil kann sich der Staat, wenn er es gerade auf dem Papier stehen haben wird, von seinen Beamten wiedergeben lassen, um es hintenrum wieder mit Zulagen und alles das rauszugeben. Ein Spiel für Kinder. Bleibt nur der Arbeiter. Und der zahlt. Denn der muß zahlen. Weil er nichts hat. Wer nichts hat, kann nichts verbergen. Kann sich auch nicht weigern und das alles, sondern weist nur seine leeren Hände hoch. Die faßt der Staat mit Vergnügen. Er führt sie dem Großkapital vor. Hier, sagt er, wieviel pumpst du mir darauf – und die rechnen und rechnen und knapsen noch soviel für sich als Gewinn dabei ab und geben dann soviel, daß der Staat gerade steht und schon im nächsten Jahre tiefer hineinfassen muß in die Masse der Arbeitenden. So bezahlt allein in Wirklichkeit der Arbeiter den Staat. Und ein ungeheures Rad, das man Volkswirtschaft nennt, dreht sich damit. Die Produkte gleiten vom Arbeiter durch die Hände, die der Staat dafür organisiert, letzten Endes wieder in die Hände des Arbeiters zurück, für den sie bestimmt sind. Ihr Wert hat sich bedeutend verändert. Nur daß die Arbeiter diesen Wert nicht erhalten, was jedem Schuljungen einleuchtet, sondern er stapelt sich auf in einer organisch gewordenen Kraftquelle, die die Maschinen treibt, weil die Arbeiter glauben, daß diesem Wesenlosen die Maschinen gehören und sich, nur um es leichter ausdenken zu können, dafür einzelne Besitzer vorstellen, die Fleisch und Blut sind wie sie: Kapitalisten.

Alle Menschen aber, die nicht Arbeiter sind, leben von diesem Glauben der Arbeiter, denn der bringt ihnen Geld ein, den Lohn der Beamten, den Gewinn der Händler und den Zins des Kapitalbesitzes. Es sind noble Leute eigentlich, die Arbeiter. Sie haben von ihrer Arbeit nichts. Sie würden noch nicht mal das Fressen haben, wenn das nicht nötig wäre, damit sie weiter in dieser segensreichen Weise für den übrigen Teil der Menschheit tätig sein könnten. So ist das.

Und diesen schönen Glauben brachten die Trusts mit ihrer Art, wie sie aufeinander losfuhren, um sich zu vernichten, in gewaltige Erschütterung. Ein unbeteiligter Zuschauer hätte den Eindruck gehabt, als rauften sich die Wachhunde, wodurch der bisher schlummernde Gefangene aufwacht und sich zum ersten Male umsieht. Wird er sich erheben und davongehen – die Regierung zittert. Sie ist unruhig, macht Fehler über Fehler. Wenn man jemanden betrügen will, muß man zu allererst kaltblütig sein. Auch das laute Schreien ist vom Übel. Man denkt gleich, was hat denn der – und wird mißtrauisch. Die Trusts merkten das zu spät. Als der Knochen endlich geteilt war, lief der Gefangene schon ziemlich weit ab. Und jetzt dahinter her, mit aller Kraft. Auf die Regierung sauste das Donnerwetter. Die Hampelmänner wurden zu Sündenböcken. Sie flogen an einem Tage. Es war gewissermaßen eine Revolution. Die Industrie sperrte den Kredit. Darin war sie einig. Die Geldnoten, die die Regierung druckte, sanken und sanken. Die Preise stiegen, heißt das. Der Notenbedarf wurde daher immer größer. Denn der Apparat muß doch was erhalten. Und die Arbeiter brachten nichts mehr ein. Denn die hatten die Trusts auf die Straße geworfen. Man kämpfte noch darum. Der Staat mußte sogar die Arbeitslosen unterstützen; denn sie waren ja seine einzige Geldquelle. Man muß sie über Wasser halten, wenn auch ein Teil dabei krepiert. Aber ein Teil bleibt doch wenigstens. Es verhungern doch nicht gleich alle auf einmal.

Die Trusts zwangen die Regierung, darin Stange zu halten. Der eine mehr, der andere weniger. Je länger der Staat das Reservoir der Arbeitslosen hielt, um so weniger Risiko für den Trust, um so aussichtsreicher der Kampf mit dem Gegner. Das glitt auch über auf die Beamten. Denn es bröckelt alles, die Kritik beißt sich ein, der Rest flüchtet in direkte Abhängigkeit zu einer der kämpfenden Gruppen. Man nennt das Regierungswechsel.

Aus dem Schutt zieht man noch wieder den und jenen hervor. Die zuckende, eiternde Masse, die noch nicht ganz tot ist, treibt Blasen. Die Industrie läßt das kalt. Sie weiß, zu groß können sie nicht werden. Noch jede Blase ist zerplatzt, wenn sie sich über ihre eigene Kraft aufbläht. Aber es ist wenigstens Zeit gewonnen. Denn, um die Wahrheit zu sagen, die Trustleiter haben gleichfalls das Heft aus der Hand verloren.

Die Elektrikerunion greift ein

Der Herr Müller, der in der Nachbarschaft der noch immer stilliegenden Bergwerksgesellschaft neue Schächte niederbringen ließ, machte sich all dieser Verhältnisse wegen wenig Kopfzerbrechen. Mochte der vergangene Arbeitsminister auch mit der Aktienbeteiligung nicht weitergekommen sein, die chemische Fabrik stand ihm noch immer unerreichbar direkt vor der Nase, der Nachfolger wird eher mit sich reden lassen. Man muß das Eisen schmieden, solange noch nicht andere dabei sind – und er gab seinem Generalstabsmajor entsprechende Anweisungen. Herr Müller war eine Seltenheit. Er war noch ein Kreisel, der sich aus sich selbst bewegte. Er rechnete immer richtig und er sah voraus, daß sich um seine neuen Schächte die Parteien noch reißen würden. Er habe gar nicht nötig zu spekulieren, welcher von beiden, die alte Gesellschaft, der Elektrotrust, irgendein dritter, der noch hinter der Elektrizitätslieferungsgesellschaft steckte, die Regierung oder sonst wer immer. Nur die Chemischen Werke waren ihm noch im Wege. Denn Herr Müller rechnete so, dort saß, scheint's, der Elektrotrust fest im Sattel. Da konnte er nicht mit, hatte auch gar keine Lust, sich auf Kämpfe einzulassen, er schwebte zwischen den Schlachten. Das war sein Geschäft, und das war ein gutes Geschäft. Herr Müller verstand sich darauf. So legte er denn mit seiner Gruppe sich tüchtig ins Zeug. Die Arbeiterfrage war für ihn Nebensache. Er stellte ein, was er bekam. Mochten die auf ihre Weise selig werden. Und im übrigen waren die meisten froh, überhaupt unterzukommen. Er hatte sie unter Tarif. Wer nicht will, bleibt weg – damit erledigte sich für ihn das Problem. Mit den Syndikaten wollte er nichts zu tun haben. Für die paar Monate, dachte er, wo ich den ganzen Kram halte, werde ich auch mit den Arbeitern allein fertig. Er war sogar, schon um den Eindruck eines mit vollen Segeln nach Großbetrieb steuernden Unternehmens zu erwecken, entgegengekommen. Drohte ernster Konflikt, gab er Order, nachzugeben. Nur die Chemischen Werke waren noch im Wege. Dort baute der Elektrotrust, als ob er die ganze Welt in einem Jahre mit Düngemitteln versehen müßte. Die Werke stellten künstlichen Stickstoff her. Herr Müller war zur Zeit gerade in Kali tätig.

Auch andere Leute begannen den Kopf zu schütteln. Die Landwirtschaft litt unter einem förmlichen Kalihunger. Dabei wurden immer mehr Kaliwerke stillgelegt. Als unrentabel, hieß es. Man weiß, daß ein stillgelegter Kalischacht auch entwertet ist. Er versäuft, der künstliche Stickstoff war eigentlich seinerzeit ein Notbehelf gewesen für anderweitige, dringliche Aufgaben der Volkswirtschaft. Die Regierung hatte große Zuschüsse leisten müssen. Auch jetzt brachte die Produktion rechnerisch noch enorme Verluste, obwohl der Preis gegenüber andern Düngemitteln noch um ein Vielfaches höher war. Die Laien schüttelten den Kopf, die guten Leute. Das verstand niemand mehr, worauf das hinaus sollte. Herrn Müller fand man schon verständiger. Er bringt seine Schächte nieder, völlig ungestört – ob die in der Nachbarschaft dann würden arbeiten können, schien zweifelhaft. Aber die Müllerschen Schächte waren dann eben in Betrieb – die Sache leuchtete schon eher ein. Dabei verfolgte der Trust das Müllersche Prinzip, er nahm an Arbeitern, was er nur bekommen konnte. Seine sonst im Trust festgefügte Organisation zur Niederhaltung und Aussiebung der Arbeiterschaft blieb dort außer Kraft. Dagegen ging die „Elege" mehr und mehr zurück. Nachdem der Trust die Majorität der Stammaktien in den Händen hatte, wurde die Stromerzeugung noch weiter eingeschränkt. Nicht daß sich alte Abnehmer an den Preisen stießen, es wurden auch von der Gesellschaft selbst Verträge gekündigt. Dazu wurden die Kohlenpreise weiter hinaufgeschraubt und eine Krise im Braunkohlenbergbau kündigte sich an. Wollte man wieder jemanden ausräuchern – es hieß jedenfalls schon vorahnend in der Presse, daß der Tarif mit den Braunkohlenarbeitern nicht erneuert werden würde. Im Hintergrunde standen die kohle- und stromverbrauchenden Gesellschaften, die gesamten Verkehrsbetriebe, die Maschinen- und Metallfabriken, die der Elektrotrust mit seinem Stahlkonzern wie mit einer Zange in fürchterlicher

Schwebe hielt – was bereitet sich vor? Das war die bange Frage, die den gemütlichen Zeitungsleser manchmal hochfahren ließ. In der „Elege" arbeiteten nur noch die alten Knochen. Alles, was noch Mut und Unternehmungsgeist in den Knochen hatte, war zum Trust in die Chemischen Werke oder in die neue Zentrale, die Herr Müller gerade zu bauen begann, gegangen. Er wollte auch sein eigener Stromversorger sein. Er hatte über eine Zwischenfirma einen günstigen Kontrakt mit dem Elektrotrust auf Ausnutzung eines diesem gehörigen Kohlenfeldes abgeschlossen. Auf diese Weise sparte auch der Trust die Aufschließungskosten.

In dieser Luft konnte sich die Elektrikerunion kräftig entwickeln. Wozu die Syndikate Jahre und Jahrzehnte gebraucht hatten, sich in der Arbeiterschaft auch wirklich durchzusetzen, das ging fast in Monaten jetzt vor sich. Man sieht eine neue Erkenntnis. Mochte der äußere Eindruck noch so schwerfällig und bewegungslos sein. Etwas marschiert in der Arbeiterschaft immer. Etwas geht trotz alledem immer vorwärts. Es dringt oft viel später erst durch. Aber es ist eben schon da. Man braucht es nur besser freizulegen. So war das mit der Elektrikerunion.

Der Kampf der Trusts untereinander schuf etwas, was die Syndikate nicht vermocht, später allerdings auch nicht mehr angestrebt hatten, er schuf Arbeiterarmeen. Gleich Armeen im Kriege wurden die tausend Hände im Kampf um die Fabrikationszweige da und dort eingesetzt, die Rohstoffe waren die Munition und die Maschinen die Geschütze. Ihre ständige Abwanderung brachte das zuwege, was man am wenigsten erwartet hätte, es festigte sie, es hielt sie enger zusammen, es brachte endlich, wenigstens ein wenig, Solidarität. Gerade weil sie fortwährend wechselten, weil sie an sich körperlich sozusagen weniger zusammenblieben, um so mehr kam das Große, das Ganze heraus: die Arbeit. Die Arbeit schweißte sie zusammen, die Arbeit als lebendiges Ganzes, losgelöst von den überkommenen Schwerfälligkeiten mangelnden Wissens und der Sorge um die Existenz. Es ging jetzt allen so, und das Hirn tat sich auf. Der Verstand zog ein.

Die Elektrikerunion schien berufen zur Führung. Aus den weitblickendsten und entschlossensten Kämpfernaturen hatte sich ein fester Kern herausgeschält. Sie hielt sozusagen die Hand am Hebel jener Riesenmaschine Wirtschaft. Ein Ruck – und alle Räder stehen still. Sie war zwar hervorgegangen aus dem Maschinistensyndikat, aber eine feste, eigene Organisation hatte sich bislang noch nicht gebildet. Es hielt sie vor allem noch ein starkes geistiges Band zusammen, und dieses ihnen allen Gemeinsame ging über ihren speziellen Berufskreis hinaus und übertrug sich auf alle Kollegen im Betrieb. Sie fühlten sich als Ganzes, wie sie dort zusammen arbeiteten, mochten auch verschiedene Berufszweige vertreten sein. Diese Belegschaft war ein Ganzes, sie war der Teil einer Armee, die wiederum für sich ein Ganzes bildete, bis schließlich die Arbeiterschaft, die produktiv-menschlichen Kräfte, gleichfalls als ein Ganzes erschien. Von da war der Schritt zum Einsatz dieser Kraft, zum In-Marsch-Setzen der Arbeitsarmee, sich die Arme frei zu machen, nicht mehr weit. Die Eroberung der Maschinen war in greifbare Nähe gerückt. Wer wollte sie im Ernstfall noch hindern, die Gütererzeugung aus dem Chaos wieder in eine der Menschheit zum Zwecke der ihr angeborenen Gemeinschaft und Gemeinsamkeit entsprechende Ordnung zu bringen?

So schien es. Die Elektrikerunion, gerade dadurch, daß sie völlig im Hintergrunde noch arbeitete, machte Riesenfortschritte. Die ersten größeren Plänkeleien im Maschinistensyndikat, das sich die Ausrodung dieses Geistes in allererster Reihe zum Ziel gesetzt hatte, weniger weil sie der Geist als die sichtbar kommende Konkurrenz einer neuen Organisation beschäftigte, endeten mit einer Niederlage der Maschinisten. So leicht waren die Elektriker nicht zu fassen. Sie erhielten sogar in andern Syndikaten Unterstützung. Dort fürchtete man naturgemäß weniger für den Bestand des eigenen Syndikats. Es schien auch in dieser Situation unzweckmäßig, einen erbitterten Organisationskampf zu entfesseln. Zu viele Schwächen wurden da offengelegt. – Ruhe vorläufig, hieß es. Und die Elektrikerunion bekam dadurch das Feld frei, sich fester im Herzen des Syndikats zu verankern. Die Eroberung des Maschinistensyndikates bereitete sich vor. Damit drohte insgesamt eine entscheidende Wendung.

Aber die Union stürmte darüber hinaus gleich aufs Ganze, sie griff nicht mehr in die Arbeiterfrage allein, sie griff in die Gesamtwirtschaft ein. Von ihren Hauptstützpunkten aus rollte sie die Düngemittelfrage auf. Beide Betriebsgruppen, die viele tausend Arbeiter vertraten, richteten eine Aufforderung an die Landarbeiter, um in gemeinsamer Konferenz die Produktions- und

Verteilungsfrage zu besprechen. Die Arbeiterschaft erklärte, die Landwirtschaft in ihrem Kampf um die Übernahme der großen Güter in Gemeinwirtschaft unterstützen zu wollen, indem sie die Hand auf die Produktion der notwendigen Düngestoffe zu legen bereit sei, wenn es die Kampfnotwendigkeit erheische. Desweiteren beschäftigte sich eine Vertreterversammlung mit der Aufstellung eines Planes zur Übernahme und Wiederinbetriebsetzung der Kalibetriebe. Für die große Zahl der Metall- und Maschinenbetriebe wurde ein täglich erscheinendes Bulletin herausgegeben, worin die Lage in jeder einzelnen Arbeitsgruppe dadurch übersichtlich gemacht wurde, daß die Kampflage um die Arbeitsbedingungen, Kurzarbeit, Lohnreduktion und Stillegung gleichsam in Form eines Frontberichtes dieser und jener Arbeitergruppe veröffentlicht wurde. Dies wurde bald auf den Kohlen- und Erzbergbau, die Eisenindustrie und den Transport ausgedehnt. Bald schloß sich Bau- und Holzindustrie an. Der Kampf um die Gesamtwirtschaft stand jeden Tag dem Arbeiter vor Augen. Der Angriff begann.

Gott verschläft die Zeit

Draußen im flachen Lande die kleinen Betriebe wurden stärker in den Strudel hineingezogen als sonst bisher. Die Unternehmer hatten bisher einen Schein von Selbständigkeit bewahrt, da der Trust es nur für notwendig befunden hatte, sich mit der Zusammenfassung solcher Betriebe in dem entsprechenden Fabrikantenverband zu befassen. Aber gerade die Diskussion über die Gewinnbeteiligung der Arbeiter am Unternehmen und die Kleinaktienfrage brachte dort die Gegensätze schärfer aufeinander. In der kleinen Stadt war bisher der Arbeiter eine wenig geachtete Persönlichkeit. Man kann sogar sagen, er wurde geradezu verachtet. Solche Städte leisten sich noch den Luxus des Handwerks, umgeben von Kleinbauern (für die der Landarbeiter gleichbedeutend ist mit Lump, weil sich diese Menschen niemanden vorstellen können ohne Haus und ohne sein eigen Stück Land), ergänzen sich die Bewohner dieser Stadt ständig aus dem Überschuß jener Bauern, die nach der Stadt ziehen müssen und dort irgendein Handwerk lernen. Im Grunde ist die Dorfgrenze nur hinausgeschoben, denn diese Handwerker sitzen nun da und

warten auf die Kundschaft ihres Dorfes. Die Konkurrenz untereinander ist groß, die Mühe, sich durchzubringen, noch größer. Diese Menschen waren schwer auf den Gedanken zu bringen, daß sie sich eigentlich elend quälen mußten, und daß sie besser daran tun würden, sich mit den Dutzenden ihrer Berufskollegen zusammenzutun und gemeinsam zu arbeiten. Dazu steckte ihnen noch dieser gewisse Bauernstolz zu sehr in den Knochen. Jeder wollte sein eigener Herr und Meister sein, und ihr Auftreten war auch ganz danach. Da sie wenig Geld einnahmen, so machten sie Schulden, nicht nur untereinander, sondern beim Lieferanten der Waren, die sie mit nebenbei verkauften, und der Rohmaterialien, die sie verarbeiteten. Mit der Zeit gerieten sie von diesen Lieferanten, die einen eigenen, sehr glänzenden Geschäftszweig daraus gemacht hatten, in immer größere Abhängigkeit, ja sogar in viel schlimmere als die eigentlichen Arbeiter, da sie der Lieferant vollkommen in der Hand hatte und auch entsprechend ausbeutete, denn es stand dem jederzeit frei, seinem aufbegehrenden Schuldner seinen ganzen sogenannten Geschäftsbesitz wegzunehmen und ihn auf die Straße zu setzen oder ihn gar einsperren zu lassen. Der Staat hatte mit einem Gesetz nachgeholfen, daß zu einem Geschäft kaufmännische Buchführung notwendig sei. Kaufmännische Bücher zu führen, ist aber ein sehr nebelhafter Begriff, und das haben die Handwerker auch nicht gelernt. Trotzdem aber trugen sie den Kopf sehr hoch, und einen gewöhnlichen Arbeiter, wie sie sich ausdrückten, hätten sie überhaupt nicht angesehen. Sie waren eben der Meinung, das sind Leute, die als Bauern oder Handwerker bankrott gemacht haben, weil sie zu was „Besserem" nicht taugen. Es versteht sich von selbst, daß sie ihre Kinder wieder zu Handwerkern erzogen und meistens für den gleichen Berufszweig, wodurch sie sich selbst das Elend immer größer machten. Daß sie selbst von den verachteten Arbeitern sich in nichts unterscheiden als etwa durch größere Schwerfälligkeit und Dummheit, das merkten sie nicht. Aus solchen Menschen bildete sich draußen im flachen Lande die Stadt. Auch als die ersten Fabrikbetriebe, meist irgendwelche Spezialindustrien und Maschinenfabriken, sich an der Peripherie ansiedelten, änderte sich das nicht. Die Arbeiter und die Handwerker sonderten sich streng voneinander ab.
Erst die zunehmende Geldnot und das Aufhören jeder geord-

neten Gütererzeugung, wodurch ja gerade die kleinen Bauern und die Beamten in Mitleidenschaft gezogen wurden, riefen dann eine Umwälzung hervor. Diese Entwicklung beschleunigte sich jetzt und gewann zusehends an Kampfcharakter. Sie bekam eine Spitze gegen Regierung und Staat, und unmerklich war eine Annäherung an die Arbeiterschaft eingetreten. Das kam daher, daß diese Handwerker gezwungen waren, sich zu Kreditgenossenschaften zusammenzuschließen, in deren Weiterentwicklung der gemeinsame Einkauf der Materialien durch Rohstoffgenossenschaften gelegen war. Von da nur noch ein Schritt zur gemeinsamen Verarbeitung, und die Zusammenschlußbewegung solcher Versuche über das ganze Land bot gewissermaßen eine Ergänzung zum Gemeinschaftsbetrieb in der Gemeinschaftswerkstätte. Die Regelung der Zweckmäßigkeit war sozusagen nur noch eine technische Angelegenheit und lag in der Luft. Die jungen Handwerker, die sahen, wie sie hinter den Arbeitern zurückblieben, nahmen sich mit Eifer der Bewegung an. Nicht nur, daß sich die Zahl der bisher selbständigen Handwerker in den Fabrikbetrieben vermehrte, die Zahl der bisherigen Fabrikarbeiter, die in eine Genossenschaft eintraten, zu der eine bisher einzeln arbeitende Werkstätte der Not der Zeit folgend umgearbeitet war, vermehrte sich. Bis in die Bauernschaft hinein ging diese Bewegung, die gleichfalls das Genossenschaftsprinzip auf das Kredit- und Verkaufswesen wie auf alle andern Arbeiten auszudehnen begann.

Die Aufklärung des flachen Landes war zu einem der Hauptziele der politischen Arbeiterparteien geworden. Überallhin wurden Agitatoren geschickt, die in unermüdlicher Kleinarbeit diese Aufklärung von Haus zu Haus und von Mann zu Mann trugen. Es war dennoch sehr schwer, Luft zu schaffen, denn die alten Gewohnheiten sind zu stark eingewurzelt und man wird manchmal den Eindruck nicht los, diese Leute denken zu langsam, sie können daher noch nicht gemeinschaftlich und gemeinsam sein. Sie wirken wie ein Eisenklotz. So überflüssig und wenig geachtet Agitatoren dort sind, wo bereits große Massen um die gemeinsame Kampfform sich durchzusetzen ringen, so notwendig und willkommen sind die draußen im Lande, wo alles nur darauf wartet, angestoßen zu werden, wo sie als Boten begrüßt werden, die aus dem Kampfgetümmel kommen und noch etwas mitzubringen scheinen von der Unruhe des Strebens nach Be-

freiung der Gesellschaftsordnung von Starrsinn und Barbarei. Sie sind notwendig, dem träg hindämmernden Bewußtsein immer wieder von neuem die sozialen Aufgaben einzuhämmern und diese Menschen, die gewissermaßen noch nicht richtig leben gelernt haben, lebendig zu machen und wachzurufen. Und das Land wurde mit solchen Agitatoren überschwemmt. Viele Arbeiter, die gerade arbeitslos geworden waren, gingen freiwillig und ohne besonderen Agitationsauftrag einer bestimmten Gruppe auf eigene Faust aufs Land, um dort für die Idee der Solidarität der Arbeitenden zu wirken. Technisches Wissen und Arbeitstechnik kam aufs Land.
Solche freiwillige Helfer haben es nicht leicht. Träge liegt die Stadt. Manchmal ist es, als ob jeder Schritt mit einer besonderen Anspannung erkauft werden müsse. Die wenigen Menschen auf den Straßen schleichen dahin und beäugen sich voller Mißtrauen. Der Fremde ist immer automatisch auch der Feind. Es ist schwer, solchen Menschen näherzukommen. Es fehlt ihnen auch, scheint's, ein Schutzpanzer gegen die Kräfte der Umwelt. Daher sind sie so scheu und so schläfrig. Darin liegt allein ihre Verteidigung. Sie wollen nichts hören, sie halten sich von allem abgeschlossen. Denn ist einmal der Weg erst freigelegt, so geben sie sich schrankenlos dem Neuen hin. Sie werden zum willigen Werkzeug jeder Kraft, die sie vorwärts treibt. Leider ist diese Kraft nicht immer diejenige der Arbeitenden und der Arbeit. Es gibt auch eine Kraft der Gewöhnung, die sie im Bann hält. Dann kostet es eine ungeheure Anstrengung, wieder bis ins Innere von Herz und Verstand vorzudringen.
Gerade waren, von den Arbeitern einiger kleiner Maschinenbetriebe gerufen, Agitatoren in die Stadt gekommen. Mit den Handwerkern und Bauern sollte die gemeinsame Gründung einer Reparaturwerkstatt für landwirtschaftliche Maschinen beschlossen werden. Daraus bot sich dann die Möglichkeit, auch darüber hinaus den Betrieb zu entwickeln. Die Arbeiterschaft der Fabriken wartete nur darauf, um dann ihrerseits entweder die dortigen Betriebe unter dem Druck der Genossenschaften zu übernehmen und zu einem Ganzen zu verschmelzen oder die Unternehmer auf andere Weise kaltzustellen. Mit den Handwerkern der Stadt war ein Übereinkommen erzielt, man wollte gemeinsam und gleichberechtigt arbeiten, technische Vorbedingungen waren erledigt. Auch mit den Bauern war man so gut wie einig. Da mischte

sich die Geistlichkeit ein. Der Pfarrer trat an die Spitze. Der Plan bekam einen anderen Sinn. Er wurde christlich, das ist unfrei, unterwürfig, kapitalistisch. Keine Rede mehr von Angriff und Verteidigung gegen das Großkapital. Der Streit, der längst begraben schien, flackerte auf. Im Nu waren wieder die verschiedensten Meinungen da. Man verstand sich auf einmal nicht mehr. Und die Agitatoren, die zu Hilfe gerufen worden waren, gerieten bei ihrer Ankunft mitten in eine Prozession. Die Straßen der Stadt waren in ihrer ganzen Breite durch frische Wiesenmatten in einen Teppich verwandelt, auf dem sich gleichwie in tausendfältigen Schnörkeln Blumen über Blumen in allen Farben hinzogen. Die Glocken läuteten, vom Turm schlug die Uhr, und noch lange hallte eine wunderfeine Musik dazwischen nach, die ein alter Meister aus früheren Jahrhunderten da oben im Uhrwerk angebracht hatte. Der Weihrauchduft stieg in geraden Säulen empor und breitete sich dann oben über die ganze Stadt. Es hatte etwas Überwältigendes und Zauberisches. Die Häuser waren geschmückt, von den Fenstern hingen die Hausfront herunter golddurchwirkte Tücher. Überall Blumen und brennende Kerzen. Die Agitatoren rieben sich die Augen, sahen sie hier einen Traum, war das ein Märchen – aber da kam schon die Prozession. Die Innungen mit ihren jahrhundertalten Fahnen schritten einher und hinter jeder Fahne gingen viele hunderte Junge und Alte, Meister, Gesellen und Lehrlinge – viele trugen brennende Kerzen in der Hand. Dann kamen die Vereine, die Schützen, die Soldaten, blumenstreuende Kinder in weißen Kleidern, Jungfrauen mit leuchtenden Kränzen im Haar, die Vertreter der Stadt, der Beamtenschaft. Dann kam der lange Zug der prächtig gekleideten Priester, von Chorknaben, die das Weihrauchfaß schwangen, umgeben, und dann der Thronhimmel, unter dem der älteste Priester mit dem Allerheiligsten dahinschritt. Dahinter drängte sich das gläubige Volk nach Hunderten und Tausenden. Und alle sangen. Die Musik fiel manchmal mit Pauken und Trompeten dazwischen ein. In dem Gesang lag etwas Demütigendes, das sich aufgab, das zurück wollte aus dieser Zeit in eine ferne Traumvergangenheit, aber so etwas zwingend Gemeinsames, das alle diese Menschen eng verband. Enger schien es, als es die Arbeiter bislang noch tun können. Es war eine Gemeinschaft aus der ältesten Zeit, die doch den Menschen, wie wir heute wissen, nicht das Glück und die Freiheit gebracht hat. Aber diese Leute, mochten sie auch selbst vieles kaum verstehen, klammerten sich noch daran.

Die Agitatoren aber schüttelten den Kopf. Soll man lachen, soll man weinen – sie hielten die Verabredung erst nicht ein. Sie fuhren gleich wieder ab. Es gab jetzt Wichtigeres zu tun.

Alle gegen alle

Die Braunkohlearbeiter traten in den Streik. Das Unternehmersyndikat ließ gar keinen andern Ausweg offen. Die Leute wohnten in den Dörfern um die Gruben. Es war eine bodenständige Bevölkerung, die in der Gegend verwurzelt war. Auch große Güter mit einer zahlreichen Landarbeiterschaft fanden sich in der Gegend. Man konnte nicht eigentlich von Revier sprechen. Die Gruben lagen in weiten Zwischenräumen voneinander auf einem Gebiet von sehr erheblichem Umfange. Die Braunkohle wurde zumeist im Tagebau gewonnen. In Braunkohle erfolgte zwischen den beiden stärksten Trusts ein kräftiger Zusammenstoß. Der Chemische Trust, dessen Weltmonopolstellung Riesenkapitalien angesammelt hatte, wurde zur Kohle hingedrängt, deren Verkohlungsnebenprodukte die Grundlage der chemischen Industrie überhaupt geworden waren. War der Widerstand bei der Steinkohle im Laufe der Entwicklung durch Einfluß starker Konzerne der Schwerindustrie, der Verkehrsgesellschaften und des Handels, der als Zwischengesellschaft beide vorgenannten Gruppen vereinigte, zu stark geworden, lockte der Versuch in Braunkohle mehr, weil er ein ganz neues Produktionsgebiet erschloß – jedenfalls schwenkte der Trust sichtbar in die Braunkohlenindustrie ab. Damit erschloß er sich zugleich neue Elektrizitätsquellen, die zu einem Übergreifen des Geschäftsgebietes auf die Düngemittelfabrikation führte. Hier war die Linie erreicht, wo sich die Interessen mit denen des Elektrotrusts kreuzten, der ausgehend von Eisenbahnen über die Metallindustrie zu Eisen und Kohle und schließlich bis zur Braunkohle vorstieß, um in einer Seitenschwenkung nun auch in der chemischen Industrie Fuß zu fassen. Ein neues beweglicheres Arbeiterheer sollte in der Braunkohlenindustrie eingesetzt werden. Ein Stützpunkt des Chemischen Trusts schien damit bedroht.

Die Braunkohlenarbeiter kämpften gegen Arbeitszeitverlängerung und Lohnabzüge. Ihr Recht stand ihnen klar vor Augen. Erst als die Verhältnisse geradezu zum Streik drängten, waren sie hineingegangen. Der Streik schien durchaus ruhig verlaufen zu wollen. Die Parteien hatte ihre Erklärungen abgegeben und standen sich nun abwartend gegenüber. Die übrigen Industriegruppen, die entweder in dem sehr ausgedehnten Bezirk mit lagen oder sonstwie mit der Braunkohlenindustrie verknüpft waren, blieben unbeteiligt. Das Syndikat der Braunkohlenarbeiter dachte gar nicht daran, irgendwen zur Unterstützung herbeizurufen. Da erschienen schon in den ersten Tagen starke Truppenaufgebote. Vorbeugen, hieß es; dann folgten Arbeitskolonnen. Im ganzen Lande wurden die Arbeitslosen mobilisiert für den Braunkohlenbergbau. Was man nur bekam, wurde da runtergeschickt. Die Überraschung war groß, noch mehr die Erbitterung. Aber der Bezirk starrte geradezu vor Waffen. Laßt euch nicht in die Maschinengewehre treiben. Der letzte Aufstand ihrer Kameraden war noch in aller Erinnerung – Ruhe, wurde ausgegeben. Die Streikbrecher fingen die Arbeit an. Es wurde nach Solidarität geschrien. Die Metallarbeiter im Bezirk begannen sich zu rühren. Es kriselte in der Metallindustrie. Da bewilligte im letzten Augenblick der Elektrotrust die Bedingungen der streikenden Braunkohlenarbeiter. Die Streikbrecher arbeiteten als Gruppe für sich aber weiter. Es kam zu neuen Konflikten. Nach einiger Zeit flackerte der Streik von neuem auf.
Da war der erste Schlag bereits in der Metallindustrie gefallen. Der Streik, der mit Wucht eingesetzt hatte und erste Wellen bereits über das Land trug, brach schon in den ersten Tagen zusammen. Er erstickte sozusagen im Mangel an Widerstand. Eine große Anzahl Arbeiter aber blieb ausgesperrt.
Dagegen gewann die Bewegung in der Maschinenindustrie von neuem insoweit Boden, als sie auf die Werften übergriff. Die Werftarbeiter traten in den Streik. Sie kämpften um den Achtstundentag, während in der Braunkohlenindustrie die Auseinandersetzungen um die Weiterbeschäftigung der Streikbrecher im Gange war.
Überall blieben große Massen Arbeiter draußen. Überall wurden große Massen vorübergehend neu beschäftigt. Überall sanken die Löhne. Die Lebensmittelpreise stiegen. Die Polizeitruppen wur-

den vermahnt. Man ging daran, diese Truppen für industrielle Arbeiten im Notfalle zu verwenden. Der Soldat hatte einen technischen Kurs durchzumachen. Er wurde eine Zeitlang praktisch angelernt.

Da drohten die Beamten mit dem Streik. Sie verlangten die schärfere Abgrenzung ihrer Sonderstellung. Der Streik, der das Gesicht gegen den Finanzminister trug, ging in Wirklichkeit gegen die Trusts. Wer zahlt das Geld, hieß es. Der Finanzminister blieb gleichmütig. Die Handelskreise wurden unruhig. Ein Beamtenstreik erschüttert den Staat. Sie sahen sich nach Hilfe um. Man einigte sich auf neue Steuern. Der Handel schoß etwas vor. Die Arbeiter werden zahlen.

Die Regierung wankte und festigte sich wieder. Minister kamen und gingen.

Die Bankbeamten setzten den Trusts das Messer an die Gurgel. Es war ein kritischer Moment, der Geldverkehr geriet ins Stocken. Dann war das Gleichgewicht gefunden. Man würde mit eigenem Geld zahlen, mit Trustgeld. Die Regierung sank in die Knie. Der Streik wurde von Staats wegen hintenherum abgewürgt. Die Arbeiter hatten aufgehorcht.

In den Industriezentren folgt ein Streik dem andern. Die Technik der Zuverlässigkeitsauslese wollte das so. Der eben Zusammenbrechende trug bereits den Keim des neuen in sich, aber zunächst an anderer Stelle. Immer noch schossen Neugründungen hervor. Aber auch die Stillegungen nahmen größeren Umfang an. Einen großen Umschwung nahm die Luxusindustrie. Dort wurde das ständig anwachsende Heer der Frauenhände untergebracht. Auch dort wechselten die Arbeiterinnen schnell den Platz.

Nur in den Verkehrsbetrieben hielt sich der Zustand noch ziemlich im Gleichgewicht. Die Arbeiterschaft war stark mit Beamten durchsetzt. Die Gruppen, die sich gerade einheitlich für sich herausgeschält hatten, wurden sofort wieder auseinandergerissen. Die Ausbildung zur technischen Nothilfe wurde beschleunigt. Die Bauern sonderten sich völlig von der Gesamtwirtschaft ab.

Und doch sah man niemanden mehr, der hinter dem allen stand. Alles drehte sich fortgesetzt um sich selbst. Die Interessen wechselten von Stunde zu Stunde. Es war nirgends ein Ziel mehr. Eine Zufallsgruppierung entschied, und nur für den Augenblick, später war die Gruppierung wieder eine andere.

Die Beamten kämpften erbitterter um ihre Existenz. Je weniger er repräsentativ zu wirken hatte, desto mehr Freiheiten ließ man ihm durch. Der Beamte war ein Händler geworden. Staatsanwälte empfingen Honorare und Anwälte teilten mit den Richtern. Mit Einfluß wurde gezahlt, nicht mehr mit Geld. Münze deinen Einfluß um – das ließen sich die Minister nicht zweimal sagen. Nur die Trustmaschinen liefen immer schneller und schneller. Es war kein Überblick mehr, die Produktivkraft unterzubringen, einzuspannen. Die Leiter verloren den Kopf. Sie waren bis zur Neige ausgepumpt und verkalkt. Sie wurden matt und kraftlos. Und verloren zum erstenmal die Ruhe. Jeder Mensch im Lande begann zu merken, es klappt nicht mehr. Da rissen die Offiziere erst recht die Fresse auf.

Einen Weg wies noch das Hinausschieben des Zusammenbruchs. Sonst hätten die Trustleitungen in Augenblicken der Abspannung alles am liebsten stehen und liegen gelassen und wären auf und davon gerannt. Das Ausland. Über die Grenze. Im Krieg oder im Frieden. Das Ausland gibt den Kredit. Das Ausland nimmt die Produktion auf, die in dieser Atempause sich organisiert. Das Ausland stabilisiert die sozialen Verhältnisse, es dislokiert die Arbeiter. Arbeiterkolonien. Das Ausland schafft neue Beamte. Man schlug sich ordentlich vor den Kopf. Die Regierung wurde neu angestrichen. Da brach der große Streik aus.

Der große Streik

Die Arbeitersyndikate hingen völlig in der Luft. Niemand kümmerte sich darum.
In der Metallindustrie drohte die allgemeine Aussperrung. Zähe Teilstreiks.
Es kriselte unter den Transportarbeitern. Eine gemeinsame Aussprache hatte stattgefunden zwischen Eisenbahnarbeitern und Beamten. Verständigung bereitete sich vor.
Die Elektriker eroberten die Leitung im Maschinistensyndikat. Die Elektrikerunion tritt jetzt auf den Plan. Es war keine Zeit mehr zu verlieren.
Die Elektriker treten in den Streik. Ohne Verhandlung und fast ohne Forderungen. Um organisierte Wirtschaft. Die Heizer und die Maschinisten, alle, die direkt die Hand am Hebel der Kraft-

maschine hatten. Von wo immer eine maschinelle Bewegung mit Kraft gespeist wurde, diese Quelle wurde verschlossen. Der Streik war für alle eine große Überraschung. Im Augenblick der Entscheidung war das Ziel nicht zu übersehen. Alle fühlten, man muß eingreifen. Wir müssen zeigen, welche Mittel wir anzuwenden imstande sind. Die Furcht, noch mitten im ersten Organisationsaufbau überrascht worden zu sein, schwand. So ist das eben, sagte man, ist erst einmal der richtige Weg beschritten, dann lassen sich die Aufgaben nicht mehr halten. Alles wächst ins Riesengroße – jeder war überzeugt, zu lange hatte die Arbeiterschaft gewartet, jetzt gilt es nachzuholen. Von dieser Stimmung beseelt traten die Elektriker in den Streik. Ihr erstes und alleiniges Programm war, jeden Verkehr zu unterbinden, jede Kraft abzuschneiden, die die Maschinen und das Wirtschaftsleben in Gang hielt.

Es dauerte einige Tage, bis die Wirkung allgemein wurde. Die Leiter der Bewegung hatten auch nicht anders gerechnet. Die meisten Industriegruppen standen mitten drin in ihren eigenen Kämpfen, die zur Entscheidung drängten. Sie griffen den Gedanken, solider mitzukämpfen, nicht sofort auf, sondern ließen sich von den Ereignissen treiben. Sie warteten, bis auch die Reihe an sie kam. Ganz mathematisch, wie erfaßt von einem hierzu konstruierten besonders feinen Räderwerk, wurden sie mit hineingezogen. Nicht an einem Tage und zu einer Stunde standen die Maschinen. Es war immer noch irgendwo etwas Kraft frei vorhanden, es gelang den einzelnen Betriebsleitungen noch da und dort, Nothilfe einzusetzen. Auch an einzelnen Punkten waren die Elektriker nicht auf der Höhe. Sie sahen sich erst um, wie es woanders aussah, hatten so viele Erkundigungen einzuziehen, daß man den Eindruck hätte gewinnen können, sie hätten nur allzugern erfahren, der ganze Streik sei ein Schwindel, und sie sollten erst abwarten und vor allem Ruhe bewahren, aber niemand tat ihnen diesen Gefallen, und so stellten sie dann auch die Arbeit ein. Die einzelnen Industriegruppen der Arbeiterschaft brauchten ihre Verhandlungen über diesen und jenen Punkt nicht zu Ende zu führen. An einem Tage standen die Maschinen still. Ihre Hände waren überflüssig geworden und wurden nicht gebraucht. Für die Ängstlichen war es weder Streik noch Aussperrung. Die Mutigen aber stellten sich sogleich auf die neue Situation um. Wir bleiben im Betrieb, hieß es, wir gehören hier her, an den Maschinen ist jetzt unser Platz. – Darüber ging ein Diskussionsstreit hin und her. Sie blieben zum allergrößten Teil im Betrieb versammelt, so wie sie als Belegschaft zusammen waren. Die gesamte Metall- und Maschinenindustrie stand still. Der Bergbau schloß sich an. Später noch die Bau- und Holzarbeiter. Dies geschah erst auf Grund der immer weiter um sich greifenden moralischen Wirkung. Zum Teil auch erst, als die Verkehrsarbeiter den Streik beschlossen. Ein Teil des Verkehrs ruhte zwar gleich am ersten Tage, doch wurde ein immer noch sehr erheblicher Prozentsatz mit rasch zusammengeworfenen Mitteln und Elementen aus allen Berufsschichten bewältigt. Es ließ sich aber nicht halten und flaute ab, und die ansteigende Protestbewegung der übrigen Arbeiterschaft der Verkehrsbetriebe machte dem Versuch vollends ein Ende. Es war eine mehr künstliche Sache, schon lange vorher theoretisch berechnet, die einfach jetzt automatisch in Wirksamkeit getreten war. Ihr Sinn war ausschließlich auf Bluff gestellt. Als das versagte, war der Nothilfe bereits das Urteil gefällt. Sie schlief von selbst ein. Als eine der letzten Gruppen wurde die Eisen- und Stahlindustrie stillgelegt, die sich trotz der großen Arbeitermasse am längsten behauptet hatte, zum Teil weil sie sich am ausgeprägtesten eine Sonderstellung zu wahren gewußt hatte. Wesentlich war auch, daß sie vielfach die Kraft aus eigenen Vorräten an Kohle deckte und daher bei der Arbeiterschaft im weitesten Umfange erst die Solidaritätsprobe durchgedrückt und entschieden werden mußte. Die viele Spezialindustrie und insbesondere die Luxusindustrie wurden schon am ersten Tage in Mitleidenschaft gezogen, denn diese waren fast durchweg ausschließlich von den großen Kraftzentralen abhängig. Man kann sagen, daß gegen Mitte der Woche die Wirkung des Elektrikerstreiks entschieden war. Er ging vorwärts, er hatte den Anschluß zur Großindustrie gewonnen, die gesamte Wirtschaft mußte er mit hereinreißen. Nirgends war im Ganzen gesehen, in der technischen Anlage sozusagen, eine Unsicherheit zu bemerken. Und als aus Strommangel auch die Zeitungen den Druck einstellten, Telephon und Telegraph ruhten, da rauschte es wie ein gewaltiges Frühlingsahnen durch die gesamte Arbeiterschaft, ohne Unterschied der Berufsgruppen, des Tarifs und des Beschäftigungsortes. Das sind wir, hieß es, die Arbeiterschaft. Das ist unsere Kraft und unsere Macht. Und sie hatten eine große technische

Freude daran. Sie wurden wie die Kinder, die sich in ihrem Spielapparat alle Einzelheiten immer wieder begucken und auseinandernehmen und mit wichtigtuender Miene beurteilen und so recht zufrieden sind, noch nicht allzu erwachsen zu sein. So ist das Leben noch zu ertragen. Die Brust atmete Morgenluft.

Dieser Streik war gleich von Beginn an der Bürgerschaft mächtig in die Knochen gefahren. Obwohl noch viele maßgebende Persönlichkeiten anfangs der Meinung gewesen waren, dem einen oder andern Trust dafür die Schuld zuzuschieben, schienen doch die offiziellen Stellen den Umfang der Gefahr besser zu übersehen als die einzelnen Betriebsleitungen oder letzten Endes die Großbanken der Trustverbände selbst. Das Einsetzen der technischen Nothilfe war auf Veranlassung der Regierung allein zurückzuführen. Die Bürgerwehr wurde einberufen. Die Konferenzen mit allen für diesen Zweck geschaffenen Instanzen jagten einander. Aber man fand nirgends einen Anhaltspunkt, wo man hätte eingreifen können. Die Arbeiterschaft bewahrte größtenteils eine mustergültige Ruhe. Es wäre Wahnsinn gewesen, sie jetzt zu reizen, zu Gewalttaten zu provozieren. Konnte doch niemand erkennen, was dahinter eigentlich stand, zu Provokationen gehört vor allem ein Zweck und ein Ziel, das man fest in der Hand behält. Es konnte auch nicht verborgen bleiben, daß große Teile der Arbeiterschaft selbst überrascht gewesen waren, nur wie von einer höheren Gewalt mit hereingerissen, zum Teil noch apathisch der Bewegung gegenüberstanden. Was wogen dagegen die Betriebsbesetzungen auf. Es schien eher natürlich. Man würde den Besetzungen erst den Kampfcharakter geben – das entschied, um die Truppen nicht eingreifen zu lassen. Eigentlich wurde die Ordnung nirgends gestört. Die Truppen selbst fühlten sich dadurch überflüssig. Von Stunde zu Stunde schien alles umgekehrt. Die Truppen begannen zu murren. Die Henker sahen sich preisgegeben. Schon fingen einige an, sich auf sich selbst zu besinnen. Sie waren auch nichts anderes als Arbeiter. Sobald das Bluthandwerk ruht, kommt der Mensch zum Vorschein. Es waren nur zwei, drei Tage Zögern, die das Schicksal der Regierung zu entscheiden schienen. Sie war jetzt von der Bildfläche verschwunden. Schon hörte man nichts mehr davon. Große Apparate zur Knechtung des Volkes waren unbrauchbar, ganze Organisationen schienen wie von einer Explosion im Innern zerschmettert. Am vierten Tage erlosch auf den Straßen, in den Häusern das Licht, die Wasserwerke stellten die Arbeit ein. Ein gewaltiges Raunen begann, von fern kam ein Aufschrei und schwoll und schwoll. Was geschah –?

Zusammenbruch

In den Geschäftsräumen des Maschinistensyndikats hatte die Streikleitung sich versammelt. Die Leute, die dort sich gegenseitig über den Umfang der Bewegung unterrichteten, sahen nicht aus, als stünden sie an der Spitze des gewaltigsten Kampfes, der gegen die bürgerliche Wirtschaft bisher unternommen worden war. Sie machten einen durchaus harmlosen Eindruck, nüchtern und vor allem jeder revolutionären Phrase abgeneigt. Das Ganze behielt durchaus den Eindruck eines technischen Büros. Das etwas Verbissene und Grüblerische in ihrer Haltung, das man deutlich noch nachempfinden konnte, war einer freudigen offenen Beweglichkeit gewichen. Man spürte ordentlich, die Leute sind in ihrem wirklichen Beruf. Sie schalten mit jener Riesenkraft, die nach oben wie nach unten jeweils die Entscheidung bringt. Man sah auf ihren Mienen das lächelnde Zutrauen, daß sie diese Kraft voll beherrschten, ihre Bedingungen kannten und nichts sie mehr überraschen und überwältigen konnte. Die Leute dort waren sich selbst vollkommen sicher. Das, was für sie zu tun war, das verstanden sie auch. Ihr ganzes Augenmerk war darauf gerichtet, die Wirtschaft zum Stillstand zu bringen. Es genügte für den Erfolg, wenn die große Masse sie darin gewähren ließ. Auf aktive Unterstützung zu rechnen, bleibt immer ein zweifelhafter Faktor. Ihre Aufgabe hatte ihnen geschienen, diesen auszuschalten. Der Zweck war so gut wie erreicht.
Unter den Leitern zeichneten sich insbesondere die jüngeren Menschen scharf ab. Es war der Typ jener zielbewußten und zielklaren Arbeiter, die um keinen Preis der Welt mehr mit dem Unternehmer und Fabrikherrn tauschen möchten. Unter diesen war eine Diskussion im Gange, die eine sehr ernste Frage aufwarf. Gerade waren einige Vertreter von Syndikaten dagewesen, um sich weitere Informationen zu holen. Glückstrahlend hatten sie Bericht erstattet, daß die Betriebe stehen – und nun wollten

sie hören, was sie der Belegschaft mitteilen sollten. So selbstveständlich das war, so großes Kopfzerbrechen hatte es gemacht. Darin gerade waren unsere Elektriker nicht mehr sicher. Sie waren sogar so unsicher darin, daß sie sich überhaupt kein Programm gemacht hatten. Jetzt warteten alle. Alles schaute auf sie. Die Leitung mußte jetzt heraustreten, die Bewegung mußte ein Gesicht bekommen. Hunderttausende warteten darauf, was jetzt zu geschehen hätte. Und aus der lächelnden Sorglosigkeit der Elektriker war für sie plötzlich eine bluternste Situation geworden. Noch strebte die Bewegung ihrem Höhepunkte zu, aber das konnte kaum noch Tage, vielleicht nur Stunden dauern und dann – dann hieß es für sie, was nun –
In jenem darauffolgenden Gespräch sagte der eine: „Es fehlt noch der Rhythmus der marschierenden Bataillone. Das einheitliche Gesicht der Arbeiterarmeen ist noch nicht da, der große Wille. Wir müssen mit Propaganda heraus, Musik muß auf die Straße." Während die Mehrzahl lachte, sagte ein anderer: „Eigentlich hätte das alles schon vorher geschehen müssen." Und wieder ein anderer: „Die Politik überlassen wir den Politikern. Mögen die sehen, was sie daraus machen." Dem aber wurde widersprochen. Die Politiker wären uneins. Der eine zog nach dieser, der andere nach jener Seite. Zudem hatte sie die Situation völlig überrascht, sie schienen ganz in den Hintergrund gedrängt. Schließlich wollte man den einzelnen Syndikaten die Regelung der Forderungen überlassen. Die Vertreter sollten berufen werden, das Programm aufzustellen. Aber auch dagegen erhoben sich Stimmen. Gerade die Eifrigsten und vielleicht die Klügsten in der Leitung meinten, das hieße, die Leitung aus der Hand geben. Bis jetzt sei alles gut gegangen. Von ihnen allein müsse die Initiative weiter kommen. Sie drängten darauf, eine bestimmte Losung herauszugeben. Der Kampf ging um die Beherrschung der wirtschaftlichen Kräfte, um das Hebelwerk der Produktion. Das aber sei die Eroberung der Maschinen, im allgemeinen wie im besonderen. Die Situation sei da, jetzt ist es soweit, die Maschinen in Besitz zu nehmen. Und dann treten wir zusammen mit allen Syndikatsvertretern und bringen das große Räderwerk wieder in Gang. Das war schnell hingesprochen. Hörte sich auch gut an. Für die vielen aber, die bis aufs kleinste wissen wollten, was sie den Arbeitern zu sagen hätten, war das keine Antwort. Davon wurden sie nicht schlauer. Und jetzt

tauchte auch schon die Frage auf: Und was sagen die andern? Wie soll das alles so ohne weiteres gehen? Wo kam die Arbeit her und der Lohn? Und Frage auf Frage quoll empor und eine dumpfe und schwere Spannung breitete sich aus. Noch war sie nicht offenbar, aber sie verästelte sich bis in die Betriebe und wo immer Arbeiter zusammenstanden und ihre Gedanken sich machten, was nun werden soll. Alles wartete nun auf den Befehl. Aber dieser Befehl blieb aus.
Da hatte niemand den Mut zu. Oder das Zutrauen zu sich.
Die Technikerunion hatte sich an Kräften etwas übernommen. Viele waren der Meinung, schon genug getan zu haben. Die meisten waren ja mit sich sehr zufrieden.
Nun begannen sich die einzelnen Syndikate zu rühren.
Etwas überhastet kamen auch die politischen Parteien in Bewegung. Nachholen wollten sie, vielleicht noch im letzten Augenblick die Bewegung wieder in die Hand zu bekommen. Für einige Stunden stand die Losung: Eroberung der Maschinen! im Mittelpunkt. Es war eine fremde Losung. Das Schlagwort war den meisten unbekannt. Jeder kennt nur zu ausschließlich den großen politischen Apparat. Man begann schon zu zweifeln teilweise, ehe noch Näheres darüber bekannt wurde. Welche sprachen schon dagegen, ohne gehört zu haben. Die politische Partei hatte noch nicht nachgeholt. Der Gedanke wuchs empor: Was nun – zog im Nu auf wie ein schweres Gewitter. Alle dachten, das ist doch bekannt, hieß es. Die da oben wissen es, werden schon machen. Aber auch solche Meinungen verstummten am nächsten Tage. Sie standen noch im Betrieb, was noch mehr? Jetzt kamen erst die Syndikate mit Forderungen und alles das – jeder dachte, das ist längst erledigt. Unsicherheit, Erstaunen, Ratlosigkeit.
Dann wirbelte alles durcheinander. Wie wenn ein Windstoß große Erdklumpen mit allem, was darauf blüht und kriecht, erfaßt und in die Luft schleudert, das Entwurzelte auseinanderfasert, bald unten und bald oben, und dann mit einem neuen wuchtigen Stoß nach einer Richtung weitertreibt, aus der dann die Teile plump und wie ausgequetscht von allem Leben herunterfallen. Jetzt kamen die Forderungen und Programme. Die Hast, nicht zu kurz zu kommen, sich nicht von andern verdrängen zu lassen. Die Angst, nicht einer neuen Schreckenszeit ausgeliefert zu werden. Die Sorge ums tägliche Brot. Und über allem

ersehnte man im Grunde die Regierung. Jemanden, der für das alles dann einzutreten hätte. An den man sich halten kann. Die Arbeiterpartei zögerte immer noch, von sich aus herauszutreten. Sie schätzte die Bedingungen falsch ein. Sie glaubte sich durch die Syndikate nicht genügend unterstützt, fürchtete die in Bewegung gekommenen Massen. Sie hatte nicht das Zutrauen zu sich, eine Regierung zu bilden. Man kann darüber zwar theoretisieren, aber die Situation – die muß man erst prüfen, erkennen, abwägen und nach dem Ausland sehen. Darin lag wie eine Rettung: Was wird das Ausland tun? Das gab das Stichwort für die Trustleitung: Sie war bisher wie gelähmt. Von woher kam der Schlag – man suchte den Gegner, vermutete einen Überraschungsangriff. An die Arbeiter dachte man zuerst noch weniger. Der Betreffende spielte mit der Gefahr, verstand man, die Arbeiter konnten sich mit einem Schlage erheben. Darum hielt der Trust sich vollkommen still. Er erlebte die größte Krise seit seinem Bestehen. Er schrumpfte in sich förmlich zusammen, aber er behielt noch genügend Wirkungsvermögen. Das Ausland konnte die Schleier lüften.

Aber sein Gegner, der Elektrotrust, zog nunmehr nach dieser Kombination, die er am gleichen Konferenztisch mit angehört und beraten hatte mit den andern, für sich andere Schlüsse. Der Geheimrat selbst ließ es sich nicht nehmen, persönlich im Büro des Maschinistensyndikats vorzusprechen. Er bot Verhandlungen an. Das heißt, er wollte selbst das Terrain rekognoszieren. Man muß hören, was dahinter steht.

Und er erlebte es, was er jedem andern bestritten hätte: Es stand nichts dahinter. Für ihn wenigstens. Arbeiterphrasen, Arbeiterphantastik, Unreife und Schwäche.

Er griff sofort zu. Seine Verbände, seine Syndikate und Einzelfirmen boten einen neuen Tarifvertrag. Noch am gleichen Tage verhandelte er mit den Arbeitersyndikaten. Er stellte die Forderungen, der Trust warf den Verhandlungsgegenstand in die Debatte. Die Syndikate waren wie zu neuem Leben erwacht. Nun begriffen auch erst die Arbeiter. Aha, darum handelte es sich. Nun – und sie begannen zu überlegen, zu debattieren. Formale Fragen, der Grund blieb doch derselbe. Damit entbrannte auch im Betrieb der Kampf. Der Kampf um die Maschinen. Die wenigen, denen der Sinn dieser Losung klar geworden war, schickten sich an, darum zu kämpfen. In die Arbeiterschaft kam Leben. Die Mehrheit entschied für das Nächstliegende, das Brot verhieß – die Verhandlungen, den neuen Tarifvertrag. Das wird immer so sein. Das muß immer so sein, es müßten denn erst andere Menschen geworden sein. Dazu aber ist ihre Freiheit von der Lohnabhängigkeit Vorbedingung. Wie wenige begreifen das! Wo diese Wenigen in der Mehrheit waren, griffen die eigenen Syndikate ein. Vorher schon war die Regierung wieder aufgezogen worden. Der Trust hatte die alten Strohmänner neu drapiert. Jetzt riefen die Syndikate die Regierung zu Hilfe.

Vorher hatte der Chemische Trust den Elektrikern ein Anerbieten gemacht. Ihr Einfluß sollte im Betrieb verstärkt, ihre Stellung mitbestimmend werden. Eine Reihe lokaler Organisationen fiel ab. Eine Spaltung in der Elektrikerunion schien unvermeidlich. Dennoch siegte noch einmal die Solidarität. Der Chemische Trust bekam nicht die Vorhand.

Noch ging der Streik weiter. Eine revolutionäre Gruppe schälte sich heraus, ein Teil der Elektriker an der Spitze. Verbindungen in die Industriegruppen hinein wuchsen schnell. Nun erst bekam die Bewegung politischen Charakter. Jetzt hatte die Partei Boden. Man merkte ordentlich den Ruck.

Da tat auch die Regierung wieder den Mund auf.

Die Polizeitruppen wurden in Marsch gesetzt.

Der Elektrotrust hatte die Tarife und alle seine Bedingungen fertig in der Tasche. Er gab das Signal zur Wiederaufnahme der Arbeit.

Da begannen die Truppen auf die andern zu schießen.

Die alte Streikleitung wurde verhaftet. Belagerungszustand. Streikverbot. Maschinengewehre, Ausnahmegerichte und Kopfpreise.

Der Chemische Trust streckte die Waffen. Die guten Objekte wurden vom Elektrotrust übernommen.

Am nächsten Tage wurde eine neue Regierung gebildet. Sie begann damit zu erklären, daß im Lande alles ruhig sei.

Noch war die Arbeit nicht wieder aufgenommen.

Ah – dieses Deutschland

Den braven Bürgern war die Sache doch gewaltig in die Knochen gefahren. Sie blieben ängstliche Zuschauer. Nicht einmal zu einem richtigen Ausbruch von Klassenhaß, worin sie doch sonst so groß sind, konnten sie es diesmal bringen. Es wühlte alles mehr in der Stille. An dem Tage, an dem die Eisenbahn wieder fuhr, kam es ihnen vor, als müßten sie bedrückter sein wie vorher. Sie wagten den Umfang der möglichen Katastrophe, die ihnen gedroht hatte, noch nicht zu übersehen. Der Streik hatte dem Wirtschaftsverkehr insgesamt doch sehr großen Verlust gebracht. Allenthalben kam man über die Stockungen noch nicht hinweg. Wer soll das alles, was da niedergebrochen war, wieder aufbauen – das ließ viele nicht schlafen. Es schien, als sei die Kraft, die noch vorher alles durchpulst und in Gang gesetzt hatte, nicht mehr dieselbe. Als sei sie müde und altersschwach geworden. Sie war nur träge in Bewegung zu setzen. Hatte sie einen Teil der Intensität verloren oder war der Glaube daran nicht mehr so stark und allgemein – vieles an Kurven und Statistiken und Steigerungsgesetzen blieb auf dem Papier stehen. Irgendwo war ein Bruch eingetreten. Die Maschine hinkte in beängstigenden Nebengeräuschen.

Es war, als ob auch die Menschen an Energie eingebüßt hätten. Man ließ vielfach alles gehen wie es ging. Ein stickiger Hauch von Verwesung lag über allem. Viele Arbeiter wurden ins Gefängnis geworfen. Beinahe automatisch, ohne besonderen Haß und selbstverständlich ohne zureichenden Grund. Die Gesetzes- und Ordnungsmaschine wollte es einfach so. Es kam auf die Zahl an und auf die drohende Geste nach außen. Wirklich zu drohen, dazu hätte niemand mehr die Kraft aufgebracht. So ließ man diesen Apparat arbeiten. Es wirkte manchmal komisch, wenn Verleumdete, Angeklagte, die in die Maschen der ausgelegten Gesetze von Dummheit, Eigendünkel und Schwerfälligkeit geraten waren, sich mit der Begeisterung ihrer Schuldlosigkeit oder ihres besseren Rechtes zu verteidigen begannen. Sie hätten ebensogut in die Luft sprechen können. Man brachte nicht mal die gute Haltung auf, ihnen zu widersprechen. Das war alles gleichgültig. Das ging alles so hin. Mochten die Paragraphen sich selber verteidigen. Die Richter lächelten boshaft und stierten dann geradeaus, stupide Arbeiter in einem Beruf, der den Menschen

entmenschlicht und noch viel tiefer entwürdigt als die Fabrikarbeit in Form unserer Lohnarbeit, die ja doch nur ein Geschwür ist, das sich vielleicht noch einmal entfernen läßt.
Nur die Regierung, die den Trust im Nacken hat, strengt sich etwas an. Es ist jeweils eine besondere Gesellschaft von Lumpen. Was sich dort zusammenfindet, ist meist zu allem fähig. Der Elektrotrust hatte schon wiederholt gedrängt. Die Stimmung der Arbeiterschaft war merkwürdig widerspenstig geblieben, seltsam zerrissen und sie schien uneinig mit sich selbst. Man konnte den Eindruck haben, als ginge ihnen erst jetzt ein Licht auf, was eigentlich auf dem Spiel gestanden hatte. Sie lebten erst jetzt eigentlich den ganzen Streik mit. Die Arbeit kam gar nicht richtig in Gang. In der Regierung kannte man aber den Grund. Die verhafteten Elektriker spukten den Leuten noch im Kopf. Da war mit bloßen Erklärungen und Verordnungen nichts zu machen. Aber Auswege gab es genug. So gab man dann nach unten einen Wink. Am andern Tage wurde einer der Hauptbeteiligten, der in besonderem Maße das Vertrauen der Masse genoß und den man jetzt erst richtig kennengelernt hatte, sagten die Arbeiter – wurde dieser Arbeiter erschossen. Ohne Verfahren, ohne Untersuchung. Ein Polizeibeamter hatte sich bereitfinden lassen, ihn zu erledigen. Er hatte den Gefangenen zu führen, gab ihm unterwegs einen Stoß, daß er nach vorn stolperte, und schoß ihn dann nieder. Auf der Flucht, hieß das. Fluchtversuch nannte man das. Der Beamte war darin kein Neuling, er hatte schon bald ein Dutzend solcher Fälle hinter sich. Er war bald pensionsreif. Das hieß, man empfahl ihm, ins Ausland zu verschwinden. Dort begann dann der Mann mit Erpressungen. Ja, die wenigsten wissen, wie schwer das ist, zu regieren. Das kostet Nerven. Da sind immer noch ein paar Leute, die an der Sache in gewissem Sinne mitbeteiligt sind. Da sind Gefängniswärter, die bloß die Augen aufzumachen brauchen, um mancherlei zu sehen, was durchaus nicht an die Öffentlichkeit getragen zu werden braucht, im Interesse der Regierung, versteht sich. Da ist so ein Arzt, manchmal ist so ein Opfer nicht gleich tot. Der Mann kann nicht immer zielen wie auf dem Schießstand. Der Arzt muß dann die Sache in die Hand nehmen. Selbstverständlich braucht er nicht mit anfassen. Nein, er läßt ihn eben liegen. Ein Angeschossener verblutet leicht. Er wird ungeschickt transportiert, irgendwo eine Zeit mal ver-

gessen. Und trotzdem sickert immer noch genug durch. Die einen werden im guten zum Schweigen gebracht, da gibt's Geldbelohnungen, Posten und die ganze unglückselige Volkswirtschaft, die den Leuten wenig ruhige Stunden mehr bereitet. Die andern muß man wieder einsperren, foltern, und ihnen drohen mit dem gleichen Schicksal – und niemals reißt die Kette ab. Die armen Dummköpfe, die in die Regierung gehen! Sie werden nur noch übertroffen von den Verbrechern, die dort schon sitzen.
Aber das besagt alles wenig. Daran gewöhnt sich der, der so eine Regierung anerkennt. Machen wir uns darüber keine Kopfschmerzen. Nur – die Sache hat Erfolg. Und das entscheidet. Hut ab.
Man schrieb noch etwas hin und her, schimpfte, daß das Zeug hielt, wenngleich in gewissen Grenzen. Dann ließ man Bilder von den Ermordeten anfertigen. Und die Arbeit wurde wieder aufgenommen. Die Menschen waren älter, aber auch stiller geworden.
Das Rad der Zeit läuft eben weiter.
Das nächste Mal –

III. VORAN

In der Spätabendausgabe des Nationalen Telegraphendienstes (Nummer 2012), die gegen halb elf Uhr noch als Manuskriptdruck in die Redaktionen und Korrespondenzbüros der hauptstädtischen Presse ausgetragen wurde, befand sich mitten drin im Text folgende Meldung:

N.T.D.-Meldung: Drahtlos. *Nagasaki* 5./12. Wie ihr Korrespondent soeben durch Reisende aus dem Innern erfährt, sind in Shoen-jan-hun schwere Unruhen ausgebrochen. Die örtlichen Behörden sollen geflüchtet sein. Shoen-jan-hun ist der Zentralpunkt des Kupferminendistrikts. Man befürchtet ein Übergreifen der Unruhen auf die benachbarten Hütten- und Kohlenreviere. Die Regierung soll beschlossen haben, mit Hilfe einer stärkeren Militärmacht die Ruhe wieder herzustellen. Es ist auffallend, daß die japanische Presse bisher über die Vorgänge vollkommenes Stillschweigen bewahrt.

Am nächsten Tage liefen zwei Beschwerden im Büro des Pressedienstes ein.
Die eine kam von der Korrespondenz-Arbeiterpresse, die einen groben Verstoß darin erblickte, daß die Nagasaki-Meldung nicht, wie das bisher üblich gewesen sei, ihr durch Ferndrucker übermittelt worden wäre. Dadurch sei für ihre Provinzabnehmer die Nachricht verspätet. Die Geschäftsleitung wies noch einmal darauf hin, daß wichtige Meldungen bis spätestens sieben Uhr abends in ihren Händen sein müßten, sonst würden diese für sie wertlos.
Die zweite Beschwerde war weit ernsterer Natur. Der Chef einer Frankfurter Weltfirma, die im Kupferhandel eine besonders überragende Stellung innehatte, schrieb eigenhändig aus seinem Privatbureau an die Direktion um Aufklärung über die japanische „Tatarennachricht, der sie wohl anscheinend zum Opfer gefallen sei". Er bat um den Namen und die Adresse des Korrespondenten und erwartete persönlichen Anruf der Direktion im Laufe des Vormittags. Die Firma gehörte zu denen, die mit namhaften Beträgen den N.T.D. über Wasser hielten. Der Fregattenkapitän, der erst unlängst an die Spitze des inneren Dienstes für Boten

und Redaktion berufen worden war, hatte dies der Fürsprache seines Vertrauensmannes jener Firma zu danken.
Daraus ergab sich folgendes: Die Nachtredakteure wurden vor den Fregattenkapitän beordert. Dort spielte sich ein fürchterlicher Auftritt ab, mit Toben und gegenseitigen Beschuldigungen und der Drohung sofortiger Entlassung. Dem Botenmeister wurde der strengste Befehl gegeben, nichts ohne Genehmigung des Kapitäns herausgehen zu lassen, und erhielt nach wenigen Minuten die schriftliche Kündigung ausgesprochen, als er sich erlaubt hatte, darauf hinzuweisen, daß dies schon seit Jahren der Fall sei, und daß auch diesmal der Manuskriptspiegel dem Kapitän zur Kontrolle vorgelegen hätte. Gleichzeitig wurde eine Anzahl Boten entlassen. An den Korrespondenten in Rotterdam ging ein langes Telegramm ab, das außer allerhand Drohungen und Beleidigungen die dringendste Bitte aussprach, Näheres über die Nagasaki-Meldung und vor allem die Quelle mitzuteilen. Die Zentrale wußte zwar, daß der Rotterdamer Korrespondent den inoffiziellen, nur an Privatleute gelangenden englischen amtlichen Telegraphendienst sich zu verschaffen gewußt hatte, denn sie selbst bezahlte ja hierfür die ziemlich erheblichen Kosten. Dann nahm der Kapitän seufzend den Hörer zur Hand, um jenes Gespräch mit Frankfurt zu beginnen – er hatte sich aber vorher auf seinem Merkblatt Notiz gemacht, daß japanische Meldungen für einige Zeit vorerst zurückgestellt werden. Er selbst hatte keine Ahnung von den Dingen, und da er ja nie wissen konnte, was dem einen oder andern jener Finanzgrößen gerade paßte, so hatte er sich abgewöhnt, überhaupt noch Interesse zu zeigen. Er las nicht mal die Zeitungen und war solange sehr gut damit verfahren.
Der C.A.P. wurde ein höfliches Entschuldigungsschreiben gesandt, Vormerkung genommen und Abhilfe versprochen.

Aber der Chef des Welthauses in Kupfer hatte an diesem Morgen andere Dinge im Kopf, als sich mit diesem Blödling von Fregattenkapitän, wie er ihn gestern noch genannt hatte, zu beschäftigen. Die Welt stand Kopf. Sein ganzer Informationsdienst schien außer Rand und Band. Er klingelte nervös jetzt schon zum drittenmal nach seinem Sekretär. „Die Mappe", schrie er dem Eintretenden zu, der zunächst ob dieses Tones ganz verdonnert stand. „Wollen Sie sich gefälligst eilen, Herr Doktor, es sind hier keine Studien zu machen. Sie verstehen nicht, was – Sie brauchen hier nichts Neues zu lernen, du meine Güte, Herr Doktor, ich muß wirklich bitten" – ein kurzes ärgerliches Lachen. Der junge Privatdozent an der neuen Akademie, die die Firma soeben gegründet und dotiert hatte, verbeugte sich. Ihm schien der Gesprächston doch schließlich nicht eben ungewohnt. Wer weiß, was dem Alten über die Leber gekrochen ist – mochte er denken. „Wollen Sie nur jetzt meine tägliche Informationsmappe holen?! Ich vermisse sie schon seit Stunden." „Ich bin dabei, sie fertigzumachen. Um zwölf Uhr wünschen Sie sie sonst vorgelegt" – damit verschwand er schleunigst. Der alte Generaldirektor trommelte auf dem Schreibtisch Sturm. Eben war von dem Violinvirtuosen, dem er eine Tournee durch Amerika bezahlte, nur um einigermaßen über die dortige Stimmung auf dem Laufenden zu sein – auf die Berichte seiner offiziellen Geschäftsagenten konnte er sich schon lange nicht mehr verlassen –, von diesem Mann, mit dem er zweifellos, gestand er sich jetzt ein, einen guten Blick gehabt hatte, ein ganz merkwürdiges Kabel eingegangen. Das Blatt war zerknüllt, geglättet und wieder zerknüllt, ein reines Schicksalsblatt in seiner Hand.

Los Angeles. 12./5. Bisher guten Erfolg gehabt. Obwohl das Publikum merkwürdig geknickt. Geldknappheit und Andrang an den Bankschaltern lassen auf ernste Zeiten schließen. Fremde werden schief angesehen, während sich so eine Art von Mobilisation vorbereitet, worunter auch meine Kunst leidet. Hearst-Presse still, gelbe Blätter beschäftigen sich zur Ablenkung mit Europa, Arbeiterpresse Zensurlücken. Soeben erhalte Nachricht, daß mein heutiger Abend ausfällt. Eine ungeheure Menschenmenge auf den Straßen. Nachricht aus Utah eingelaufen, daß in dortigen Kupferminen Streik ausgebrochen. Man spricht von großen Unruhen, Sprengungen und japanischen Agenten. Ich fürchte, man wird Fremde ausweisen. Kabelt, ob Tournee unterbrechen. War dieser Mann nun ein Phantast oder hatte der richtig begriffen. Zum Spaß schickt man solches Kabeltelegramm nicht in die Welt. Heute enthielt die Inlandspresse kein Wort über Amerika.

Der Doktor riß ihn für einen Augenblick aus seinen Kombinationen, die sich bereits zu ordnen begannen. Ein Grundgedanke hatte sich kristallisiert. – Handelt es sich um Japan oder um Kupfer. – Der Doktor schlug die Mappe auf. Der andere überflog

die Ausschnitte aus den Zeitungen aller Länder, die Notizen seiner Bureaus, die Anmerkungen des Sekretärs, las die blau unterstrichenen Stellen, wandte sich zu den roten Sternen, die für seine besondere Aufmerksamkeit angeordnet waren. Er fand nichts und schien nicht übel Lust zu haben, dem Mann eine gründliche Abreibung zuteil werden zu lassen. Während der schon in sich zusammenkroch, beherrschte er sich. Er ließ sich eine Verbindung mit dem Ministerialdirektor Dr. X. im Auswärtigen Amt herstellen durch den Doktor. Das wird mich ablenken, dachte er. Der X. muß etwas wissen, sicherlich. Den X. hatte er unter großen Kosten dahineingesetzt. Der Doktor pöbelte mit dem Amt um die Verbindung. Das Auswärtige Amt blieb schwerhörig. Der Alte fing wieder an, in der Mappe zu blättern, und da fiel ihm eine Notiz auf, ein Zeitungsausschnitt, der schon seinem Papier nach aus einer unbedeutenden Zeitung zu stammen schien, ein Blatt, das er bisher nicht für nötig gefunden hatte zu unterstützen, ein Arbeiterblatt mit obskuren Hintermännern. Dieses Blatt brachte einen knappen Nachdruck mit Quellenangabe über gewaltige Streiks in Australien. Ein Pariser Boulevardblatt, das ausgerechnet erst abends nach zehn Uhr erschien und damit schon seinen Leserkreis andeutete, sagt man, ein Blatt, das zudem sich in besonders hämischer Weise fortgesetzt an England rieb – Wallstreet, munkelte man, das Onkelchen über dem großen Teich – dieses wenig saubere Organ wurde da von einem Arbeiterkäsblatt plötzlich aus dem wohlverdienten Dunkel in ein bescheidenes, aber nach Lage der Dinge nicht ungefährliches Licht gesetzt. Der Alte blätterte noch einmal alles fieberhaft durch. Nein, seltsam, nur dieses Blatt brachte die Notiz. Er sah plötzlich den Doktor dankbar und lauernd an. Dann las er noch einmal Wort für Wort.
Paris. 12./5. Wie uns ein gelegentlicher Mitarbeiter soeben mitteilt, enthält die heutige Ausgabe des L'oiel de Paris die sensationelle Mitteilung, daß in nördlichen Distrikten Australiens ein großer Minenarbeiterstreik ausgebrochen ist. Es soll zu heftigen Zusammenstößen mit der Grubenpolizei gekommen sein, die schließlich aufgerieben wurde. In den Kupferdistrikten sind die Arbeiter Herren der Lage. Die Hafenarbeiter von Brisbane, Melbourne, Sidney und Adelaide haben sich mit den Streikenden solidarisch erklärt. Wir können noch mitteilen, daß, obwohl die Meldung noch unbestätigt, sie doch aller Wahrscheinlichkeit

den Tatsachen nicht voraneilen dürfte; denn die Situation in Australien war seit langem gespannt. Der Minerstreik ist von uns schon längst als unmittelbar bevorstehend gemeldet worden.

Der Generaldirektor sah ordentlich erschreckt auf, als ob jemand seine Gedanken hören könnte. Also das war es, Japan und der Krieg. Japan zieht den ersten Stein – und ich Esel bin noch auf Kupfer aus. (Es mochte vielleicht zum erstenmal sein, daß dieser schlaue Fuchs sich so gründlich verrechnete.) Er schellte wie von allen Teufeln besessen, der Doktor lief auf den Korridor hinaus und rief. Endlich, und im Eiltempo, erschien der Bürochef. „Die Londoner Kurse" – schrie der Gewaltige. Der zog gelassen die Uhr. Sein Engagement ging darauf hin, sich durch nichts aus einer gemessenen Reserve bingen zu lassen, zog die Uhr und sagte kühl: „Es ist soeben elf Uhr zehn. Zehn Minuten nach Beginn des offiziellen Verkehrs. Vor dreiviertel zwölf sind die ersten Notierungen nicht hier." „So, nicht hier" – schrie aber der Alte weiter, „nicht hier, sagen Sie" – dann verschluckte er sich – „entziehen Sie sofort den Postbeamten ihre Gratifikationen. Ich denke gar nicht mehr daran, diesen Lümmels" – darauf stürmte er hinaus. Die beiden Herren sahen ihn hinüber ins Bürohaus laufen. Er schritt direkt ins Kontor, wo er sich nur bei Jubiläen der Angestellten und bei ähnlichen Gelegenheiten sehen ließ, so zum Beispiel, als damals Deutschland den Krieg verlor. Er hatte damals dem Gedanken nachgegeben, die denken vielleicht, das trifft mich. Sie sollen mein Gesicht sehen, und außerdem werde ich ihnen ein bißchen das Gehalt erhöhen – solche Sensationen verstand der Alte. Er hatte nicht umsonst schon manchen Trust kommen und verschwinden sehen. Von Kometen hielt er nichts. Im Kontor wußte man sein Erscheinen auch zu würdigen. Obwohl er nur beim Direktor vorsprach, aber durch die langen Säle, wo die Menschen in Reihen Pult an Pult saßen, so daß sie sämtlich vom Eingang her ein Aufsichtsbeamter übersehen konnte, beinahe so scharf, daß er sehen konnte, was der einzelne schrieb und notierte – flüsterte alles, drehte und rückte sich und eine gewaltige Stille tat sich auf. Dann flogen die Orders. Telegramm und Kabel wurden ausgefertigt. Die Stenotypisten verteilten sich in die Kojen. Die Disponenten besetzten die Telephone. Drinnen hatte der Alte seinen Stab Direktoren um sich versammelt. In einer Stunde war sein

Haus in allen Weltplätzen der Situation voran. Konnte sein, wenn alle Herren ihre Pflicht taten. Der Chef der Firma hatte sich für den Krieg entschieden.

Am Spätnachmittag bekam der Chef des Hauses seinen ersten leichten Schlaganfall. New York meldete Kursstürze. Kursstürze – verbreitete der N.T.D., der den New Yorker Börsenbericht ziemlich im Monopol hatte. Waren aber auch Außenseiter, und vor allem diese Vorgänge da drüben werden sich die Blätter nicht entgehen lassen. Vorn in den politischen Teil gehört das, auf die erste Seite – das sagte sich unser Mann sofort. Mochte der N.T.D. noch so sehr bremsen, auf seine Veranlassung, er hatte inzwischen schon das fünfte Gespräch mit diesen Leuten. Denn ihm hatten sie von drüben noch ganz anders gekabelt: Deroute, vollkommene Deroute. Große Häuser sind niedergebrochen wie Streichhölzer und schienen auf Eisen zu stehen. Panik geradezu – und er hatte das vormittags schon gesehen, er allein hier am Platz. Die Leute drüben, Namen, die man hier nur mit Hochachtung nennt, haben sich geprügelt, die Haare gerauft und geweint und geschrien wie kleine Kinder, als sei der Weltuntergang; höchst würdelos haben sich die Yankees benommen, alles das stellte unser Mann fest. Aber immer wieder kam er auf den einen Gedanken zurück: Wer hat das da drüben gewußt. Einer und dazu ein Gewaltiger muß es sein, der auch Wallstreet zu halten versteht, nur ein ganz Großer kann das, noch dazu bei diesem Sturm – dieser eine weiß, wie die Karten liegen, er hat sie schon in der Hand gehabt, als er hier in Frankfurt sie heute mittag erst aufgenommen hatte. Das konnte ein gefährliches Risiko werden, wie er noch nie eins gehalten hatte bisher. Stand auch alles noch grandios für ihn, über alle Berechnungen gut – dieser unerwartete Sturz ließ morgen London, das heute noch fest geblieben war, so daß er seine Baisseengagements glatt unterbringen konnte, Paris, wo er deutsche Schatzwechsel gekauft hatte, Berlin, Mailand und alle die kleineren Plätze folgen. Er hatte Millionen in dieser Stunde verdient, aber daran lag es ihm nicht, war die Richtung sicher genug? Es schien, alles deutete darauf hin – aber der geniale Spieler hat Ahnungen. Dafür hatte er zuviel gearbeitet, um zu begreifen, nichts fällt einem in den Schoß. Es ging, als hätte er nur auf den Knopf gedrückt, dabei hatte er nichts getan, wenigstens drüben nicht.

– War das Japan? Das war die unheilschwangere bittere Frage, die ihm immer wieder aufstieg. Da wurde die Drohung zum ersten Male Wahrheit. Der Gedanke bohrte und bohrte, als ob er irgendwo eine Verankerung, die den Mann am Boden hielt, wollte. Und schon fühlte sich der auch schweben. Er schwebte. Die Augen wurden so dick und begannen zu kugeln. Die Hand, mit der er so vieles zu lenken gewohnt war, wurde schwerer und schien im Gelenk wie abgeschnitten. Das Gesicht zog sich krampfhaft zusammen, ging dann wieder auseinander, man fühlte ordentlich, die Backen blühen auf, blähen sich, die Stirn weitet sich, alles will weiter auseinandergehen – der Kopf, da zog sich mit einer unsagbar schweren, harten Willensanspannung noch einmal alles wieder zusammen, konzentrierte sich und wurde pfeilspitz auf den einen Gedanken: da nebenan, im Exzelsiorhotel – ah, das ist das, das sind die gottverdammten Neger im roten Frack, die Negerkapelle, die der Manager besorgt hat, diese Violinen, jetzt schmeißen sich die ersten Violinen zusammen, alle schwirren sie oben und drücken runter, ein Netz werfen sie über und drücken nach und immer tiefer, über Augen und Mund, den verfluchten Rag, die Neger im Frack, ah – der Manager und Utah – dann fiel der Mann vom Stuhl.

Er besaß eine erstaunliche Geistesgegenwart. Als er wieder zu sich kam, das erstaunte Personal und vor allem die treuen Familienmitglieder um sich, die man vorsorglicherweise sofort benachrichtigt hatte, zwei Söhne, der eine verblödet und beide ziemlich runtergekommen, der Alte hatte mit der eigenen Kraft für sich selbst zu sehr gespart und eine verwachsene Tochter, das Lieschen – standen schon alle um den Alten rum und probten würdige Haltung. – Als der die Augen aufschlug, war ihm ganz wohl. Er befahl, den Hotelmanager zu rufen.

Am andern Morgen erschienen die großen und gut bedienten Tageszeitungen mit großen Überschriften, wie: Spannung zwischen Amerika und Japan; Ernste Stimmung in Washington; Riesendemonstration in San Franzisko; Japanische Agenten in der amerikanischen Kriegsindustrie entlarvt; Japanische Bomben auf die Utah Coppes Company – das war vorerst genug, um auf dem Kontinent einen Sturm zu entfesseln. Das offizielle Regierungsorgan schoß dabei den Vogel ab, es brachte mit vergleichender Statistik einen Übersichtsartikel über die militärischen und maritimen Kräfte der Gegner und zugleich eine Karte der Philip-

pinen, wobei darauf hingewiesen wurde, daß dort voraussichtlich der erste Zusammenstoß leichter Seestreitkräfte zu erwarten sei. Dann folgten einander die Kabel und Telegramme Schlag auf Schlag. Die Mittagspresse arbeitete schon mit Sonderkorrespondenten, für die bekannte Schriftsteller oder der bisherige Chefredakteur ihre Namen herleihen mußten. London brachte allerdings nur Citymeldungen, doch wirkten diese gerade, in diesem Zusammenhang auf das Gesicht der Morgenpresse folgend, außerordentlich. Der New Yorker Börsenbericht bereitete die gleiche Panik an der Londoner Börse vor. Stützungssyndikate wurden gebildet. Ein Korrespondent wußte sogar schon zu melden, daß in den frühen Morgenstunden in den Foyers der Fremdenhotels amerikanische Bahnenwerte wie Reading, Illinois Central und St. Paul Missouri Beific, von würdigen Gentlemen feilgeboten wurden zu jedem Preis, wohingegen Stels und Kupferwerte bis auf weiteres von dem regulären Handelsverkehr ausgeschlossen sein sollten, da die Börsenkommission sich heute, hieß es, weigern würde, einen Kurs dafür festzusetzen. Ein anderer, ein anscheinend Citykundiger, berichtete von der Sensation, daß ein überstarkes Angebot an englischen Minenwerten vorliege, und daß am Platz Zahlungseinstellungen zu befürchten seien. „Die City kopflos", war das Schlagwort, „England unter dem Drucke der amerikanisch-japanischen Krise. Ist England bündnispflichtig?" Paris und die kleineren Plätze boten englische Anleihen an. In deutschen Schatzwechseln vollzog sich rege Nachfrage. Das Geschäft konzentrierte sich dann auf Paris, das große Posten abgab und damit zugleich seine Verluste an Konsols und Amerikanern deckte. Man atmete auf, daß Japan noch vor Jahresfrist seine letzten Anleihen zurückgekauft hatte. Unverkennbar schien für Berlin ein Umschwung zu kommen. Der Spekulationsmarkt war zwar flau, zum Teil ebenfalls derangiert, dafür aber Anleihen fest. Die stürmische Nachfrage steigerte sich noch über Schluß hinaus.
Nun griff eins ins andere. Reuter übernahm die Zusammenstellung der Presse, die der N.T.D. lieferte. Das gab für London den erwünschten Aufschluß eines anfänglichen Rätsels. Die Northclifblätter taten das ihre hinzu, man wird sich von Germans nicht zuvorkommen lassen. Die Regierung, hieß es, hat bisher gezögert, den wahren Sachverhalt im Hinblick auf den verantwortlichen Ernst wichtiger Entscheidungen im Schoß des Kabi-

netts usw. – mitten hinein verwoben dann die N.T.D.-Meldungen. Havas hatte noch bisher gezögert, sie verhielt sich sehr kühl, bis allerdings die Londoner Abendblätter keinen Zweifel mehr ließen. London, das sichtlich nervös geworden war, meldete bereits Tote und Verwundete. Eine Demonstration der Friedensliga im Zusammenstoß mit der Liga zur Bekämpfung der Übergriffe der gelben Rasse. Negerkrawalle in Liverpool gegen Amerika. Havas schwenkte ein und gab damit dem N.T.D. neuen geheimnisvollen Stoff. Beratungen über Kontinentalbund, England als Vermittler einer französisch-deutschen Annäherung, England braucht den Rücken frei, Andeutungen über Andeutungen. Berlin im Fieber. Frankfurt dagegen eisig still. Der Chef, der nachts arbeiten wollte, hatte bei Bürgermeister und Polizeichef strengste Ruhe ausgebeten. Eine Blamage war natürlich mit untergelaufen und die mißtrauische Havas hatte sie geschluckt. Die Niederländische Telegraphenagentur meldete, und dazu hatte man den Holländern ihr eigenes Kabel gelassen, Skandal sowas; der N.T.D. meldet das Folgende:
Tokio 12.7. (Verspätet eingetroffen). Die repräsentative amerikanische Baseballmannschaft der Clixton-Universität aus Ternoc im Staate Alabama ist hier eingetroffen und mit großer Zuvorkommenheit von den kaiserlichen und städtischen Behörden empfangen worden. Am Kai und in den auf dem Wege zum Hotel führenden Straßenzügen hatten sich Zehntausende von Menschen aller Berufsklassen eingefunden, die die in geschlossenem Zuge marschierende amerikanische Mannschaft mit jubelnden Zurufen begrüßten. Begeisterung rief es hervor, daß zum ersten Male wohl in der Geschichte Amerikas auch Schwarze in der Mannschaft vertreten waren. Es machte auf die Menge als Symbol der Rassenversöhnung einen überwältigenden Eindruck. Dicht vor dem Hotel wurde die Polizeikette von der Menge durchbrochen. Die jungen Athleten, die in ihrer Frische und Unbefangenheit einen wirklich vorzüglichen Eindruck auf die anwesenden Europäer hinterließen, wurden einzeln auf die Schultern gehoben und im Triumph ins Vestibül getragen. Die Begeisterung der vielen Tausende war unbeschreiblich. Die Amerikaner werden hier gegen eine ausgesuchte Mannschaft der Militärakademie spielen, der hohe Gewinnchancen eingeräumt werden. Die Amerikaner sind hier das Gespräch des Tages. Die kühnsten Kombinationen über die Festigung einer dauer-

haften amerikanisch-japanischen Freundschaft sind im Umlauf und werden jedenfalls von der breiten vorurteilslosen Masse gern aufgenommen.
In der amerikanischen Presse traten die gewohnten Baseballausflüge in den Hintergrund. Schon gar die Clixton-Mannschaft, die sich in ihrer Zusammensetzung mit Farbigen einen sozialistischen Charakter gab. Die große Presse lächelte darüber. Und das besagte alles; denn es gab nur noch drei große Zeitungen in Amerika, und die waren in einer Hand, wenn auch mit Nuancen. Alle anderen waren lediglich Kopfblätter. Überhaupt brachten die Blätter nur Meldungen, knapp und schlagend. Die Tendenz machten sich die Leser selbst, seitdem der Arbeiter das Hauptkontingent stellte. Es war daher eine verteufelt schwierige Aufgabe, Politik zu machen. Aber ein amerikanischer Journalist seit Roosevelt kennt keine Schwierigkeiten. Die Börsenberichterstattung ist an Interessenten verpachtet. Der Krach am dreizehnten Juli brachte daher keine einheitliche Auffassung. Von den Vorgängen in Utah schienen sowohl Staatsdepartment wie Trusts überrascht, die Presse hatte noch keine Weisung, der Direktionschef des „Harald" aber seinen Urlaub abgebrochen. Das war das einzige, was die Leser an jenem denkwürdigen Morgen erfuhren, an dem in Berlin und Frankfurt bereits die Entscheidung über Amerikas Schicksal gefallen schien. Die ersten Nachrichten kamen über London. Der ersten Verblüffung über die ungeheure Niederlage, der die amerikanische Presse zum Opfer gefallen war, folgte die einstimmige Entschließung aller dabei beteiligten Kräfte, dem dafür Verantwortlichen eine exemplarische Bestrafung zuteil werden zu lassen. Im Weißen Haus residierte seit einigen Monaten ein Unterstaatssekretär für die öffentliche Meinung, den die Trusts dem Präsidenten auf die Nase gesetzt hatten. Dieser Mann mußte entweder verrückt geworden sein oder ein gar perfides Spiel treiben. Das Messer, mit dem man gegen ihn an wollte, wurde sehr vorsichtig geschliffen. Zunächst allerdings hieß es zugeben, daß man gehandikapt sei.
Der junge Roosevelt im „World" brachte die Photos von elf Japanern, die er selbst an der Grenze von Wyoming eingefangen und eigenhändig aufgehängt hätte. Es wären Agenten gewesen, denen er wichtige Dokumente habe abnehmen können. Die Dokumente seien vorerst der Regierung übergeben, die ent-

scheiden würde, was daraus für die Öffentlichkeit schon jetzt von Nutzen sei. Doch sei die Aufgabe der Presse, eine berechtigte Unruhe nicht übermächtig werden zu lassen zum Schaden der eigenen Wehrkraft und so und man halte sich daher noch zurück. Soviel könne aber verraten werden, daß diese Individuen auf dem Wege nach Virginia gewesen seien, um die dortigen Kohlenschächte zu sprengen.
Somit hatte man allein an dieser Nachricht wenigstens vierundzwanzig Stunden Vorsprung vor den kontinentalen Bureaus. Der „Harald" trumpfte drei Stunden später weiter mit der Meldung: Kriegsrecht in Pittsburg, Jagd auf die Japaner. Nun kamen die Demonstrationen in San Franzisko und Los Angeles ins rechte Licht. Chinesen und Japaner rotten sich zusammen. Brände längs der Küste. Die gelbe Katze duckt sich zum Sprung. Geheimnisvolle Rauchsäulen im Golf von Mexiko. In allen Tonarten ging das fort. Nach zwei Tagen schwoll das Echo vom Kontinent an. Der amerikanische Gesandte in Wien ließ einem Interviewer gegenüber eine Fanfare vom Stapel. So flink und weltbekannt früher die Journalisten von Wien gewesen sein mögen. Sie waren längst vergessen. Ein Mann aus einem Obststädtchen in Kentucky, der den Sport eines eigenen Blattes betrieb, erboste sich darüber, daß der Gesandte nicht den Mut hätte, in Tokio selbst seine Meinung zu vertreten. Er hielt Wien für einen kleinen Jachtplatz am Stillen Ozean. Unser Mann sandte seinen Protest durch Rundtelegramm an 1 200 Kollegen. In 2 000 Papers erschien noch in der selben Nacht dieser Protest. Niemand hatte Zeit, darüber nachzudenken, ob der Mann im Recht war. Jedenfalls hatte er das Herz am rechten Fleck. Am dritten Tag sammelte sich in Washington ein Zug von einigen Tausend, die nach dem Weißen Haus zogen, Aufklärung zu verlangen. Es war ein unerhörter Zustand, schien es, daß die Regierung immer noch schwieg – sie zogen zum Sekretariat des Auswärtigen, wo gerade der Presseminister flehentlich um Auskunft bat. Die Chiffres häuften sich bergeweise. Tausende von Erfindern drahteten und funkten alle ultimativ. Die Regierung übersah die Lage bei weitem nicht. Der Präsident hatte sich geweigert, den japanischen Botschafter zu empfangen, der um eine dringliche Unterredung nachgesucht hatte. Man wird jetzt wahrscheinlich eine Note empfangen, erwartete man. Darauf war man vorbereitet. Gott sei Dank, damit konnte endlich die Regierung

an die Öffentlichkeit raus. Aus Tokio keine direkte Nachricht, alltäglicher Eingang. Der Professor, den man drüben hatte, schlief oder war schon umgebracht. Nichts als Sekretärspost. Verzweifelte Lage. Eben kamen wieder Boys mit Kasten von Telegrammen. Das ganze Land verlangte energisches Eingreifen. Einer schob im Kabinett die Schuld auf den andern, der ihm das Material vorenthalte. Der Kriegssekretär ließ sich überhaupt nicht sprechen. Es hieß, er sei zu dem Herd der Unruhen abgereist. Damals – war schon bald fünf Tage her. Und Unruhen gibt es in Amerika nicht, solange die wahre Demokratie herrscht, versteht sich. Aber die Leute auf den Straßen da unten sahen ungemütlich aus. Schrien und schwenkten drohend die Demonstrationsfähnchen. Ah – den Pressesekretär will man sprechen. Der Ärmste wurde auch auf die Rampe geschoben. Waren aber schon welche von unten gleich bei ihm. Die hielten ihm nun die Faust unter die Nase, ob er jetzt reden wolle. Aber der Mann war eigentlich knapp von der Hochschule weg. War mehr ein Gelehrtentyp, teutonesk, und schien ein bißchen schüchtern. Denn ihm hatten sie da drin auch nichts gesagt. Kam also über das Stottern nicht hinaus. Und als er schließlich zum besten gab, ihm sei von dem Ultimatum, das soeben an Japan abgegangen sei, nichts bekannt, da verliert selbst der Ruhigste im trockenen Amerika die Geduld. Und der Mann wurde denen unten zur Beförderung übergeben. Ein paar Minuten später hing er schon.

Diese Tage erlebte man in Europa in fieberhafter Unruhe. Solche Meldungen von Lynchjustiz und alles das, was jetzt von drüben kam, war Selbstverständlichkeit. Mehr wollte man wissen, mehr – oder wurde verschwiegen, daß japanische Unterseekreuzer bereits auf der Höhe von Havanna gesichtet worden seien? Der Inhalt der Presse wurde fade und abgestanden. Alles das interessierte die Börsenjobber, die Leute, die ihre Wechsel ausstehen hatten, war für die Geschäftsmacher. Das Volk aber und die wenigen, die darüber sprachen in repräsentativen Stellungen, die hatten alle eine bestimmte Meinung über das, was sie Volk nannten – das Volk aber will endlich die Wahrheit hören und vor allem Tatsachen. Und die Presse bemühte sich nachzuweisen, daß im Moment der höchsten Spannung, sagen wir innerhalb der Frist des Ultimatums, diese Tatsachenstille einzutreten pflegt. Die Kabinetts bleiben zunächst noch unter sich, heißt das. Und wirklich, eine ungeheure Betriebsamkeit entwickelte sich in den Regierungskabinetten. Die Chiffres gingen von Gesandten zu Gesandten und warfen immer größere Fragen auf. Überall erwies sich der Informationsdienst als durchaus mangelhaft und unzuverlässig. Spione und Delegationen, Spezialkuriere wurden reisefertig gemacht. Es macht den kläglichsten Eindruck, wenn eine Regierung ausschließlich auf Kombinationen angewiesen ist. Dazu kam die tiefe Verstimmung, die, man kann sagen allgemein, das Vorgehen Japans auslöste. Besonders die deutsche Regierung war peinlich überrascht. So gelegen es war und ein Punkt ihres Programms, gestand man sich, man war nicht darauf vorbereitet. Die Auslandsvertreter hatten keine Vollmacht, über etwaige Bündniskonstellationen zu verhandeln. Die Stimmung der Öffentlichkeit nicht geschult genug. Man hatte Mühe, jener allzu stark zur Schau getragenen Solidarität der weißen Rasse entgegenzuwirken. Ausgerechnet ein deutsches Blatt mußte die Taktlosigkeit begehen, die Phrase von der gelben Gefahr aufzuwärmen. Die Regierung machte sich Sorgen. Sie waren unzuverlässig, die neuen Freunde – der japanische Botschafter hatte noch nicht mal für notwendig befunden, sich in der Wilhelmstraße sehen zu lassen, und aufsuchen konnte man ihn doch auch nicht, das war doch klar – wollte man nicht jedes Prestige einbüßen.

Bis auf Paris also, wo man über die Bestürzung, Deutschland sich aus allerhand Vertragsmaschen entwinden zu sehen, eine einheitliche Haltung einzunehmen vergaß, war die alte wie neue Welt – wie auf einen Draht aufgezogen. Man verschlang die alten Nachrichten und fieberte nach neuen, und das Gesicht war überall gleich. Natürlich nur, was die sogenannte öffentliche Meinung anlangte, die die Politik macht. (Die wahre Arbeiterpresse dringt nicht in den Gesichtskreis eines Menschen von öffentlicher Bedeutung.) Nur in St. James Palace, wo ein für England unvermeidlicher Churchill wieder die Geschicke des Imperiums leitete, warf man mit unheilschwangeren Mienen nur so um sich. Dort häuften sich die allerseltsamsten Telegramme, man darf ruhig sagen, die unerhörtesten seit Bestehen Old-Englands. Diese Kabelmeldungen und Berichte und Funksprüche, die allerdings allein in der Welt wirklich ihren tatsächlichen Geheimschlüssel hatten, waren nicht dazu angetan, in den allgemeinen Taumel zu verfallen. Sie verlangten allernüchternstes Denken, Entschlossenheit und weiten Blick. Churchill sagte sich immer wieder, in diese Dinge kann man das Kabinett nicht einweihen, dann weiß es morgen halb London. Er brütete über diesem Berg, nur von wenigen Vertrauten umgeben, die, im Dienst jenes seltsamen Amtes ergraut, noch schweigsamer geworden waren als der Chef. Und noch ehe Herr Churchill sich zu dem Gang entschloß, der nicht aufgeschoben werden konnte, und wo er seine Meinungen über die ihm zugegangenen Berichte zusammenzufassen hatte, ordnete er die strengste Zensur an. Er trug sich für einen Augenblick mit dem Gedanken, die Presse überhaupt zu verbieten. Aber es wäre aufgefallen, und ein Setzerstreik war nicht in die Wege zu leiten, gerade in dieser Situation. Man zweifelte ernstlich an Churchills Verstand, als er, wenn auch nur andeutungsweise, schließlich gezwungen war, den Mund aufzutun. Es waren ja nur seine engsten Ministerkollegen. Man bemitleidete ihn standesgemäß und bereitete unauffällig nach außen das Revirement vor.

Aber auch in Frankfurt saß einer mit schweren Sorgen. Die Nachrichten aus Japan blieben aus. Wie von der Erdfläche verschwunden. Der N. T. D. hatte keinerlei Information. Es stellte sich bald heraus, daß auch der englische amtliche Dienst sich völlig ausschwieg. Nach dem Reinfall der N. T. D. trauten sich auch die kleineren Agenturen an japanische Meldungen nicht heran. Und was schließlich irgendwo weiß Gott woher durchgesickert war, das schien so hahnebüchen, daß es die Kundigen nicht anfaßten, nicht mal gerüchteweise weitergaben – wozu sich die Finger verbrennen? Die wenigen in Europa, die per Zufall etwas erfuhren, schwiegen wie das Grab. Jedem war seine Stellung zu lieb, versteht sich, waren auch untergeordnete Presseleute. Nur der Chef des Frankfurter Welthauses erfuhr nichts. Gestern hatte er noch ein Kabel nach Japan gejagt. Es war vielleicht die größte Unvorsichtigkeit seines Lebens. Da war früher in Yokohama eine seiner Tochtergesellschaften. Im europäischen Kriege hatte er mit seinem eigenen Gelde diese Gesellschaft von sich frei gekauft, um sie nicht in die Hände der Engländer fallen zu lassen. Die neue selbständige japanische Gesellschaft Okama Ltd., sodann seine eigenen Südseebesitzungen, seine australischen Minen für Japan requestiert und später in der Liquidation zugesprochen erhalten. Es war sicherlich die abgefeimteste Transaktion seines Lebens gewesen. Eine Nachricht aus seinem Haus an Okama konnte, aufgefangen von den Jingos, alles zunichte machen, aber Stunde um Stunde war vergangen, ehe er sich entschloß – lieber das Risiko dort vermehren, wenn er nur Nachricht hatte, sichere Nachricht. Schon mehr als vierundzwanzig Stunden waren darüber hin, und keine Silbe. Das Leben, schien es, wurde ihm zu schwer. Er hing mit dem Oberkörper vornübergebeugt in seinem Schreibtischstuhle und lauschte. Einmal mußte doch der Tritt des Botenmeisters kommen, der in der Telegrammaufnahme stationiert war. Alle andere Post und Besuche hatte er sich verbeten.

In dieser Haltung sah ihn Mr. Hopkins aus Boston. Wie sein Gegenpol. Hopkins hatte gerade sein Weizen-Corner in Gang. Er wußte sonst alles, was in der Welt war – aber hier war er, scheint es, draußen. Er rechnete und rechnete. Wog jeden einzelnen Menschen. Unten tanzte man im Klub. Er stieg noch höher. Er bestellte Cocktail, dann Champagner, dann Whisky. Ohne Widerrede bestellte er, er hätte den Boy niedergeschlagen. Jetzt in dieser Lage durfte man ihn, Hopkins, nicht trockensetzen, wonach die Temperenzler jammern und die Gesetzemacher. Trocken hatte er den Farmerbund soeben zuwege gebracht. Sicherte Amerika in der Welt den ersten Platz, dieser Bund. Würde sich mit den kontinentalen Industrien verbinden gegen einheimischen Düngemitteltrust. Später kam dann der Stahltrust dran. Das hatte Hopkins vorausschauend geschafft. England schien ihm eine Fliege, Old-England wird allein sein ägyptisches und australisches Brot fressen. Nein! Er, Hopkins, hatte den Weltmarkt in der Tasche. Bloß die Namen, die Namen – da greift man zum Schnaps. Man sieht Gesichter dabei – und Hopkins, der nicht umsonst einen Kurs in Telepathie mitgemacht hatte, brauchte das, sogar sehr – sah den Chef da in Frankfurt. Nur der Name, das war verteufelt. Er kam nicht vom Weizen los. Dreyfus, dachte er, Dreyfus in Paris, aber er wurde auch nicht die Weizenfirma, ein anderes Welthaus, und er rechnete und grübelte – ah, jetzt hatte er's. Dieser Mann also machte das, alle Wetter, hätte man sich gleich denken sollen, natürlich Kupfer – und er sprang auf und tanzte im Salon, daß die unten erschreckt zusammenfuhren. Eine Verlobung kam zustande. Aber dann blätterte der oben höchst eigenhändig in Almanachen und Registern. War ihm noch nie passiert, so sich selbst zu bemühen. Lächelte dabei pfiffig, Hopkins in Amerika voran. Kam gerade noch zurecht, sich dem Frankfurter Weisen anzuschließen. Famoser Mann das, grübelte er wieder. Denn er war doch nicht sicher, daß er ihn in den Ring hineinließ. Dann hatte er gefunden. Und er trug *selbst* jenes Kabeltelegramm zur Post, das in Frankfurt erlösend einschlug und dem Alten einen Hoffnungsseufzer abnötigte: „Treffe zur Woche in San Sebastian mit vier Rennjachten Sonderklasse ein. Kabelt ob Frankfurter Jachtklub und wie hoch teilnimmt. Hopkins." Die Antwort lautete: „Unser Londoner Vertreter sucht zur Stunde Pilkin Brothers auf." – Der Alte klopfte seinem etwas blöden Sohn wohlwollend auf die Schulter. Das war eine famose Idee von dir, diesen Klub zu gründen. Großartig. Dem Manne hat's den Weg erleichtert. Pilkin wird das übrige tun. Pilkin war ihr gemeinsamer Transportagent. Das klappte. Endlich hatte er wenigstens den Mann in Amerika. Er fühlte sich auf seinen eigenen Erfolg stolz. Also hatte der ihn drüben auch schon gemerkt. Er lud ihn ein. Jawohl, sie werden vereint vorgehen. Oho, er war gewiß noch bündnisfähig. Vorgestern wäre er vielleicht sinnlos geworden vor Stolz und Unternehmungslust. Diesmal war's ein Spiel um die Welt. Aber jetzt blieb die dunkle Wolke im Osten. Aber Hopkins hatte Nachrichten, tröstete er sich. Abends höre ich alles von Hopkins selbst.

Der Mann wartete und wartete. Wieder ging ein Abend und eine Nacht rum.
Früh brachte jemand die Anstandszeitungen, die ihm jetzt nachts zugetragen wurden. Er griff den „Matin" und schmiß ihn mit einem Fluch in die Ecke. Langweilig. Unter den Neuigkeiten führte dieses Blatt folgendes an der Spitze:
Japan lenkt ein. Der amerikanische Botschafter höflich in Tokio empfangen.
Die Unruhen in Australien nehmen ernsten Charakter an.
Barrikaden in Philadelphia. Die Friedensfreunde bewaffnen sich.
Die Hereros stiften dem internierten Kaiser Wilhelm II. eine silberne Säge.
Kriegslust unter den deutschen Veterinären. Straßendemonstration in Berlin vom Jungfrauenorden „Unser Kronprinz".
Deutsche Agenten in Mexiko von Japanern ausgewiesen.

Japan bereitet einen Schritt zur Kolonisation Niederländisch-Indiens vor.
Rücktrittsabsichten des englischen Außenministers.
Eine neue Anleihe für Marokko.
Professor Dulban über die Hysterie des Alterns.

Dann traf jenes unheilvolle Kabelgramm ein. Oder nein, wenige Minuten später kabelte der Bürochef die Nachricht aus London: Pilkin erscheint im Laufe des Nachmittags persönlich. Im Auftrage Mr. Hopkins aus Boston. Der Alte lächelte schwach. Beunruhigt sogar, so etwas zeigt man aber nicht. Wollte wahrscheinlich ihn aushorchen, und hatte selbst, zur Stunde wenigstens, keine Waffen in der Hand. Der Bürochef gestattete sich die Aufmerksamkeit darauf zu lenken, daß soeben ein Gerücht verbreitet sei, Japan habe die Beziehungen zu Amerika abgebrochen. Aber der Alte blickte starr geradeaus, fast ohne Bewegung. Schon damals, sagte man später, muß die Lähmung eingetreten gewesen sein. Dann kam der Boy mit dem Telegramm. „Yokohama", las der Chef und winkte ab – dort stand auch Okama Co. „Es ist gut!" knirschte er unter Aufbietung aller Kraft. Er wollte den Zuhörer los sein. Aber da fiel er auch schon hin. Diesmal hatte der Schlag besser getroffen. Dieser Mann stand nicht mehr auf.

Okama meldete: Direktion nicht mehr in Yokohama anwesend. Dies wie Nagasaki und Kobe von der Regierung bereits aufgegeben. Um Tokio wird gekämpft. Die kaiserliche Familie nach den Philippinen unter amerikanischem Schutz. Von den Gesellschaften ohne Nachricht. Vielfach unter Verwaltung der aufständischen Arbeiter. Kabelt ob deutscher Konsularschutz angerufen werden kann, sonst eventuell hiesige Firma nicht zu halten.

An diesem Tage wartete in Europa die Menge auf den Straßen auf die Bekanntgabe der Kriegserklärung. Überall zogen starke Trupps von Demonstranten aus den Unbeschäftigten aller Berufe, die den heiligen Krieg der weißen Rasse demonstrierten. In den Kaffeehäusern wurden Wetten abgeschlossen. Die Spannung stieg bis tief in die Nacht, um am nächsten Morgen einem furchtbaren Katzenjammer Platz zu machen. Die Morgenblätter brachten noch nichts Neues. Nur Paris meldete, daß über

einige Teile Englands der Belagerungszustand verhängt worden sei. Aber auf das, was das skeptische und boshafte, jetzt so verärgerte Paris meldet, kann man da etwas geben –?
Aber Schluß damit! Weiter! Die Katastrophe für die bürgerliche Welt war hereingebrochen.
Am gleichen Morgen, noch in den ersten Stunden nach Mitternacht, in denen die politische Polizei der vereinigten Königreiche erfahrungsgemäß im tiefsten Schlafe liegt, brachte der in Glasgow erscheinende „Worker" eine Sonderausgabe heraus, die auf diese Weise der drohenden Beschlagnahme entging. Unter phantastischen Abenteuern, die ein anderes Mal erzählt werden sollen, war der Vertreter der schottischen Arbeiter in Moskau, Comrade Carteret, von Petrograd nach Glasgow zurückgekehrt. Der „Worker" brachte ohne weitere Beiworte und Ausschmückungen Carterets Bericht.
Seit dem 10. Juli waren die Vertreter der Arbeiterorganisationen fast der ganzen Welt im Moskauer Haus der Gewerkschaften versammelt und tagten in Permanenz, um sofort zu jeder Veränderung der Lage Stellung nehmen zu können. In der Tat wurde auch die Lage kritisch in der Nacht zum 11. d. M., als die Nachricht einlief, die japanische Regierung hätte vor den Verbänden kapituliert. In dieser Fassung wirkte der Funkspruch zunächst einen Augenblick verwirrend, und es hätte eine allgemeine Ratlosigkeit Platz gegriffen, hätten nicht die amerikanischen und australischen Vertreter sofort erklärt, davon keine Notiz nehmen zu können. Die Aufklärung folgte auch in den nächsten Stunden. Die Regierung hatte den Sekretär des Metallarbeiterverbandes aufgefordert, als Munitionsminister in das Kabinett einzutreten, und zwar mit außerordentlichen Vollmachten für die Arbeitsbedingungen. Bemerkenswert dabei war insbesondere, daß dieser Schritt direkt beim Verband erfolgt war, sozusagen also in die Hände der Arbeiterschaft selbst die Entscheidung legte. Eine Mobilisierung und eine Militarisierung der Metallarbeiter unter eigener Leitung konnte verschieden gedeutet werden, gewisse Vorteile lagen auf der Hand – es war ein kritischer Augenblick in der Tat. Im Laufe des Nachmittags aber lief die Meldung ein, der Verband weist die Berufung zurück, stellt seinerseits Ultimatum. Dann wußten wir oder wir fühlten es alle im Augenblick heiß emporsteigen, es würgte ordentlich – daß die Weltrevolution auf dem Marsch war. Der Schlag mußte

in den nächsten Minuten schon niedersausen. Wir sahen dankbar einander an, als hätte jeder von uns etwas Entscheidendes hinzugetan, und waren doch nur einfache Vertreter, die schlecht und recht die Meinung der hinter ihnen stehenden Massen wiederzugeben hatten. Es mag noch ein heißer Kampf im Schoß des japanischen Arbeiterverbandes vor sich gegangen sein. Wir hatten alle die deutliche Empfindung, als wäre ein Hauch davon über unsere Köpfe noch geweht. Daher nachher das Aufatmen nach der Lösung und der ganz unbeschreibliche Jubel, der erst langsam und schüchtern fast, als traute er sich nicht zu laut heraus, einsetzte und dann gleichsam zu einer chaotischen Orgie anschwoll. Ich werde nie vergessen den Anblick, den der japanische Vertreter bot. Man hat so oft auf unserm Stolze herumgetreten, daß dieser Ausdruck bei uns etwas in Mißkredit gekommen ist. Viele Leute sagen, man solle sich schämen, stolz zu sein. Ich kann dem nicht mehr beistimmen. Dieser Japaner, nach einigen Sekunden des Zögerns, als müsse er sich erst zurechtfinden, strahlte dann vor Stolz und er war schön anzusehen. Wir wurden ordentlich alle mit ihm stolz und glücklich. Es drängte uns, ihn zu umarmen und hochzuheben und in ein donnerndes Cheer einzustimmen. Dann sangen wir die Internationale, aber mir schien, wir waren zu sehr erregt, um sie mit Andacht auf uns wirken zu lassen.

Carteret gab sodann Bericht über die weiteren Ereignisse in der Reihenfolge, wie die Funksprüche in Moskau einliefen. Er schickte dabei noch voraus, daß man beschlossen hatte, bei der herrschenden Korruption im Nachrichtenwesen die Meldungen nur persönlich weiterzugeben. Es schien auch vorteilhaft für Europa, sagte Carteret, die Ereignisse sich ungestört abwickeln zu lassen und die nicht unbeträchtliche Schar vereinzelter Heißsporne nicht zu früh ins Feuer zu schicken. Die weitere Entwicklung vollzog sich wie folgt:

Die japanische Regierung schien nach der Ablehnung wie in sich zusammengebrochen. Jedenfalls greift sie weiterhin nirgends mehr aktiv ein. Das Mobilisationsdekret wurde vielfach nicht angeschlagen, und dort, wo es an den Säulen prangte, hielt man es für eine Fälschung. Die Kriegspartei war eigentlich schon wie über Nacht aus dem Lande verschwunden, als am Morgen des 12. Juli die Arbeiter in den Kupfergruben von Shoen-jan-hun die Betriebe besetzten und mit ihrer Proklamation herauskamen, daß die Arbeiterschaft der Welt mit dem heutigen Tage die Kupferproduktion in ihre eigene Hand und Verwaltung genommen habe, um sich den Entscheid über Krieg und Frieden mehr wie bisher praktisch zu sichern. Zur selben Stunde wurden die Gruben vorerst stillgelegt, um sich mit den amerikanischen und australischen Kameraden über die Bedingungen der Wiederaufnahme und der künftigen Verteilung vorerst zu verständigen. Der Widerstand seitens der Trustpolizei war gering, um so mehr, als man den Leuten für später Arbeit zusicherte und sie in einer ihnen zusagenden Weise weiterzubeschäftigen versprach. In den einige Meilen von Shoen-jan-hun entfernten zentralen Artilleriewerkstätten legten zu gleicher Zeit die Arbeiter den Betrieb still, wobei es mit der Besatzung eines Überwachungsforts zu einem Feuergefecht kam, das auf beiden Seiten Opfer forderte. Die Arbeiter zogen unter Aufgabe der Werkstätten, um größere Verluste zu vermeiden, nach Shoen-jan-hun. Inzwischen war auch in dem benachbarten Kohlen- und Hüttenrevier zur Unterstützung der Kupferminenarbeiter die Arbeit eingestellt worden. Überall größtenteils ohne Widerspruch und ohne Verluste. Bis um die Mittagsstunde ruhte die Arbeit im Umkreis der Provinz Nagasaki ziemlich allenthalben, obwohl die örtlichen Behörden schon nach Eintreffen der ersten Meldungen befehlsmäßig den Telefon- und Telegraphenverkehr eingestellt hatten. Die von Nagasaki aus in Marsch gesetzten Truppen erklärten unterwegs, mit den Vertretern der Arbeiter verhandeln zu wollen, um ein Bild über Ziele und Umfang der Bewegung zu gewinnen. Die Offiziere hatten keinen direkten Befehl, sich dem zu widersetzen. Die Stimmung schien auch kritisch. Man ließ die Transportzüge zunächst halten, dann zurückleiten. Inzwischen hatten auch die Eisenbahner beschlossen, von Mitternacht an den Betrieb einzustellen. Die in Nagasaki wieder einziehenden Truppen erließen eine Erklärung, wonach sie sich im Kampfe der Arbeiter mit dem Trust neutral verhalten würden. Die örtlichen Behörden längs der Bahnlinie begannen zu fliehen. Das Gouvernementsgebäude in Nagasaki wurde im Laufe der Nacht gestürmt. Die Transportarbeiter übernahmen die Leitung der Stadt. In Nagasaki waren einzelne Ausschreitungen, die Gefängnisse wurden geöffnet, der Gouverneur wurde ermordet. Am Morgen legten 16000 Mann bereits kriegsmäßig ausgerüstetes Militär die Waffen in die Hände einer Kontrollinstanz, die sich aus Vertretern der Arbeitssyndikate von Nagasaki gebildet hatte. Die Garnisonen im Innern der Provinz streckten gleichfalls noch im Laufe des 12. die Waffen, fast ohne einen Schuß abzugeben. Am Abend dieses denkwürdigen Tages arbeitete bereits der neue Verwaltungsapparat der Arbeiter. Der Verkehr wurde schon in der Nacht wieder aufgenommen. Von Nagasaki wurde das bereits vorbereitete und im Grunde jedem Arbeiter bekannte Produktionsprogramm öffentlich über das ganze Land verbreitet. Vertraut der wirtschaftlichen Kraft der Arbeiter, der ihr bisher ja vertraut habt, ohne sie zu kennen, weil sich andere in ihrem Namen gebrüstet haben, heißt es da. Die Notwendigkeit, sich mit den europäischen Arbeitern zu verständigen, gemeinsam zu beraten, wurde auseinandergesetzt. Zur Durchführung aller dieser Lebensfragen für das japanische Volk wurde die Zusammenfassung aller Produktionskraft in die Hände der Arbeitenden als notwendige und unerläßliche Vorbedingung erklärt. Wenig Worte, noch weniger Phrasen, alle so nüchtern und einfach wie möglich. Nicht mit einem Tage standen im Lande die Fabriken und Arbeitsbetriebe. Die Zustimmung der Gesamtarbeiterschaft wühlte sich erst langsam von Provinz zu Provinz durch. Während in den zum Teil unbeteiligten Bevölkerungsschichten die Spannung wuchs, entschied sich das Schicksal der Regierung. Der Überfall auf Amerika schien so gut wie vereitelt. Niemand wagte, dem amerikanischen Botschafter, der auf Grund der Vorgänge in Amerika intervenieren wollte, überhaupt eine Antwort zu geben, hätte auch nicht gewußt welche, denn die Regierungsmitglieder waren durch ihre eigene Ohnmacht vollkommen überrascht. Die Trusts, wie schon so oft in solchen Fällen, hielten sich überhaupt im Hintergrunde. Von den Leitungen war nichts Positives zu erfahren. Mehr wie einem begann zu dämmern, daß die Übermacht der Trusts ein Phantom war. Sie besaßen in Wirklichkeit nichts, womit sie dem Aufstand begegnen konnten. Einige kleinere Erfolge waren zu verzeichnen. Die Tokioer Truppen schienen entschlossen, in der Hauptstadt selbst energisch jeden Aufruhrversuch zu ersticken. Trotzdem war in der Regierung niemand mehr in der Lage, die Entwicklung in auch nur irgendeine normale Vorkriegssituation zurückzuordnen, das war die Erklärung, die sie einem Kreis von vertrauten Kammermitgliedern, Finanzleuten und Wissenschaftlern gegenüber gab. Allem Drängen der Presse zum Trotz,

Haltung in dieser Krise zu bewahren, trat die Regierung zurück. Während der Jagd um neue Mitglieder vollzog sich der Umschwung in Tokio selbst. Hier trat auch noch einmal das Volk in seiner dumpfen, verängstigenden Zusammengewürfeltheit in Erscheinung. Vielleicht wird es einen Krieg mit Amerika geben, vielleicht auch noch nicht – niemand wußte im Grunde genommen, daß die Mobilisationsbefehle schon erlassen worden waren. Einige Stunden lang war ein Haß aufgeflammt gegen die Fremden, und vor allem auch die Europäer, die weiße Rasse. Das Volk muß deretwillen leiden, fühlen sie. Dann brachte die Proklamation den Rückschlag. Das Volk entdeckte in den europäischen Arbeitern den Rückhalt und die Hilfe. Die Stimmung schlug um und dem auf der Straße kenntlichen Europäer wurden Begeisterungskundgebungen dargebracht. Im Nu bildeten sich auch Prozessionen und Demonstrationszüge. Zu dieser Zeit war es noch, daß die Truppen Feuer gaben, um die Ansammlungen zu zerstreuen. Viele Tote und Verwundete blieben auf der Straße. Immer mehr ballten sich die Massen aber wieder zusammen. Sie hatten kein bestimmtes Ziel. Die Angst trieb sie und hielt sie zusammen. Man meldete Plünderungen und Brände im Innern der Stadt. Barrikaden wurden gebaut. Es schien ein größeres Blutvergießen für die nächsten Tage unvermeidlich. Dem machte der Rücktritt der Regierung ein Ende. Die Übernahme der Produktion durch die Arbeiter war inzwischen in den Provinzen fast beendet und hatte sich reibungslos vollzogen. Jetzt fiel ihnen auch die Regierung zu. Denn sie hatten sie bereits vorher und im schnellen Fortschreiten des ersten Angriffs an der Wurzel getroffen. Die Truppen begannen noch in derselben Stunde mit einem örtlichen Arbeiterkomitee der Stadt zu verhandeln und lieferten einige Stunden später die Waffen aus. Es war seltsam zu sehen, wie das Volk sich sofort mit den gleichen Soldaten, die noch soeben, ohne eine Miene zu verziehen, in die Massen hineingeschossen hatten, zu verbrüdern begann. Die breite Masse, die auch von den bürgerlichen Regierungen so verschreckt ist, kennt keinen Haß. Die Soldaten wurden Volk, damit waren sie in die allgemeine Freude aufgenommen. Die Begeisterung schlug nun bald immer höhere Wogen. Die Befreiungsstunde für das japanische Volk war angebrochen. Am neunten Tage hatte die Arbeiterregierung im ganzen Japan das Heft fest in der Hand. Die Arbeit wurde

gleichmäßig überall aufgenommen. Sondergesandtschaften sind nach Moskau und London unterwegs.
Soweit der Carteretsche Bericht. Carteret war indessen einige Tage vorher schon aus Moskau abgereist.

Die Union der Miner hatte in der Zwischenzeit in Utah einen schweren Stand. Dort waren schon mehr solcher Kämpfe auf Leben und Tod zwischen der Union und den Trustherren ausgefochten worden. Dort durfte man auch erwarten, daß der Trust sich zur Wehr setzte. Sicher durfte man das. Nach Osten zu waren die Salzwüsten, im Rücken das Gebirge, wo an Aufenthalt, Sammelplatz und Versteck nicht zu denken war, denn dort war auch nicht ein Tropfen Wasser zu finden – und es konnte leicht sein, daß die Miner dort drinnen wie in einer Falle saßen. Und das war schon vorgekommen. Sind schon manche Kämpfe sehr zuungunsten der Miner dort ausgelaufen. Daher hatte die Union auch schon Vorsorge getroffen. Nach den Berichten, die sie sehr genau geprüft hatten – ordentlich wie ihre Urgroßväter und weiteren Ahnen, die Felljäger, noch einmal ringsum die Luft gewittert und etwas berechnet, was die Herren in Washington jetzt zu tun hätten und weiter noch tun würden, und dann noch einmal gründlich die Statistik und den augenblicklichen Produktionsstandard durchgegangen und die Weltmarktverschiffungen, denn das mußte alles bis aufs Haar stimmen, und eine Berechnung genau auf der vorhergegangenen aufbauen und ineinandergreifen, sonst kann man keine Schlüsse daraus ziehen, die auch sicher genug sind. – Also nach solchen Berichten war es notwendig, daß sie sich eine Woche lang und vielleicht zwei auf sich selbst verlassen mußten. Darum schlugen die Miner auch von Anfang an mächtig zu. Dort hielt sich eine ziemlich beträchtliche Streikbrechergarde. Jungens, die aus aller Welt zusammengelaufen, dort gut gepflegt und gefüttert wurden, ohne daß sie einen Schlag zu tun hatten, nur daß sie immer bereit waren, bald da-, bald dorthin geworfen zu werden, um durch Bluff mit frischen Arbeitskräften etwaige Streiklust im Keime zu ersticken. Die Jungens waren gewiß arme Teufels, aber dort waren sie im Wege. Als mit der Morgenschicht die Gruben verlassen wurden – bei den Zehntausenden sickert ja doch etwas durch, was gar nicht zu vermeiden ist, wenigstens das Ziel, das ja nur wenigen bekannt war, blieb dicht –, standen auch richtig schon solche Tramps in Massen vorm Eingang, um, wie das üblich geworden war, nach Arbeit zu fragen. Aber unsere Minisken kannten die Luft und wußten, was das für neue Miner waren. Das war schon vorgesehen. Mit der einen Front stürzten sie sich auf die Truppe, die da, scheint's, harmlos wartete und sich auf einen sofortigen Angriff nicht vorbereitet hatte, ein anderer Teil stürmte noch immer und besetzte die Grubenanlagen mit der Miene, im Falle eines Angriffs alles in die Luft zu sprengen. So bekamen sie wenigstens den Rücken frei. Inzwischen wurden die übrigen Schichten alarmiert und in weniger als zehn Minuten waren allerorts die Streikbrechergarden zerstreut. Wer nicht mit den Beinen in der Hand davongekommen war, der lag mit eingeschlagenem Schädel oder einer Kugel im Bauch auf dem Platz. Eine Stunde später war schon eine ansehnliche Macht, bewaffnet, aufgestanden, die nach allen Richtungen und Zentren Verbindungen aufnahm und nach einem strategischen Plan sich bewegte auf Jamestoxon zu, wo ein Camp der Distrikts- und Grubenpolizei war. Diese warteten naturgemäß nicht, bis sie ringsum eingeschlossen und ausgeräuchert wurden, sondern waren herausgeschossen gekommen wie ein wütender Köter, den man von der Kette gelassen. Und dann griffen die Arbeiter in einem Schwung an. Ließen ihnen erst nicht Zeit, die Lage zu überschauen. Es wurde da hart gekämpft und es blieb dort mancher brave Mann liegen, um nicht mehr aufzustehen. Aber was schon die Überraschung und der etwas den Atem benehmende Schrecken – denn die Arbeiter gaben keinen Pardon – begann, das vollendete die zähe Wucht des Angriffs. Die wußten eben, alles kam darauf an, diese Knechte so schnell wie möglich zu erledigen. Ihre eigene Sicherheit bedingte das. Und es gelang, wenn auch mit schweren Opfern. Um die Mittagsstunde war der ganze Distrikt von allem, was an die Herrschaft des Trusts erinnerte, frei – entweder lag erschlagen oder lief in der Wüste oder im Felsengebirge dem Untergange zu, die Beamten zum Teil mit eingerechnet. Der Distrikt wurde zum Heerlager, die Verbindung mit der Außenwelt abgeschnitten. Im Laufe des nächsten Tages wurde mit rein militärischen Operationen der weitaus größte Teil des bewohnbaren Utahs besetzt, strategische Postierungen an die Grenzen der Nachbargebiete vorgeschoben. Der Gouverneur mit einem Detachement Bundestruppen zur Übergabe aufgefordert und bei der

Aussichtslosigkeit für ihn, auch nur Überblick, Verbindung und Hilfe zu erlangen, auch dazu gezwungen. Die Arbeiter fragten nicht darum, wie die Börse das aufnehmen würde, sondern hielten lediglich ihr Augenmerk auf die Truppenbewegung in den Nachbarstaaten und darauf, sich im Lande selbst zu festigen. Die politische Gewalt wurde übernommen und ein Manifest losgelassen, das aber nicht allzuweit über ihre eigenen Grenzen hinausgelangte. Dann wurden Agitatoren abgesandt und besondere Beauftragte, die mit Syndikaten und Unionen im ganzen Lande zu verhandeln hatten. Trotzdem, es wäre fraglich gewesen, ob sie sich hätten halten können. Dann wären sie elend niedergeschlagen worden, ausgerodet kann man sagen. Es ist fraglich, ob die Unionen draußen die Situation so schnell begriffen hätten. Aber hier zeigte sich die Zuverlässigkeit der Berechnung. Der Kriegstaumel war im Land, und hier und da ballte sich die Empörung zusammen. Flackerte Streik auf. Viele Arbeiter machten Miene, auf eigene Faust eine Abwehr zu organisieren. Noch war die Bewegung zersplittert, es waren noch zu sehr verschiedenartige Beweggründe, die die Protestler zusammenbrachten. Aber es schälte sich allmählich der Kern heraus, gegen den die örtlichen Polizei- und Truppenchefs auch mit aller Macht zu Felde zogen, um ihn nicht erst aufkommen zu lassen. In allen größeren Industriestädten wurde die Bewegung mit Maschinengewehren niedergehalten. Der Hopkinssche Farmerbund wurde mobilisiert, um die Ordnung im Lande aufrechtzuerhalten. Sicher wäre das auch gelungen, denn es wurde sehr scharf zugegriffen – es schien eine Atempause notwendig, um sich überhaupt zu sammeln –, als die Wahrheit über Utah hineinplatzte. Jetzt schweißte es noch einmal alles, was kämpfen wollte, zusammen. Es war eine sehr stattliche Zahl, überall allerdings nur entschlossene Truppen, da und dort in dem großen Lande verteilt, aber die Sympathien der großen Masse gingen mit ihnen, schon flog das eine oder andere Etablissement in die Luft, in Boston und Brooklyn brannten bereits Speicher, vor Wallstreet wurde eine Bombe geworfen – da bereitete sich eine Riesenabwehr vor. Die große Masse der aus allen Nationen Hinübergewanderten, die noch keinen Boden gefaßt hatten, die Menge der Nichts-als-Geschäftemacher, die Neger aus den Südstaaten, irländische Polizeier, die Apachen kamen aus ihren Schlupfwinkeln von Alaska bis Mexiko, alles, was gern das Gold klingen hört, denn das Gold rief und lockte und klang verteufelt nah, Gold lag auf der Straße für den, der eine Waffe griff, um die Arbeiter niederzuschlagen und den Krieg mit den Gelben mitgewinnen zu helfen, so standen sich die Gegner im Auge, der eine riesengroß geworden und wuchs noch, der andere gleichsam am Boden kauernd, bis jener die Hand streckt, ihn zu zermalmen – da drang auch die Wahrheit aus Japan durch. Wie ein ungeheurer Donnerschlag über zwei Erdteile. Nicht daß die Riesenmasse, die noch eben aufgestanden war, nun zusammengeschrumpft. Sie fiel buchstäblich auseinander. Ein gewaltiger Schrei löste sich los. Der einzelne Mensch taumelt für Sekunden und wird zum andern Wesen. Welcher Gefahr war er entronnen – sehr viele wußten es nicht, aber alle fühlten es desto tiefer. Das Bundesheer verschwand und niemand wollte Regierung oder sonst sowas gewesen sein. Ein Strom von Lebenskraft wälzte sich dahin und suchte erst noch seine Ufer. Schon suchten die stärksten Fäuste das Steuer wieder in die Hand zu bekommen. Die Arbeiterverbände sind soeben zusammengetreten.

Kritisch war die Lage in Viktoria. Die Commonwealth hatte ungeachtet des Einspruches der nördlichen Bundesstaaten eine recht beträchtliche Miliz unterdessen behalten, die sich ständig aus den Söhnen der Farmer ergänzte und erneuerte. Diese jungen Farmersöhne, verdummt durch den Reverent und unentwickelt im Zwang der Familie, hatten die Arbeiter nur als etwas kennengelernt, das man im Zaum halten muß, sei es, daß sie als Hobos auf die Farm kommen zur Erntezeit oder zur Schafschur, sei es, daß sie auf Hammel- oder Pferdediebstahl aus sind oder in den Hafenstädten jene Unruhen verbreiten, von denen dem Vater Farmer diese schrecklichen Verluste erwachsen, wenn der Weizen- oder Wollpreis sinkt oder zur unrechten Zeit steigt. Sie sind gewöhnt, im Busch auf Schwarze wie auf Hobos zu jagen, und der Milizdienst macht ihnen erst Spaß, wenn eine regelrechte Treibjagd daraus wird. War die Miliz auch in größeren Garnisonen zusammengezogen, so blieb sie doch ein nicht zu unterschätzender Gegner. Für den Norden spielte überdies auch die Lebensmittelfrage eine Rolle. Am 12. Juli standen wie vereinbart die Gruben still, damit waren zugleich aber auch die Kämpfe in vollem Gange. Die Miner besaßen von Anfang an die Unterstützung der Hafenarbeiterverbände, und dort in den

Hafenstädten spielten sich auch die blutigsten Zusammenstöße ab. Adelaide im Süden wurde in Brand gesteckt, um die Truppenmacht zu zersplittern. Allerorts im Süden flog ein Haus oder eine Brücke in die Luft. Während im Norden so etwas wie eine reguläre Armee aus Diggers und Miners zusammengestellt wurde. Längs der ganzen Ostküste wurden die Hafenarbeiten eingestellt. Es versteht sich, daß im eigentlichen Minendistrikt selbst die Arbeiter Herren der Lage waren, aber das wollte nicht viel besagen, denn gerade dort war das Militär schon lange zurückgezogen. Dort übernahmen die Arbeiter auch die politische Verwaltung. In zwei Bundesstaaten wurde die Räterepublik ausgerufen mit dem Ziel, die Commonwealth als eine wahre Arbeiterrepublik einem internationalen Rat der Arbeiter der Welt zu unterstellen und aus der Verbindung zum englischen Zugvereine loszulassen. Die Bearbeitung des Bodens und die Ausbeutung des Bodenschatzes sowie die Frage einer Aufnahme der Verarbeitung desselben in Australien selbst sollte von Anfang an nur im Einvernehmen mit der gesamten Arbeiterschaft der Welt entschieden werden. Auch in den übrigen Bundesstaaten der Commonwealth spielen die Arbeiter eine ziemliche Rolle und halten sich mit den Farmern und der Geschäfts- und Beamtenwelt ungefähr im Gleichgewicht. Das Programm wäre also an sich nicht aussichtslos gewesen, wenn nicht die bewaffnete Macht gewesen wäre, auf die die Arbeiter so gut wie keinerlei Einfluß hatten. So kam in Australien der Bürgerkrieg in Gang. Er rollte sich sozusagen erst langsam und nach der den Parteien eigentümlichen strategischen Lage auf. Das Ziel ist, die Arbeiter möglichst als Block zusammenzuhalten, sie aufs Meer abzudrängen und sie dort auszuhungern oder sonstwie zu Paaren zu treiben. Am neunten Tage schienen die südlichen und westlichen Staaten von den Miliztruppen durchwegs besetzt zu sein. Trotzdem war auch dort die Flamme des Aufruhrs noch nicht erstickt.

Das ist die Stunde für die englischen Arbeiter, einzugreifen. Während die japanischen Arbeiter sich eilen, die Hände frei zu bekommen, um von Norden her ihren australischen Kameraden Hilfe zu bringen, formen die Arbeiter in England das Imperium um. Nicht mehr Ausbeutungsobjekt für den kapitalistischen Weltmarkt und Welthandel sind die Kolonien, sondern freiwillige Glieder inmitten eines die Welt umspannenden Produktionsprozesses, dessen Maschinen in die Hände der englischen Arbeiterschaft übergegangen sind. Über den Umweg des freien kameradschaftlichen Übereinkommens zwischen den Rohstofferzeugern beziehungsweise Förderern und Verarbeitern wird die Güterverteilung und der Verbrauch sich regeln. Das wird das nächste Ziel der in Nationen noch geschiedenen Arbeiterbünde sein. Bald werden sie bei technischer Vervollkommnung, bei dem rapid ansteigenden Bedürfnis nach mehr Glück und dem drängenden Wunsch, alle glücklich zu machen, auch darüber hinaus wachsen. Die Arbeit, die das Glück geworden ist, wird getragen sein von dem Rhythmus, Wegbereiter zu sein für den neuen Menschentyp. Dafür werden die Maschinen laufen, und der englische, amerikanische, der japanische und der deutsche Arbeiter werden gleich vier starken Säulen jenes Produktionsgebäude errichten, in dem Raum genug sein wird für die neue Rasse, die heranwächst. Und welche Nationen immer, wie die Franzosen, die Spanier, die Schweden oder Italiener, das erhabene Gebäude geistiger Kultur vollendet haben, sie werden sich der Erziehungsarbeit jenes Heranwachsenden widmen können. Sie werden die Arme frei bekommen. Und ob das chinesische Reich wie vor tausend Jahren sich wieder mit den herrlichsten Blumen überzieht und der Blumengarten der Welt bleibt oder der chinesische Bauer und Handwerker aufsteht und mit Hand anlegt, ob Afrika das neue Geschlecht liefert oder eine noch sagenhafte Völkerwiege in Zentralasien, sicher ist, daß der russische Bauer sich anschicken wird, jenes gewaltige Gebiet zwischen Asien und Europa für die neuen Menschen bewohnbar zu machen und vorzubereiten. Dort werden die unermeßlichen Rohstoffquellen erschlossen werden und aus allen Teilen der Welt werden die Arbeiter dahinströmen, die Arbeit dort aufzunehmen. Man wird von einer neuen Völkerwanderung sprechen. Möglich, daß bis dahin unsere Werkstätten in Europa verlassen sind. Dann konzentriert sich der Schwerpunkt aller Produktion wieder mehr nach Osten. In dieser Atmosphäre wird der russische Bauer erstmalig frei zu atmen beginnen. Möglich aber auch, daß er mit dem chinesischen und dem malaiisch-indischen Arbeiter einen neuen Bund schließt, die heranwachsenden Rassen zu schützen und ihnen Raum zu erobern. Wer wird dann noch von dem Europäer des kapitalistischen Zeitalters sprechen.

Es gilt eben, alle Mittel anzuwenden. Nicht, als ob man gerade darin damit nur das eine Besondere allein im Vordergrunde sieht. Dort anzugreifen, wo die Schwäche des Gegners sichtbar wird. Dort, wo man mit seinen Waffen am stärksten ist. Darauf kommt es an, daß jeder einzelne den Mut bekommt zu sich selbst.

Mit diesem Gedanken *erwachte* der Gefangene. Er schreckte hoch – aber der Blick stieß sich an den Gitterstäben. Draußen war schon seit Stunden die Sonne aufgegangen, jener goldene Flimmer stand gegen das Mattblau des Horizonts, der sich bis ins Blut hinein widerspiegelt und die Brust so weit macht – aber der Gefangene konnte die Sonne nicht sehen. Der Blick glitt von der eisenbeschlagenen Tür von bedrohlicher sinnloser Dicke über die Verordnungstafeln an der Wand zu dem schmalen Lichtspalt, der durch gelbes niedriges Glas verschlossen war, so daß nur durch einen ganz winzigen Streifen der Horizont hineinlugte, zerschnitten vom Kreuz und Quer der Gitterstäbe. Der Gefangene atmete tief auf, wie er das jeden Morgen tat, und hielt die Faust um die Ränder der Pritsche festgekrallt, als dürfe er jetzt nicht loslassen. Denn die Kräfte galt es zu sammeln, einzuspannen in die Ordnung dieses Tages. Er würde sonst das jeden Morgen ihn immer wieder von neuem mit unverminderter Wucht überfallende Bewußtsein, gefangen zu sein, vielleicht nicht ertragen haben. In der Spannung dieser Sekunden, die über ihn hinglitten, ballte sich ein Berg von Verzweiflung und Hoffen zusammen und alles das, was das menschliche Leben so bunt macht. Dann bekam er sich wieder in Gewalt. Aber noch die Erinnerung tat weh.
Der Elektrikerstreik ist zusammengebrochen. Der Bestand der Union sicherlich gefährdet. Die Entschlossenen wahrscheinlich in alle Winde zerstreut. Wird man wieder aufbauen, Fehler suchen und daraus lernen – und über allen Maschinen und Kräften stand eben immer noch jener Regierungsapparat, an dem schon niemand mehr glauben will und der schließlich immer noch eingreift und die Entscheidung erwürgt. Gerade weil er vielleicht so schattenhaft ist –? Darüber zu grübeln, bringt einen keinen Schritt weiter. Mit jeder Niederlage hatte der Gefangene noch immer etwas Neues hinzugelernt. Ihm schauderte. Wieder lagen die Opfer, Tote und Gefangene, arbeitslos Gewor-

dene, Entwurzelte, viele, die alles hinschmeißen wollen und im Rausch der Verzweiflung auf eigene Faust sich rächen zu können glauben. Die am liebsten nichts mehr in sich aufkommen lassen wollen, keine Gedanken, die doch nur quälen, nicht mehr neuen Mut, weiter zu kämpfen, da es doch nur zur neuen Niederlage führt. Solche Menschen sind schlimmer daran wie die eigentlichen Opfer. Niemand kann in sie hineinsehen, woran sie leiden und wo die wahre Ursache ihrer Wunde eitert. Gegen dieses verliert das Bild von Niederlage und Zusammenbruch seine Schrecken. Es wird etwas Äußerliches und Mechanisches, wie behaftet vom Schmutz der Arbeit, und jeden Morgen, wenn der Gefangene sich bis dahin gefunden hatte, wurde ihm leicht und froh zumute. Er begriff das große Absterben, wie in der Natur so auch in der Bewegung. Ein fortwährender Ausscheidungsprozeß, der das Kranke und Schwache absondert. Eine Kraftmaschine, die das Starke stählt und treibt und immer weiter anspannt, bis auch dieses mürbe und ausgesaugt und schwach wird und so weiter, gleichfalls beiseite geworfen zu werden und zugrunde zu gehen. Aber die Plattform, von der aus um die Befreiung der Arbeiterklasse gekämpft wird, ist dennoch nur gerade dadurch breiter geworden. Ein neuer Hammerschlag ist getan zur Festigung des Unterbaus, die Nachkommenden und Nachdrängenden stehen schon gefestigter, noch weiter reicht der Arm, und wenn der nächste Schlag niedersaust, sinkt mit ihm zugleich eine weitere Stütze jener feindlichen Macht, die noch in jedem einzelnen Menschen selbst zu tief verankert ist. Jetzt sah der Gefangene auch vor sich den Marsch ins Leben, den die Masse der Arbeitenden seit Jahrhunderten angetreten hat. Viele bleiben am Wege liegen, kolonnenweise werden die Reihen niedergemäht, aber der Marsch ist nicht aufzuhalten. In jede Lücke tritt der neue Kämpfer. Und der Gefangene fühlte dumpf, daß jenes Zugrundegehen nichts anderes ist, als wenn der müde Bürger sich in seine Kammer legt und umgeben von den erblüsternen Verwandten sich bereit macht zu sterben. Und wen der Feind faßt, um ihn einzusperren, der trägt viele Schwächepunkte in sich, der ist krank, wußte auf einmal der Gefangene, weil ihn die Gemeinschaft der Kämpfenden nicht halten kann, weil er sich loslöst, vielleicht im Augenblick einer Unsicherheit oder Angst und Mutlosigkeit den Zusammenhang mit der Gemeinschaft verloren hat und so strauchelnd in den

Maschen des feindlichen Fangnetzes sich verstrickt hat. Dann wird in der Erinnerung des Gefangenen eine neue Kraft frei. Eine Last, die das Herz von Stunde zu Stunde mehr bedrückt hat, sinkt zu Boden. Es ist nirgends ein Zufall. Eine dumme Vergeßlichkeit, etwas, das anders hätte gemacht werden müssen, was auch schon so oft geschehen ist, wo man mit der Faust gegen etwas Dunkles, das immer weiter zurückweicht, losgehen will, um doch nur tiefer in die Hoffnungslosigkeit eines unlösbaren Warum hineinzugeraten. – Dieses Gefühl des unwiderruflich Verlorenseins zerflattert. Wie durch die Nebelwand doch noch die Sonne vorkommt und die dichten Schwaden rechts und links auseinanderjagt. Kopf frei.

Das ist es, das der Gefangene spürt: jener Rhythmus, der, im Tumult des Kampfes, in der Erwartung der Wirkung auf die nächsten Minuten gestellt, verloren und verschüttet scheint, ist doch lebendig. Er beschwingt die ungeheuren Massen der Arbeitenden, er setzt sie in Marsch, in Takt und Gleichschritt. In der Einsamkeit der Erinnerung wird er übermächtig; er füllt die Seele des Gefangenen aus und droht die zu enge Hülle zu sprengen. Jawohl, das Proletariat der Welt ist im Anmarsch, das Blut des einsam Hoffenden und doch so Zagen, so leicht Niederzubrechenden pocht. Pulst fiebernd und ein Schrei möchte hinaus, von Zuversicht und wissendem Glück.

Draußen, vor den Gitterstäben, blüht der Sommer, das Licht, alles Licht jubelt. Eine unermeßliche Kraft ist in der Welt. So unaussprechlich schön und herrlich. So weitet sich das Leben aller Menschen zueinander in Harmonie, in den buntfarbigen Verschlingungen des Glücks, einander zu stützen, eins zu werden in dem Wunder jener Melodie von Menschheit und Menschlichkeit. Und dieses Leben geht weiter. Es geht voran. Es jauchzt empor, wo nur immer das Blut noch kreist, wo der Atem zitternd die Erkenntnis vom Lebendigen, da zu sein, gegenwärtig – von sich stößt, um einen neuen, noch tieferen Schluck aus dem Quell alles Lebendigen zu tun. – Da ging eine schwere Erschütterung durch den Gefangenen. Er bebte am ganzen Körper und die Seele, scheint's, wurde zum ersten Mal ganz frei. Eine Erstarrung fiel von ihm ab, das Gemüt wuchtete wie ein gewaltiger Strom über die Ufer, er mußte die Arme ausbreiten und stehen und schauen und atmen alle Lebenssüße, die dem Menschen als das Geschenk seiner Menschwerdung dargebracht wird. Er wurde sich seines Menschentums bewußt.

So erlebte der Gefangene in neuem und vielfarbigem Lichte seine weitere Aufgabe. Gewiß, draußen war das Teil des Lebens, das ihm bekannt und anerzogen, das so bequem war, daß man meistens darauf vergaß, davon überhaupt Anmerkung zu nehmen. Dort rollte der Dampf weiter, als dessen Opfer er zunächst auf der Strecke geblieben war. Endlich wußte er warum: Auch hier drinnen galt es, sein eigenes Leben weiter und tiefer, sicherer und zielbewußter zu gestalten. Es half mit, denen da draußen die Waffen zu schärfen und dem endlichen Sieg näherzubringen. Dieses Leben in seinen schmerzlichen Spannungen, seinen fortgesetzten Überwindungen drohender aufdämmernder Schwäche, war ein notwendiges Glied jener Kampfgemeinschaft. Er stand nicht mehr außerhalb und beiseite geschleudert, der Gefangene, er lebte mitten drin in dichtestem Gewühl und an wichtiger Stelle. Das gibt eine ungeheure Gemütswucht – endlich einmal nicht mehr ganz überflüssig zu sein. Es ist das zum zweitenmal und zum wahren Menschentum Geborenwerden. Er hielt hier aus, der Gefangene, für die Kämpfer da draußen. Du bist in deinem Kamerad, hörte er ringsum. Es ist herrlich, sich der Zukunft zu opfern – aber da mußte er fröhlich auflachen, denn er empfand alles andere als die Stimmung eines Opfers. Er fühlte sich glücklich und frei. Er reckte sich hoch. Er fühlte, alles geht weiter und geht seinen guten Weg. Der Gleichschritt aller Arbeitenden erklingt, er wird stärker und stärker. Manche seiner Bedingungen sind noch dunkel. Die Nachunskommenden werden es besser wissen. Unser Sieg ist wie ein ehernes Naturgesetz. Im Blick bereits glüht das Glück freier Menschen. Es ist gleich, ob es heute oder morgen sein wird. Aber es wird. Und es ist!

ANHANG

Erwachen aus der Eiszeit

Es sind erst 20 000 Jahre her, daß der Höhepunkt der letzten Eiszeit auf der Erde überschritten worden ist. Das ist noch keine allzulange Zeit und der neuen paradiesischen Periode stehen wir noch einige Jahrtausende fern. Sicher ist aber, daß die letzten Nachwirkungen jener Eisperiode im Schwinden sind und daß aus dem Gleichgewicht der Wirkungen zweier Zeitalter gegeneinander der Einfluß jenes kommenden paradiesischen genau wie das schon vor jener letzten Eisperiode der Fall war, sich bereits stärker bemerkbar zu machen und allmählich das Übergewicht zu gewinnen beginnt. In diesem Jahrtausend leben wir. Wir spüren das bereits im Blut, unsere Erkenntnis ist glücksfähiger geworden, die Natur scheint leichter geworden und beschwingter, und es sind schon viele unter uns, die an der sogenannten ehernen Notwendigkeit des Naturgesetzes und dessen, was wir dafür anzusehen gelernt haben, zweifeln. Die erste paradiesische Periode, der wir uns noch gut erinnern, brachte jenen riesenhaften Pflanzenwuchs hervor, aus dem unsere heutigen Steinkohlenschätze entstanden sind. Der darauf folgenden Eiszeit folgte wiederum jene paradiesische Periode, die, was Europa betrifft, England mit Skandinavien zu einem Festland verband und die norddeutsche Tiefebene in ein Meer verwandelte. An dem Gestade dieses Meeres, im heutigen Sachsen, standen herrliche Blumenwälder. Das war die Zeit der fliegenden Drachenungeheuer, die den Menschen erschreckten. Das über die Welt vordringende Gletschereis begrub schließlich in der sibirischen Tundra die fliehenden Mammuts, eine Zeit, die so nahe vor uns stehend scheint, daß es ist, als hätten wir alles noch selbst erlebt. Aber auch diese Eisperiode ist vorübergegangen. Und schon 20 000 Jahre sind wir wieder im Aufstieg, dem neuen Paradiese zu.

Wir sind schon erwartungsvoll. Im Blut ist schon ein leises Ahnen. Manchmal ist uns die körperliche Hülle schon zu eng. Was wird das Zeichen dieses neuen Paradieses sein? Unser Wissen ist schon so anspruchsvoll geworden. Die Riesenfarne und die Palmenwälder in Sachsen interessieren uns nicht mehr.

Was werden wir denken, was werden wir tun und wie werden wir es tragen. Leben und Glück, das unserem Verstand nach Dunkle und Raunende –
Wir wissen bereits soviel davon, daß wir die Natur beherrschen werden. Nichts mehr wird sich entwickeln, was wir nicht entwickeln. Die Natur wird in Wirklichkeit das Mittel, mit der der Mensch sich auf der Erde einrichten und diese seinen Zwecken nutzbar machen wird. Das, was den toten Kern zum Keimen, zum Aufwachsen und Blühen bringt, das wird sich in der Hand des Menschen entwickeln. Zur Erzeugung und Vollendung alles dessen, was zur Atmosphäre des Menschseins und des Menschentums gehört. Das Wort Menschlichkeit bekommt einen neuen Sinn. Wir werden uns nicht mehr darauf zu berufen brauchen, um uns gegenseitig näherzubringen, uns voreinander zu verteidigen, gerade weil wir uns voreinander noch so sehr verstecken, sondern es wird eine Art Adelsprädikat im Gesamtumfang alles Lebendigen sein, aus dem die besondere menschliche Macht erwächst, die dann zur höchsten Blüte gelangt sein wird.

Diese Menschlichkeit wird in einem höchsten Symbol sich widerspiegeln, in der Geste des Schöpfers und des Schaffenden, in der Arbeit. Die Arbeit wird die Menschen untereinander verbunden sein lassen in Gemeinschaft und Gemeinsamkeit. Sie wird gemeinsam das Wissen der Arbeitenden tragen und sie in den Stand setzen, das Glück dieses Lebens untereinander nach Maßgabe der Arbeitsintensität jedes einzelnen aufzuteilen. Denn der einzelne, der sich dieses Lebensglücks eigenbewußt wird, wird verlöschen daran, wie die Sterne im Weltenraum aufflammen in gewaltigem Brand und dann verlöschen. Wir sehen nur ein winziges Pünktchen Licht davon. Vielleicht werden so noch die Menschen vergänglich sein. Sicher ist es jedoch nicht. Vielleicht, daß die auch dann den Mut haben werden zu bleiben, dazubleiben.

Die Absetzung Gottes

Gott hat seinen Zweck schlecht erfüllt. Sein Auftrag war, das Wunder zu vermenschlichen. Je weniger der Mensch sich bewußt war, Spitze und Vollender der Natur und des Organisch-Lebendigen zu sein, desto fremder und lebendigkeitsferner tritt ihm die Natur und Umwelt entgegen. Es ist wie eine Vorahnung künftigen Menschlichkeitswirkens, menschlicher Produktion sagen wir noch dafür, daß ein Mittelpunkt geschaffen wurde, ganz von selbst und aus dem unmenschlichen Wesen heraus, um den aber die dumpfen Vorstellungen und Einzelempfindungen von der Umwelt und den Mitmenschen sich sammeln und ordnen konnten, bis der Mensch den Grad von Verängstigung überwunden hatte, sie mit einem größeren Fonds von Eigenwissen in sich aufzunehmen und zu verarbeiten. Dazu war Gott gut genug. Daß er nicht mehr genügte, liegt daran, daß die Menschen in der Steigerung ihres Wissens voneinander und von dem Lebendigen an sich ein besseres Mittel fanden, sich zu verständigen, sich zusammenzuhalten und das Lebendige in der Welt in Glück zu verarbeiten, das heißt Mensch zu sein. Sie brauchten keinen Umweg mehr, keinen Vater, zu dem man Gott sich hatte entwickeln lassen, einen Popanz, der da straft und belohnt, und sich hoch oben oder tief unten oder da und dort versteckt und eingerichtet ein besonderes Leben baut, um die Menschen und das Menschliche nachzuäffen und zu verspotten – sie hatten sich bewußt gemacht der Gemeinschaft, gemeinschaftlich handeln und denken und fühlen, gemeinsam wissen und arbeiten. Es war damit jene Stufe der Menschlichkeit erreicht, die aus sich heraus sicher und glücksfähig macht. Da entdeckte man obendrein, daß Gott eine schlimme Eigenschaft sich angewöhnt hatte, weil eben die Menschen dachten, auch das Schlimme in sich nach oben loswerden zu können, wozu ja im Grunde Gott geschaffen war, als Abladeplatz – es wäre auch somit gut gewesen, aber Gott, seiner Stellung müde, im Herzen der vielen, fing selber an zu leben und sich zu bewegen und dazusein – da entdeckte man, daß Gott einsam machte. Die Einsamkeit kam von Gott. Alle täglichen Wünsche hatten sich zum Himmel verdichtet, die Ängste zur Hölle, und dort, über das Leben hinaus, dort, wo Gott war, dort sehnten sich die Menschen hin, die nicht recht sicher waren in ihrem eigenen Leben. Sie entzogen sich der Gemeinschaft der Lebenden, wurden einsam und machten die Menschen um sich herum in gleicher Weise einsam. Es war eine Krankheit, die angebrochen war, eine Seuche, die den Menschen zu vergiften drohte und deren Ursache Gott war. Denn der lebende Mensch, wer überhaupt lebt, ist nicht einsam. Und so strich man denn Gott aus der Reihe der Begriffe, die noch Verständigungsmittel waren, aus. Gott ist tot. Gott ist nicht mehr. Nicht mehr oben in der Luft, in der Tiefe der Erde oder in alten Weidenbäumen. Gott lebt nicht, denn das, was lebt, das ist gegen Gott, das ist der vollkommene Gegensatz zu Gott. Das ist Gemeinschaft. Gott aber im Herzen der Ängstlichen war immer allein. Es war nichts als die Angst, die jetzt einem fröhlichen Lachen gewichen ist, der Mitfreude. Gott selbst hatte dafür die eine Eigenschaft, das Mitleid. Nun ist, wie das Leid, auch das Mitleid aus der Welt geschafft. Und das Unglück Gott ist damit zugleich auf den Haufen geflogen. Es war noch an der Zeit, denn Gott fing bereits an zu stinken.

Der Sinn des Lebens

Bald werden die Menschen einmal sich ernstlich fragen, wozu sie leben. Das wird die Zeit sein, wenn die Einsamkeit aus dem Kreise der Lebenden gejagt sein wird. Dann werden sich einmal die Menschen seltsam nahe und einander gleichartig vorkommen. Dann wird einer aufstehen und von der Menschlichkeit zu sprechen anfangen, als hätten sie das alles die längste Zeit vergessen gehabt. Nun, wird man dann fragen, wozu leben wir eigentlich –(ich möchte bei diesem Erraten gern anwesend sein). Wer fragt, weiß schon, noch ehe er mit dem Satz zu Ende ist. Vielleicht, daß die Menschen sich noch abgewöhnen zu sprechen, denn sicher ist unsere Sprache plump und schwerfällig geworden. Das sollte uns schon der elektrische Funke beweisen. Um einander leben zu helfen, um das Glück einander tragen zu helfen, um gemeinschaftlich zu arbeiten, um Mensch und menschlich zu sein – und einer wird vielleicht sagen, um uns menschlich und das Menschliche menschlicher zu machen. Aber was man auch sagen wird, man wird das eine aussprechen und vielleicht ausdenken, das andere aber wird man fühlen und wissen, das wird man im Blute haben. Das aber ist: sich zu vollenden, sich zu steigern, sich über das Einzelich hinauswachsen zu lassen, eins zu werden mit der Gemeinschaft, gemeinsam die Gemeinschaft zu leben und die lebendige Gemeinschaft zu steigern nach der Breite wie nach der Tiefe des Glücks, des gemeinschaftlichen Glücks wie des Eigenglücks.

Dann überwindet der Mensch das Drängende, das Unzufriedene. Er wird ruhig und spiegelklar. Sich zu vollenden läßt ein Zittern nicht aufkommen, duldet keine Angst mehr. Es ist das Menschlichste der menschlichen Aufgaben. Der Einzelne ist dann schon auch der jeweilige Vollender, die Wucht der Arbeit aller Vorangegangenen lastet auf ihm, die er zu steigern unternommen hat. Zweifellos wird sein Fuß nicht straucheln, mutig wird er neben den Heranwachsenden einherschreiten, bis seine Kräfte ihre Vollendung in der frischeren und beschwingteren Menschlichkeit des nun bis zu ihm Emporgewachsenen gefunden haben und zu erleben beginnen. Das Lebenstempo wird gemeinsam gesteigert werden. Warum sollte der Alte abtreten – denn es wird sich ergeben, daß es ein Alter nicht gibt. Wozu altern – überlassen wir das den Absterbenden. Wir wollen leben! Wir fangen erst an zu leben, und was nach uns kommt, das wird dieses Leben zu steigern imstande sein. Dazu wächst es heran. Darum vereinigen wir uns mit ihm. Dann, wenn wir unserer selbst bewußt genug und würdig geworden sind, mit der Jugend zu gehen. Dann wird uns die nachdrängende Jugend endlich gemeinschaftlich machen.

FRANZ JUNG UND DIE UTOPIE EINER ANDEREN ARBEITERBEWEGUNG

NACHWORT

„Das Wesen der sozialistischen Gesellschaft besteht darin, daß die große arbeitende Masse aufhört, eine regierte Masse zu sein, vielmehr das ganze politische und wirtschaftliche Leben selbst lebt und in bewußter freier Selbstbestimmung lenkt."
Rosa Luxemburg, Was will der Spartakusbund, 1918.

Als das vorliegende Buch 1923, zwei Jahre nach seiner Fertigstellung, erstmals erschien, reagierten vor allem die bürgerlichen Rezensenten mit dem Hinweis auf die Gattungs- und Kunstfrage. So schrieb die österreichische Zeitschrift *Bildungsarbeit* (Nr. 7/8, S. 66): „Will ein Dichter seine Gedanken in einem Roman vorbringen, so kann er nicht darüber hinweg, sie in Handlung umzusetzen. Er muß Vorgänge erfinden, die die Einbildungskraft des Lesers anregen, die dieser sich vorzustellen vermag. Abstrahiert der Autor aber von jedem vorstellbaren Geschehnis, bringt er nur den sachlichen Extrakt des Ereignisses in der Art einer Zeitungsnotiz: Das und das ist da und dort geschehen, so ergibt sich ein auf gemeinverständliche Basis gestelltes theoretisches Buch, das an sich ganz interessant sein mag, aber ein Unding wird, wenn es den Titel 'Roman' beansprucht."
In der Tat, Jungs Buch erscheint auf den ersten Blick – vor allem der zweite Hauptteil – als eine Sammlung gemeinverständlicher theoretischer Abhandlungen. Der kapitalistische Staat wird hier dargestellt als ein Mechanismus, der, bestimmt durch ökonomische Gesetzmäßigkeiten, ein Eigenleben angenommen hat, das den Menschen seines eigenen Lebens beraubt. Der Mensch erstarrt zum Objekt der staatlichen und ökonomischen Eigenlebendigkeit. Niemand vermag ihr zu entgehen. Die Kapitalisten, die Techniker, die Beamten, der Arbeitsminister und die ganze Regierung sind Spielbälle dieses alles übergreifenden Systems, auch wenn sie sich oft dessen nicht bewußt sind, wenn sie glauben, sie hätten die Macht, das Geschehen zu bestimmen. Der große Teil der Bevölkerung, die Arbeiter, sind hier realistischer; sie fühlen sich als ein Rad im Getriebe, das austauschbar ist und keinen Einfluß auf den Lauf der Maschine hat, und so wollen sie sich in Ruhe im Kreise drehen. Nur manchmal ..., aber das bringt nur eine Verzögerung, bis wieder alles läuft wie bisher.
Walter Fähnders und Martin Rector, die Mitherausgeber der Neuausgabe

der *Eroberung der Maschinen* 1973, schrieben in einer Analyse des Romans in ihrem Buch *Linksradikalismus und Literatur:* „In konsequenter Befolgung seiner ökonomistischen Theorie stellt Jung das Proletariat nicht als Subjekt der Geschichte dar, (...) sondern als ein von der Geschichte abhängiges und getriebenes Objekt. (...) Die Arbeiter, soweit sie überhaupt ins Blickfeld geraten, sind nur Funktionsträger und ausführende Organe eines anonymen Bewegungsgesetzes und werden daher nicht als Individuen sondern als Typen gezeichnet. (...) Die Darstellung des ökonomistischen, unhistorischen Revolutionsmodells führt notwendig zur Austrocknung aller sinnlichen Anschauung zugunsten des reinen Traktats und damit zur Selbstaufhebung des ästhetischen Anspruchs. In dem Maße, wie Jung die Idee, um sie zu retten, auf Kosten der Geschichte verabsolutiert, gerät ihm der Roman zum Kompendium linkskommunistischer Theorie." Die Diagnose scheint einfach: Kinderkrankheit.

Es ist richtig, Jung geht von einem „anonymen Bewegungsgesetz" des Kapitals aus, das auch den Arbeiter nur als „Funktionsträger" erscheinen läßt. Er vermeidet es, ihn als Individuum darzustellen, als handelndes Subjekt, sondern er stellt den Menschen im kapitalistischen Staat als Objekt der ökonomischen Eigendynamik des Kapitals dar. Zentrum des Romans sind also die Bewegungsgesetze des ökonomischen Systems selbst. Die Menschen als Charaktere treten zurück. Das irritiert den gebildeten Bürger, denn er hat in seine Bildungs-„arbeit" viel Mühe „investiert", um zu lernen, was die Kriterien sind, die einen Roman ausmachen. Hier muß er Einhalt gebieten, das Kunstwerk schützen, das die Aufgabe hat, die „Einbildungskraft" zu fördern, um in der beschränkten Welt des Bürgers Geschehnis vorstellbar werden zu lassen. Er muß die Kunst schützen gegen etwas, was in der „Art einer Zeitungsnotiz" geschrieben ist. Und er weigert sich. Er weigert sich, darüber nachzudenken, warum für ihn Einbildungskraft notwendig ist, um sich ein Geschehnis, ein reales Ereignis „vorstellen" zu können. Er weigert sich, sich einzugestehen, daß er sich ein Geschehnis vorstellen muß, weil er es nicht erlebt, und daß, weil er es nicht erlebt, er es sich einbilden muß. Es bedarf der Phantasie, damit überhaupt etwas geschieht, und wenn es nur im Kopf ist.

Ausgangspunkt des Romans *Die Eroberung der Maschinen* sind die Mitteldeutschen Aufstände des Jahres 1921. Sie werden in ihrem Scheitern dargestellt und analysiert. Wobei das Scheitern der „Novemberrevolution" und der revolutionären Kämpfe im Jahre 1920 die Einschätzung mitbestimmen. Um auf die eingangs zitierten Kritiker und ihren Vorwurf des „unhistorischen Revolutionsmodells" bei Jung zurückzukommen, ein Blick zurück ins Jahr 1856: Anläßlich einer Rede zum vierjährigen Bestehen des *People's Paper* bemerkte Marx, rückblickend auf die Revolution von 1848: „Die sogenannten Revolutionen von 1848 waren nur kleine Zwischenfälle – geringfügige Spalten und Risse in der harten Kruste der bürgerlichen Gesellschaft. Aber sie zeigten den Abgrund. Unter der scheinbar festen Oberfläche offenbarte sich ein ungeheurer Ozean, der nur der Expansion bedurfte, um ganze Kontinente in Stücke zu zerschmettern. (...) Diese Revolution war keine Erfindung des Jahres 1848. Dampf, Elektrizität und die Selfaktoren waren Revolutionäre von viel gefährlicherem Charakter als die Bürger Barbès, Raspail und Blanqui. Aber obwohl die Atmosphäre, die wir atmen, auf jeden von uns mit einem Gewicht von 20 000 Pfund lastet, fühlen Sie es? Ebensowenig wie die europäische Gesellschaft von 1848, die doch von revolutionärer Luft umhüllt und von allen Seiten bedrängt war. (...) In unserer Zeit scheint jedes Ding schwanger mit seinem Gegenteil. Die Maschine ist mit der wundervollen Kraft begabt, die menschliche Arbeit zu verkürzen und fruchtbarer zu machen: wir sehen, wie sie zu Hunger und Überarbeitung führt. Die neu entfesselten Kräfte des Reichtums werden durch ein seltsames Spiel des Schicksals zu Quellen der Entbehrung. Die Siege der Kunst scheinen durch Einbuße an Charakter erkauft. Die Menschheit wird Herr der Natur, aber der Mensch wird Sklave des Menschen oder Sklave seiner eigenen Niedertracht. Sogar das reine Licht der Wissenschaft kann, so scheint es, nur vor dem dunklen Hintergrund der Unwissenheit strahlen. Das Resultat aller unserer Erfindungen und unseres Fortschritts scheint zu sein, daß materielle Kräfte mit geistigem Leben ausgestattet werden und die menschliche Existenz zu einer materiellen Kraft verdummt." Und etwas später fährt Marx fort: „Wir wissen, daß die neuen Kräfte der Gesellschaft, um gutes Werk zu verrichten, nur neue Menschen brauchen, – und dies sind die Arbeiter. Sie sind so gut ein Erzeugnis der Gegenwart wie die Maschine selbst." Für Marx ist der Arbeiter das revolutionäre Subjekt – im übrigen auch für Jung –, aber für beide ist er dies nicht automatisch, denn auch er ist ein Produkt der Geschichte und unterliegt dem gleichen ideologischen Schein, den Marx oben schildert; auch seine Existenz ist zur „materiellen Kraft verdummt", ist den „materiellen Kräften", die „mit geistigem Leben ausgestattet" zu sein scheinen, unterworfen. Auch bei Marx entwickeln die ökonomischen Verhältnisse ein Eigenleben, zumindest im Bewußtsein der Menschen.

Franz Jung war kein Marxist und auch kein Wissenschaftler. Er konnte, als er den Roman schrieb, auch die Rede Marx' nicht kennen, denn sie wurde erstmals 1928 in Deutschland veröffentlicht. Aber es sind doch Parallelen auszumachen, ob in der Einschätzung der Bedeutung dieser „Revolutionen", ob in dem Stellenwert, den Maschinen und Elektrizität innerhalb der sozialen Revolution einnehmen oder bezüglich der Funktion von Kunst und Wissenschaft innerhalb der bürgerlichen Gesellschaft.

*

Um die Position von Jung nicht zwangsläufig aus den Auffassungen leninistischer oder sozialdemokratischer Tradition heraus verstehen – oder richtiger gesagt mißverstehen – zu wollen, ist es nötig, einen Blick auf die Entwicklung der revolutionären Perspektiven zu richten, aus denen sich der leicht abschätzig so genannte „Linksradikalismus" nährte. Der ungleiche Bruch zwischen antiautoritärem und autoritärem Sozialismus in der ersten Internationale bewirkte eine einseitige und verengte Entwicklung der europäischen Arbeiterbewegung. Die sozialdemokratische Hegemonie zwängte die vielfältigen Formen der Klassenbewegung in ein leicht handhabbares administratives Partei- und Gewerkschaftskorsett, in dem weder Platz für die Entwicklung der Selbstaktivität der darin Organisierten war, noch der spontanen Entfaltung der Klassenkräfte Raum gelassen wurde.

Die schematische Auffassung einer naturgegebenen Geschichtsentwicklung zum Sozialismus tötete auf Dauer den lebendigen Geist innerhalb der proletarischen Schichten, und die Fixierung auf einen ständig wachsenden Organisations- und Funktionärsapparat bewirkte, daß die Trennung zwischen Basis und Führung unüberbrückbar wurde. Außerdem führte die Fixierung auf die Teilnahme an politischen Wahlen zu einer Entradikalisierung der Kampfmethoden. Im Allgemeinen läßt sich nicht nur für Deutschland feststellen, daß die Sozialdemokratie vor dem Ersten Weltkrieg genau jenes Gespenst war, von dem am Anfang des Kommunistischen Manifestes gesprochen wurde: zwar laut mit den Ketten rasselnd, ansonsten aber harmlos.

Einzig in den romanischen Ländern, in Lateinamerika und Rußland erhielt sich eine vitale und angriffsfreudige sozialrevolutionäre Bewegung, die in den Traditionen des Anarchismus wurzelt. In Nordamerika entwickelte sich durch die besonderen Gegebenheiten die sehr schlagkräftige IWW (Industriel Workers of the World), deren Aktivitäten die amerikanische Bourgeoisie in Angst und Schrecken versetzten. Ähnlich wie der revolutionäre bzw. der Anarcho-Syndikalismus vertrat auch die IWW das Konzept einer wirtschaftlich-politischen Einheitsorganisation, das die Teilnahme an der bürgerlichen Politik ausschloß und sich rein auf den Klassenkampf bezog, als revolutionäres Mittel zur Überwindung des Kapitalismus. Nicht von ungefähr gleicht die „Elektriker-Union"

in diesem Buch jener „One Big Union" wie sie die IWW propagierte. Diese alle Trennungen in Branchengewerkschaften aufhebende „Elektriker-Union", die stattdessen die gesamten Arbeiter einer Industrie organisiert, entspricht zugleich der strategischen Bedeutung der Energie im mordernen kapitalistischen Produktionsprozeß und den gewandelten Klassenkampfvorstellungen der neuen Arbeiterbewegung. „Die revolutionäre Gewerkschaft der amerikanischen Arbeiter IWW", bemerkte Rühle in *Von der bürgerlichen zur proletarischen Revolution*, „... tauchte, obgleich nur Wenigen bekannt, als Vorbild auf."
In der Einleitung dieser richtungsweisenden Schrift umreißt Rühle die Grundposition der rätekommunistischen Auffassungen die Jung in seinem Revolutionsszenarium gewissermaßen dramatisiert: „Der Verlauf der deutschen Revolution seit 1918 war dem Proletariat eine Schule der Erkenntnis dafür, daß Partei und Gewerkschaften heute die stärksten Hemmnisse der proletarischen Revolution sind.
Das Proletariat muß lernen, die Sache seiner Befreiung selbst in die Hand zu nehmen. Es beginnt zu begreifen, daß die proletarische Revolution in erster Linie ein ökonomisches Phänomen ist und daß ihre Vorbereitung und Aufrollung von den Arbeitsbetrieben aus zu erfolgen hat. Die hierfür nötigen Energien und Qualifikationen gewinnt es durch Erziehung zu Selbstbewußtsein und Selbständigkeit.
Die Organisation der kapitalistischen Wirtschaft bildet die Grundlage für die Organisation der proletarischen Befreiung. Betriebs-Organisation, Arbeiter-Union und Rätesystem sind die Stufen des Aufstieges zur Erreichung der Macht durch das Proletariat.
Die proletarische Revolution ist in Ausmaß, Inhalt, Tendenz, Kampftaktik und Ziel völlig verschieden von der bürgerlichen Revolution. Sie ist die soziale Revolution und findet ihren Abschluß mit der Aufrichtung des führerlosen, staatenlosen, herrschaftslosen Sozialismus."

*

Bis zum August 1914 konnten die sozialdemokratisch organisierten Arbeiter davon träumen, ohne viel eigenes Zutun in den Sozialismus hinüberzuwachsen. Mit Kriegsbeginn offenbarte sich aber, wie wenig die Parteien der Zweiten Internationale dazu taugten, den Krieg des Kapitals zu verhindern. Mehr noch: alle Parteien wurden patriotisch und bewiesen, wie weit die alte Arbeiterbewegung in den bürgerlichen Staat integriert war. Aus dem „planmäßigen Hineinwachsen in den Sozialismus" wurde ein Marsch in die Massengräber.*

* Ausnahmen: Die Regierung Italiens erklärt, aufgrund der Drohungen der

Diese Niederlage der Arbeiterbewegung erklärt sich nicht erschöpfend damit, „Verrat" oder andere dunkle Machenschaften den sozialdemokratischen Führern vorzuwerfen. Zwar war ihr mangelnder Mut zu radikalen Aktionen offensichtlich, wesentlicher aber war das Offenbarwerden einer untauglichen Perspektive, in der die Massen nur ein bloßes Objekt für die politischen Manöver einer auf Selbsterhaltung bedachten Führungselite waren: Die Sozialdemokratie organisierte die Unmündigkeit und nicht die Selbständigkeit der Arbeiter.

Die Sozialdemokratie begriff die Klasse als eine rohe Anhäufung von Leuten, für die sich eine Organisation einzusetzen hätte, um deren Lage schrittweise zu verbessern. Die Klasse selbst einigt nichts als ein dumpfes Gefühl, irgendetwas gemeinsam zu haben, ihr tritt gewissermaßen ein halbbeamteter, halb philanthropischer Oberleher entgegen, der sie aufklärt und erzieht.

Wie immer man es auch wendet, stets bleibt die vollmundig gefeierte und heroisierte Arbeiterklasse in dieser Auffassung ein unmündiges Klientel – von dem Berufspolitiker natürlich sehr gut existieren können, worüber Robert Michels' *Soziologie des Parteiwesens* bereits vor 1914 anschaulich unterrichtet.

Johann Knief, einer der Wortführer des Linksradikalismus während des Krieges, schrieb im März 1915: „Daß der Staat reaktionär ist, wissen allmählich alle Arbeiter. (...) Aber daß die Parteibürokratie eine viel gefährlichere Macht darstellt, das wissen einstweilen nicht sehr viele. Solange die Arbeiter um jeden Preis an ihrem ganzen bürokratischen Apparat festhalten, werden sie immer mehr ins Lager des Bürgertums getrieben werden. (...) Erst wenn die Arbeiter diese Formen der Organisation sprengen, ... werden sie den Weg zu ihrer Befreiung finden. Die heutigen Organisationen führen zur neuen Knechtung; nein, sie haben für die Arbeiter bereits das Joch der Staatsgewalt verdoppeln helfen."

Entgegen der sozialdemokratischen Klassenauffassung, die eigentlich keine ist, sondern eher den zeitlosen Bestrebungen von Politikern entspricht, sich für ihr Tun einer Machtbasis zu versichern, entwickelte sich im revolutionären Syndikalismus, in Frankreich und nachfolgend auch in Spanien, die Vorstellung von einer Klassenautonomie. Das Pro-

---

Arbeiterorganisationen im Falle eines Kriegseintritts mit revolutionären Aktionen zu antworten, ihre Neutralität (bis 1915). Wahrhaft heroisch verhielt sich die russische Arbeiterbewegung: Generalstreiks in Baku und Petersburg sowie anderen Landesteilen im Juli. Standhaft lehnten die Dumaabgeordneten der Bolschewiki wie der Menschewiki jegliche Zustimmung zur Kriegskreditbewilligung ab. Auch die englische Independent Labour Party hielt an ihrer prinzipiellen Kriegsgegnerschaft fest. Näheres siehe: Karl-Heinz Klär, *Der Zusammenbruch der Zweiten Internationale*, Campus Verlag 1981.

letariat soll gleich feindlich sowohl den sozialistischen Politikern wie auch dem bürgerlichen Staat gegenüberstehen. Die Klasse ist keine bloße „Koalition von Armen", sondern „eine Gesellschaft von Produzenten", schreibt Sorel in *Über die Gewalt,* und es ginge nicht mehr darum, „das Volk zu führen, sondern die Produzenten zu veranlassen, aus sich heraus zu denken, ohne Beistand einer bürgerlichen Tradition." An die Stelle des Kampfes einer irgendwie gearteten Führung um einen Anteil an der Staatsmacht soll der unmittelbare Kampf der Proletarier um die Produktionsmittel treten.

In diesen Vorstellungen können wir wiederfinden, was Marx weiter vorne ausführte, es ist die Scheidelinie zwischen alter und neuer Arbeiterbewegung, die am Ende des 1. Weltkrieges in Deutschland vehement zum Vorschein kommen und die Orierentierung der revolutionären Massen bestimmen wird. Sorel beschreibt diese Neuorientierung als Kampf für „eine Revolution ..., die von einem aus Produzenten bestehenden Proletariat unter dem Einfluß der Produktionsbedingungen selbst vollzogen wird: dessen Glieder die wirtschaftliche Fähigkeit, die Einsicht in die Arbeit und den Sinn für das Recht errungen haben."

Dieser Begriff von Klassenautonomie und Revolution wird das Denken der westeuropäischen Linken nach dem Zusammenbruch der Sozialdemokratie bestimmen – im Gegensatz zu Lenin. Julian Borchardt, in dessen Zeitschrift *Lichtstrahlen* bis zu deren Verbot April 1917 die radikale Opposition eine Plattform fand, schrieb in der Bremer *Arbeiterpolitik* 1917: „Worauf es ankommt, ist die Beseitigung jeglichen Führertums in der Arbeiterbewegung. Was wir brauchen, um zum Sozialismus zu gelangen, ist reine Demokratie unter den Genossen, d.h. Gleichberechtigung, Selbständigkeit, Wille und Kraft zur eigenen Tat bei jedem Einzelnen. Nicht Führer dürfen wir haben, sondern nur ausführende Organe, die, anstatt ihren Willen den Genossen aufzuzwingen, umgekehrt nur als deren Beauftragte handeln."

Lenin radikalisierte das autoritäre Konzept der Sozialdemokratie und generalisierte es zugleich für die Arbeiterbewegung außerhalb Rußlands. Er, der in den labyrinthischen Fraktionskämpfen innerhalb der russischen Sozialdemokratie seine Vorstellungen entwickelte, ist voll und ganz Protagonist der darin zum Tragen kommenden Regeln, sein administratives Verständnis vom Klassenkampf schließt jede Vorstellung einer Klassenautonomie aus. Zweifellos überragt Lenin die vielen marxistischen Theorieleuchter der II. Internationale, zeigt ihnen gegenüber Größe und Hellsicht in einer dunklen Zeit, wo die Mehrzahl der Arbeiterführer sich skrupellos in den Dienst des Chauvinismus stellte. Dennoch ist seine Kaderpartei von Berufsrevolutionären eingebunden in die dogmatische Enge und Rückständigkeit der alten Arbeiterbewegung, sie wird dann auch, nachdem die III. Internationale genügend Filialen und Einfluß hat, gegenüber den forcierten Klassenkämpfen hemmend wirken. Lenins ganze Vorstellungswelt paßt bequem in ein jakobinisches Bürgerkostüm mit blanquistischen Litzen am Ärmel; so ausgestattet muß der Terror einer Führungselite die fehlende Selbständigkeit der Produzenten ersetzen: Der Staat ist alles, die tätige Produzenten-Gemeinschaft nichts, die administrative Methode umfassend.

In seinem *Offenen Brief* schrieb Herman Gorter 1920 an Lenin, als Antwort auf dessen Broschüre *Der linke Radikalismus – die Kinderkrankheit im Kommunismus*: „Ihre Taktik dagegen ist russisch ... Hier taugt sie nichts."

Die Bolschewiki beginnen nach ihrem „Putsch" im Oktober 1918 zunächst in Rußland, dann überall, wo sie Einfluß gewinnen, die Arbeiterbewegung mit ihren Methoden gefügig zu machen. Sie werden nicht bloß den Geist der Passivität unter den Arbeitern festigen, sondern auch gründlich das Empfinden für die Rebellion und die Sehnsucht nach Befreiung zerstören. Am Ende wird der Parteisoldat, der bloße Befehlsempfänger herrschen, dem es zur Selbstverständlichkeit geworden ist, sich jeder Disziplin zu fügen, und dem nichts fremder ist, als die Maschinen zu erobern.

Lenin wird Zeit seines Lebens nicht müde, gegen das Gespenst einer „syndikalistischen Abweichung" zu polemisieren. Ganz der Typus des Parteimenschen, ist ihm die lebendige Entfaltung der proletarischen Kraft unverständlich. Wie seinen sozialdemokratischen Gegenspielern sind ihm die Massen Staffage, die Klasse ein unselbständiges Mündel, allein die Organisation garantiere den Sozialismus. Die elementaren Weisheiten, die in diesen Kasernen des „revolutonären Generalstabs" gedeihen, lassen sich allerdings auf die Tugenden reduzieren, die auch den bürgerlichen Staat ausmachen: Unterordnung, Disziplin, Gehorsam.

Diese aus der sozialdemokratischen und bolschewistischen Restauration wiedererstehende domestizierte Arbeiterbewegung wird dem Ansturm des Faschismus unterliegen, nicht weil dieser von dem panischen Bürgertum gestützt oder von der Industrie finanziert wurde – was wäre anderes von den alten Mächten zu erwarten – sondern weil alle schöpferisch menschlichen Kräfte, die hätten widerstehen können, in diesen Parteien und Gewerkschaften auf Null reduziert waren. „Sie haben die Einsicht der Arbeiter verdunkelt und ihr Gefühlsleben vergiftet", resümierte Pannekoek 1941.

Um den „linksradikalen" Gegentypus zum Parteisoldaten zu zeigen, begnügen wir uns damit, Fernand Pelloutier, den Organisator des revolutionären Syndikalismus in Frankreich, zu zitieren: „Rein von jedem

Ehrgeiz sein, ... seine Kräfte verschwenden, bereit sein, auf allen Schlachtfeldern mit seiner Person zu zahlen, und dann, nachdem man die Polizei verprügelt und die Armee verhöhnt hat, gleichmütig die dunkle, aber fruchtbare Gewerkschaftsarbeit wieder aufnehmen ... Empörte zu jeder Stunde, Menschen ohne Götter, ohne Herren und ohne Vaterland: unversöhnliche Feinde jedes moralischen oder materiellen, individuellen oder kollektiven Despotismus, das heißt der Gesetze und der Diktaturen, nicht ausgenommen die des Proletariats."

Unschwer ähnelt Franz Jung dieser Beschreibung eines revolutionären Aktivisten, und auch sein Gefängnistraum einer endlich alle befreienden Revolution war kein ästhetischer Trick, sondern der Traum, dem die revolutionären Proletarier in Deutschland anhingen, als sie noch hofften, ihr Schicksal in die eigenen Hände nehmen und ihre alten Herren, von Krupp bis Noske, loswerden zu können. Was Jung hier in zwei Monaten herunterschrieb, liest sich wie das Programm der neuen Arbeiterbewegung, deren Selbstfindungsbemühungen er aus eigener Anschauung kannte.

Diese Übereinstimmung ist leicht in den Flugblättern, Erklärungen, Polemiken und Analysen der KAPD, AAU, AAUE, FAUD oder den Schriften eines Otto Rühle, Anton Pannekoek, Herman Gorter, Franz Pfemfert u.a.m. nachzulesen.*

*

Jung gliedert seinen Roman in drei Hauptteile. In den ersten beiden Teilen beschreibt er zwei Arbeiteraufstände, im dritten Teil, der als Traum eines politischen Gefangenen erkennbar wird, skizziert er die Weltrevolution. Vom ersten Aufstand weiß niemand, wie er zustande kam. Er mag aus Streiks an anderen Orten entstanden sein und brach nun in das Leben der einzelnen Menschen ein. Niemand kannte im Grunde das Ziel des Aufstands. Ja, unter den miserablen Bedingungen der Arbeit litten sie alle, die Industriearbeiter und die unterdrückte Landbevölkerung. Als eine Gruppe aufständischer Arbeiter vorbeizog, entschloß man sich zögernd, sich anzuschließen. Man litt unter dem Druck der Lohnarbeit, war auch gegen dieses System und man folgte, teils aus Neugier – hier passierte einmal etwas. So zogen immer größer anwachsende Gruppen in die Stadt ein. Man besetzte öffentliche Gebäude, zerstörte die Einrichtung des Postamts und errichtete eine Zentrale. Die aber

---

* Die zwei hervorragenden Studien von Hans Manfred Bock sind zur Vertiefung des Verständnisses des hier abgehandelten Themas sehr zu empfehlen: *Geschichte des „Linken Radikalismus" in Deutschland,* Suhrkamp Verlag 1976 und *Syndikalismus und Linkskommunismus von 1918-1923,* Verlag Anton Hain 1969.

wußte auch nichts Konkretes und wartete auf Informationen und Anweisungen aus anderen Orten. Die blieben aus. In der Zentrale waren auch „politische Persönlichkeiten" anwesend, „die einen gewissen besonderen Platz in der Arbeiterbewegung beanspruchten. Leute von außerhalb, die auf die erste Kunde von den Streikvorgängen herbeigeeilt waren, um sich selbst ein Bild von den Aussichten des Kampfes zu machen. Aber mochten sie auch von noch so weit herkommen, sie brachten denselben engen Gesichtskreis mit. Über den Umfang der Bewegung wußte niemand Aufschluß zu geben." Und in dieser Orientierungslosigkeit und Halbherzigkeit wurde der Aufstand blutig niedergeschlagen. Nutznießer des Aufstands war der Elektrotrust, dem es vor dem Hintergrund der Unruhen gelang, betroffene Industriezweige zu übernehmen und Unabhängigkeit gegenüber der Regierung zu gewinnen. Ein Vertreter des Finanzkapitals resümiert: „Der Schachzug gegen die Regierung, die als Kontrollinstanz sich aufspielen will, war gut angelegt. Die Regierung wird mit Unruhen abgespeist. Dort mag sie Betätigungsfeld suchen und finden."

Nicht vergessen werden sollte, daß, wie in den anderen „Roten Romanen" auch, diese Schilderungen der Ereignisse auf dem unmittelbaren Miterleben des Aufstandes beruhen. Als Beauftragter der KAPD wurde Jung in das Mansfeldische Industriegebiet delegiert um die spontanen Streiks mit den bewaffneten Gruppen um Plättner und Hölz zu koordinieren, als Ausgangsbewegung für eine allgemeine aufständische Erhebung in Deutschland. Die detailhaften und anschaulichen Bilder, die dichtgedrängt die Handlung des Buches bestimmen, sind nicht bloße Mittel kritischer Verweise des zu Wenig (Mangel an Klarheit, Führung, Zielsicherheit usw.), sondern Ausdruck jener Erlebenswucht, die von der Berührung mit der tiefgründigen Intensität einer sozialen Bewegung herrührt. Jung zeigt Triebkräfte, legt den Drehpunkt des Konflikts frei, dramatisiert das Geschehen von innen heraus und kann so auf den Pseudorealismus eines nur romanhaften Naturalismus verzichten: Er stellt den Betrachter in den Mittelpunkt des Erlebens.

Der zweite Aufstand, mit dem nun jeder rechnete, war besser vorbereitet. Jung beschreibt im zweiten Hauptteil in einzelnen, scheinbar für sich stehenden, Abschnitten die Aktivitäten der Industrie, der Börse, der Regierung, der Gewerkschaften und der verschiedenen politischen Gruppierungen innerhalb der Arbeiterbewegung. Er beschreibt und analysiert die ökonomischen und politischen Zusammenhänge und die Ursachen für das Scheitern auch dieses Aufstandes. Aber das braucht alles inhaltlich hier nicht noch einmal wiedergegeben zu werden. Nur, die Losung von der *Eroberung der Maschinen,* die von der Elektrikerunion ausgegeben wurde und die der strategische Schlüssel für die

Revolution gewesen wäre, wurden von den Arbeitern nicht verstanden. Sie waren als vereinzelte Menschen noch zu sehr verhaftet in bürgerlichen Werten, in dem Vertrauen auf Kirche und Staat, und sie empfanden die Schmach der Arbeit zu sehr, als daß sie die Arbeit, die von der Lohnabhängigkeit befreit ist, als Erlösung hätten begreifen können. So schlugen sie in ihrer Wut auf die Maschinen ein. Und als die Gewerkschaften ihre Chance erkannten und in Verhandlungen über Lohnerhöhungen und bessere Arbeitsbedingungen traten, da schlossen sich die Arbeiter ihnen an. „Die Mehrheit entschied sich für das Nächstliegende, das Brot verheißt – die Verhandlungen, den neuen Tarifvertrag. Das wird immer so sein. Das muß immer so sein, es müßten erst andere Menschen geworden sein. Dazu ist aber ihre Freiheit von der Lohnabhängigkeit Vorbedingung. Wie wenige begriffen das!"
Jung stellt die Weltrevolution als Traum dar. Es bleibt dabei unklar, warum an anderen Orten die Aufstände Erfolg haben und warum sie sich ausweiten. Das ist auch nicht wichtig, denn Jung kann kein Rezept der Revolution liefern. Ihm geht es um eine konkrete Utopie. Der Anhang zeigt dies deutlich. Mit jedem Arbeitskampf kommt der Einzelne dem Ziel einen Schritt näher, denn er spürt, daß es möglich sein muß, eine Gemeinschaft von menschlichen Menschen zu schaffen – auch wenn dieses Gefühl nur von kurzer Dauer ist, so wie der kurze Verzweiflungsschrei des an Einsamkeit leidenden Eskimos. Der Bürger mag das einen pathologischen Anfall nennen und dieser Krankheit einen Namen geben: Piblokto. Jung aber stellt fest: „Unser Sieg ist wie ein ehernes Naturgesetz. Im Blick bereits glüht das Glück freier Menschen. Es ist gleich, ob es heute oder morgen sein wird. Aber es wird. Und es ist."

*

In den Besprechungen des Romans wurde immer wieder bemängelt, daß Jung keine Individuen zeichne. So schrieb Gertrud Alexander am 3. Juni 1923 in der *Roten Fahne:* „Franz Jung hat, wie manche von den Jüngeren, die proletarische Kunst machen wollen, Angst vor der Individualisierung, die er als Merkmal der bürgerlichen Kunst gekennzeichnet weiß. Er will einen unpersönlichen, d.h. nicht von Individuen und Einzelschicksalen handelnden Roman schreiben. (...) Das alles ist tot und kalt, das rein sachliche, geschäftsmäßige, die Oede."
Die Zerstörung des Begriffs der bürgerlichen Individualität, sowie die Frage nach Individuum und Gemeinschaft waren in der Tat ein nach Lösung drängendes Anliegen der Künstler und Intellektuellen seit Beginn dieses Jahrhunderts. Die Auseinandersetzung mit diesen Fragen war

aber kein für den historischen Entwicklungsstand Deutschlands typisches Phänomen. Auch im industriell rückständigen Rußland beschäftigte man sich mit diesen Themen. Als ein Resultat der Auseinandersetzung erschien 1918 in Moskau unter dem Verfasservermerk „N.N." im „Verlag des Zentralexekutivkomitees der Sowjets" das Buch *Übeer proletarische Ethik*. Ludwig Rubiner ließ ein Kapitel aus diesem Buch von Frida Ichak ins Deutsche übersetzen, um es in dem 1919 von ihm herausgegebenen Almanach *Die Gemeinschaft. Dokumente der geistigen Weltwende* unter der Überschrift *Individualität und Gesellschaft* aufzunehmen. Rubiner stellte dem Aufsatz folgende Erklärung voran: „Diese Arbeit entstammt dem ersten großen philosophischen Werk Sowjet-Rußlands. Der Verfasser nennt sich N.N., und mit dieser Anonymität zeigt zum ersten Mal in unserer Zeit ein Denker an seiner Person sozialistische Ethik: Die Weltrevolution ist ein riesiger historischer Vorgang des Aufsaugens und Abstoßens der bürgerlichen Kultur durch den Organismus der proletarischen Massen. In ihm ist der Einzelne nur eine Zelle, ein Mitmensch, ein ungenanntes Wesen, dessen wertvollstes Schicksal das Opfer seiner eigenen Sonderperson für die Gemeinschaft ist."
Rubiner sieht das Individuum in der Gemeinschaft „proletarischer Massen" aufgelöst. Er übersieht dabei aber, daß das „Opfer" der „eigenen Sonderperson" ein individueller Akt bleibt. Der Schriftsteller verzichtet auf die Nennung seines Namens und gibt sich hierbei der Illusion hin, in der individuell herbeigeführten Anonymität seine bürgerliche Individualität zu beseitigen. Die bürgerliche Vorstellung von der Einzigartigkeit geistigen Schaffens muß so sehr verinnerlicht gewesen sein, daß die Anonymität des Schöpfers schon als Aufhebung dessen Individualität verstanden werden konnte. Rubiner übersieht auch, daß die ökonomische Entwicklung mit der Bildung von Trusts und Aktiengesellschaften auf der einen und Arbeiter-„massen" auf der anderen Seite die Anonymität der Individuen schon längst forciert hatte, ohne die Individualität selbst in Frage zu stellen.
Anders als Rubiner setzt sich der oben erwähnte, in Sowjetrußland erschienene Aufsatz *Individuum und Gesellschaft* mit dieser Frage auseinander. Der heute gebräuchliche Begriff der Individualität sei der Ausdruck bürgerlicher Ideologie. Da die bürgerlichen Klassen am Produktionsprozeß nicht teilnehmen, seien sie nur an dessen Resultaten interessiert, an den kristallisierten Formen der Arbeit. Die „Qualen der schöpferischen Tätigkeit der Arbeit" seien ihnen unbegreiflich. Zugleich seien sie bestrebt, die Resultate zu fixieren und zu erhalten, da sie die „Form", die Hülle des Produkts der Arbeit als das eigentlich Wesentliche betrachten und dementsprechend nur befähigt seien, statisch zu denken. Ebenso statisch sei ihre Auffassung von der Individualität.

Sie definierten den Menschen als etwas von der Gesellschaft Losgelöstes. „Diese versteinerte Vorstellung vom Menschen wird von der bürgerlichen Ideologie auch auf die lebende Persönlichkeit übertragen, und so verwischt sie ihre Veränderlichkeit, ihre Beweglichkeit, ihre Elastizität und ihren Zusammenhang mit der Gemeinschaft. Und diese Ideologie des Bürgertums wirkt ansteckend auch auf die anderen Klassen. (...) Das Individuum ist ein bürgerliches Götzenbild. In Wirklichkeit vermag unser Bewußtsein den menschlichen Organismus nicht zu individualisieren und vom gesellschaftlichen Organismus zu trennen. Der individuelle Organismus ist nur ein rein synthetisches Moment im allgemeinen organischen Prozeß." Der Verfasser führt nun aber einen neuen Begriff der Individualität ein, die schöpferische Persönlichkeit, „das Schöpferische in der Persönlichkeit, das in das allgemeine soziale Leben jene gewisse individuelle Eigenheit, die wir eben Individualität nennen, hereinträgt." Die gewöhnliche Persönlichkeit, die nicht an der schöpferischen Tätigkeit der Arbeit teilnehme, sei keine Individualität, da ihre Tätigkeit sich immer wieder in der Gesellschaft, im sozialen Organismus zerstreue. Nur die schöpferische Arbeit sei ein Element, das dem „sozialen Leben den Stempel aufdrückt, und in das Leben etwas Neues, Eigenstarkes, Unzerstörbares bringt. (...) Aber das Leben ist noch dehnbar." Und der unbekannte russische Verfasser schließt seine Ausführungen mit der Erklärung: „Wir Marxisten kämpfen um die Individualität, während wir für gesellschaftliche Interessen, für allgemein menschliche Interessen kämpfen. Wir wissen wohl, daß man zum Triumph der Persönlichkeit, zu einem Sieg des Bewußtseins über die Elementargewalten erst durch die Gemeinschaft und durch kollektive Arbeit kommen kann. Die Bourgeoisie will etwas anderes. Sie zerstört die Gemeinschaft. Indem sie für 'ihre Individualität' kämpft, kämpft sie gegen die Gesellschaft."

Auch bei Jung ist die Arbeit das Mittel, die „Technik", um zur Gemeinschaft zu gelangen. Jedoch nicht die entfremdete Arbeit der kapitalistischen Gesellschaft, die Lohnarbeit. Sie vereinzelt den Menschen, sie entindividualisiert ihn, indem sie das schöpferische Moment eliminiert. Die Lohnarbeit enthält aber auch ein Element, das dem Arbeiter in besonderen Situationen des Klassenkampfes das Beglückende des gemeinsamen Arbeitens, das Glück der Gemeinschaft dämmern läßt. Dann „sinkt eine Last zu Boden", und für einen Moment fühlt er „das Wunder jener Melodie von Menschheit und Menschlichkeit." Diese Momente gilt es im Bewußtsein festzuhalten, sich klar zu werden über die Möglichkeiten der Arbeit als Glückstechnik. Und es gilt dafür zu kämpfen: Für die *Eroberung der Maschinen,* für die schöpferische Nutzung der Maschinen durch die Gemeinschaft der Arbeiter. Durch

diesen Kampf erst gewinnt der Mensch an Individualität, weil er nicht mehr gegen sich und die Gemeinschaft handelt. Er erlebt sich selbst mit der Gemeinschaft als etwas Organisches. Er beginnt jetzt erst zu leben. „Es ist das zum zweitenmal und zum wahren Menschen Geborenwerden."
Die Arbeiter, die Jung in seiner Darstellung der Mitteldeutschen Aufstände agieren läßt, sind noch durch den kapitalistischen Staat vereinzelte Menschen. Als Einzelne, d.h. im Bewußtsein des Einzelseins, vermögen sie nichts gegen den Kapitalismus auszurichten. Sie sind Objekte im Produktionsprozeß. Ihre „Individualität" ist die Illusion der bürgerlichen Individualität, das Ausgesondertsein aus dem Organismus der Gemeinschaft, die der kapitalistische Staat zerstört. Deshalb zeichnet Jung in diesem Roman keine proletarischen Individuen, auch keine Typen, wie es einmal hieß, sondern er stellt die arbeitenden Menschen als entindividualisierte, innerhalb der Gesellschaft anonym Agierende dar.
Jung geht es um den Kampf für ein neues, nichtbürgerliches Individuum, für den neuen menschlichen Menschen. Das Ziel ist noch Traum, Utopie. Es ist der Kampf für einen menschlichen Sozialismus, für die Eroberung der Maschinen, für ein Leben in schöpferischer Gemeinschaft und Glück. Über den Weg dorthin kann man geteilter Meinung sein. Nur das Ziel darf man über den Weg nicht aus den Augen verlieren. Kurz nach dem Erscheinen des Romans wurde er in die russische Sprache übersetzt und in einer Auflage von 6000 Exemplaren – das war zu dieser Zeit sehr hoch – in Moskau verlegt. Bis heute hat er hier wie dort nichts an seiner Aktualität eingebüßt.

Rembert Baumann / Lutz Schulenburg

INHALT

EINLEITUNG	5
Piblokto	7
Sommer	8
Elektrotrust	9
I DER AUFSTAND	11
II DIE HAND AM HEBEL	45
Im Kampf ums Brot	45
Börsensturm	50
Der Herr Arbeitsminister	55
Feiertag	63
Im Zuchthaus	67
Der Montagsklub	73
Eine Vorlesung über Gemeinwirtschaft	78
Wie eine Genossenschaft verkracht	82
Arbeitsschulen	86
Ein richtiges Sorgenviertel	92
Es kriselt in den Syndikaten	97
Sturz der Regierung	101
Die Elektrikerunion greift ein	106
Gott verschläft die Zeit	110
Alle gegen alle	115
Der große Streik	118
Zusammenbruch	122
Ah – dieses Deutschland	127
III VORAN	131
ANHANG	163
Erwachen aus der Eiszeit	163
Die Absetzung Gottes	164
Der Sinn des Lebens	166
NACHWORT	169

FRANZ JUNG WERKAUSGABE

Band 1/1: Feinde ringsum. Prosa und Aufsätze 1912–1963.
Erster Halbband bis 1930.
Band 1/2: Feinde ringsum. Prosa und Aufsätze 1912–1963.
Zweiter Halbband bis 1963.
Band 2: Joe Frank illustriert die Welt / Die Rote Woche / Arbeitsfriede. Drei Romane.
Band 3: Proletarier / Arbeiter Thomas (Nachlaßmanuskript).
Band 4: Die Eroberung der Maschinen. Roman.
Band 5: Nach Rußland! Aufsatzsammlung
Band 6: Die Technik des Glücks. Mehr Tempo! Mehr Glück! Mehr Macht!
Band 7: Theaterstücke und theatralische Konzepte.
Band 8: Sprung aus der Welt. Expressionistische Prosa.
Band 9: Abschied von der Zeit. Dokumente, Briefe, Autobiographie, Fundstücke.
Band 10: Gequältes Volk. Ein Oberschlesien Roman (Nachlaßmanuskript)
Band 11: Briefe und Prospekte 1913–1963.

Supplementband:
Franz Jung: Spandauer Tagebuch. April–Juni 1915.

Die Erscheinungsweise der einzelnen Bände folgt nicht unbedingt ihrer numerischen Zählung. Die Bände der Ausgabe sind sowohl englisch broschur als auch gebunden lieferbar.
Änderungen der Zusammenstellung wie auch eine Erweiterung der Auswahl bleiben vorbehalten.
Subskriptionsnachlaß bei Abnahme aller Bände beträgt 10% vom Ladenpreis des jeweiligen Bandes.
Subskription weiterhin möglich.

Verlegt bei Edition Nautilus, Hamburg